두근두근 내 인생

두근두근 내 인생

김애란 장편소설

창비

차례

프롤로그

아버지와 어머니는 열일곱에 나를 가졌다.
올해 나는 열일곱이 되었다.
내가 열여덟이 될지, 열아홉이 될지 알 수 있는 방법은 없다.
그런 건 우리가 정하는 게 아니다.
우리가 확신할 수 있는 건 시간이 많지 않다는 것뿐이다.

아이들은 무럭무럭 자란다.
그리고 나는 무럭무럭 늙는다.
누군가의 한 시간이 내겐 하루와 같고
다른 이의 한 달이 일년쯤 된다.
이제 나는 아버지보다 늙어버렸다.

아버지는 자기가 여든살이 됐을 때의 얼굴을 내게서 본다.
나는 내가 서른넷이 됐을 때의 얼굴을 아버지에게서 본다.
오지 않은 미래와 겪지 못한 과거가 마주본다.
그리고 서로에게 묻는다.
열일곱은 부모가 되기에 적당한 나이인가 그렇지 않은가.
서른넷은 자식을 잃기에 적당한 나이인가 그렇지 않은가.

아버지가 묻는다.
다시 태어난다면 무엇이 되고 싶으냐고.
나는 큰 소리로 답한다.
아버지, 나는 아버지가 되고 싶어요.
아버지가 묻는다.
더 나은 것이 많은데, 왜 당신이냐고.
나는 수줍어 조그맣게 말한다.
아버지, 나는 아버지로 태어나, 다시 나를 낳은 뒤
아버지의 마음을 알고 싶어요.
아버지가 운다.

이것은 가장 어린 부모와 가장 늙은 자식의 이야기다.

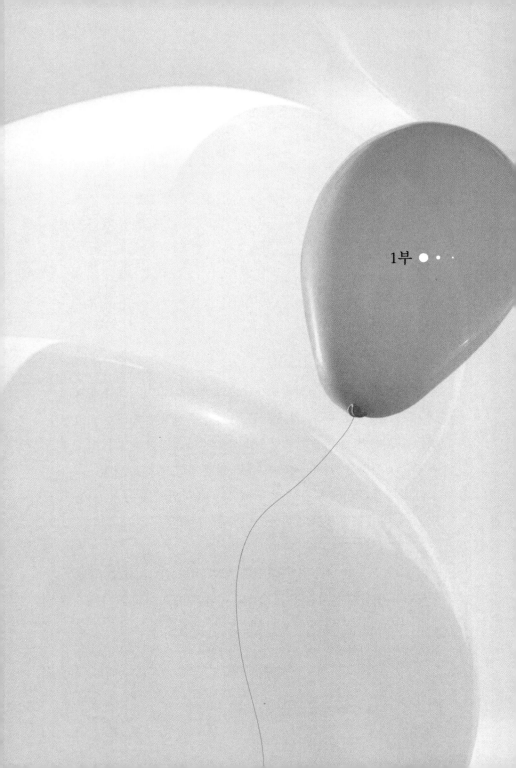

1부 ●··

1

바람이 불면, 내 속 낱말카드가 조그맣게 회오리친다. 해풍에 오래 마른 생선처럼, 제 몸의 부피를 줄여가며 바깥의 둘레를 넓힌 말들이다. 어릴 적 처음으로 발음한 사물의 이름을 그려본다. 이것은 눈〔雪〕. 저것은 밤〔夜〕. 저쪽에 나무. 발밑엔 땅. 당신은 당신…… 소리로 먼저 익히고 철자로 자꾸 베껴쓴 내 주위의 모든 것. 지금도 가끔, 내가 그런 것들의 이름을 안다는 게 놀랍다.

어릴 땐 온종일 말을 줍고 다녔다. 엄마 이건 뭐야? 저건 뭐야? 종알대며 주위를 어지럽혔다. 각각의 이름은 맑고 가벼워 사물에 달싹 붙지 않았다. 나는 어제도 듣고 그제도 배운 것을 처음인 양 물어댔다. 손가락을 들어 무언가 가리키면, 식구들의 입에서 낯선 소리를 가진 활자가 툭툭 떨어졌다. 바람에 풍경(風磬)이 흔들리듯 내가 불어 무언가 움직이는 거였다. 그래서 나는 '이건 뭐야?'라는 말이 좋았다. 그들이 일러주는 사물의 이름보다 좋았다.

비는 비. 낮은 낮. 여름은 여름…… 살면서 많은 말을 배웠다. 자주 쓰는 말이 있고 그렇지 않은 것이 있었다. 지상에 뿌리내린 것이 있고 식물의 종자처럼 가볍게 퍼져가는 말이 있었다. 여름을 여름이라 할 때, 나는 그것을 가질 수 있을 것 같았다. 그럴 수 있다 믿어 자꾸 물었다. 땅이라니, 나무라니, 게다가 당신이라니…… 입속 바람을 따라 겹치고 흔들리는 이것, 저것, 그것. 내가 '그것' 하고 발음하면 '그것……' 하고 퍼지는 동심원의 너비. 가끔은 그게 내 세계의 크기처럼 느껴졌다.

이제 나도 살아가는 데 필요한 말은 거의 다 안다. 중요한 건 그 말이 몸피를 줄여가며 만든 바깥의 넓이를 가늠하는 일일 것이다. 바람이라 칭할 때, 네 개의 방위가 아닌 천 개의 풍향을 상상하는 것. 배신이라 말할 때, 지는 해를 따라 길어지는 십자가의 그림자를 쫓아가보는 것. 당신이라 부를 때, 눈 덮인 크레바스처럼 깊이를 은닉한 평편함을 헤아리는 것. 그러나 그건 세상에서 가장 어려운 일 중 하나일 것이다. 바람은 자꾸 불고, 태어난 이래 나는 한번도 젊은 적이 없었으니까. 말들 역시 마찬가지일 테니까.

내가 세상과 최초로 말을 섞은 곳은 산 깊고 물 맑은 농촌마을이었다. 물줄기가 여러개로 나뉘고 휘돌아 다시 감기는 그곳에서 나는 내 이름을 배우고 걸음마를 떼었다. 옹알이에서 단순한 문장을 만들 때까지 삼년. 부모님이 외가에 신세를 진 기간만큼이다. 동네 사람들은 필요한 게 있으면 대부분 직접 기르거나 만들어 썼다. 그러니 내가 자주 접한 말들도 생활과 가까운 선명한 말들이었을 거다. 만날 티브이만 보고 자란 내 사촌은 태어나 처음 한 말이 '엘지(LG)'였다는데…… 나는 말이 더뎌 한동안 부모님 속을 태웠다. 어머니는 내게 무슨 문제가 생긴 건 아닌지 근심하며 어른들에게 의견을 물었다. 아버지는 애들은 말 못할 때가 제일 예쁜 거라며 묵묵히 일터에 나갔다. 인근에 들어선다는 대호관광단지가 막 부지를 다지고 있었고, 아버지도 거기서 막일을 하고 있었기 때문이다. 셈 밝은 외할아버지는 타지에서 밀려올 일꾼들을 위해 텃밭 앞에 건물을 지었다. 콘크리트 벽에 슬레이트 지붕을 얹은 외풍 심한 집이었다. 조그마한 일자형 건물에는 모두 네 가구가 들어갈 수 있었다. 그중 한 곳이 우리 가족의 방이었다. 아직 애티를 벗지 못한 십대 부부와 갓난아기 이렇게 세 식구였다. 부엌도 시원찮은데다 세 사람이 지내기에는 터무니없이 좁은 곳이었지만, 월세도 생활비도 내지 않던 터라 찍소리 않고 지냈다 한다.

외할머니는 슬하에 자식을 많이 두셨다. 아들 다섯에 딸 하나 도합 여섯 명이다. 언젠가 나는 '엄마, 외할머니는 외할아버지랑 평생 사이가 안 좋았다면서 왜 그렇게 자식이 많아?'라고 물은 적이 있다. 어머니는 '그지? 나도 그게 궁금해서 네 외할머니한테 물어본 적이 있거든? 근데…… 그게 정말 가뭄에 콩 나듯 할 때가 있었는데 그때마다 덜컥덜컥 애가 들어섰다더라' 민망해하며 답해주었다. 우리 어머니는 육남매 중 여섯째로 어릴 때 별명이 '시발공주'였다고 한다. 입이 건 사내들 틈에서 나고 자라, 예쁜 얼굴과 어울리지 않게 툭하면 상말을 내뱉었던 까닭이다. 조그마한 계집아이가 동네 곳곳을 누비며 깜찍하게 욕을 하고 다녔을 모습을 상상하면 친근하니 만만한 기분이 든다. 지금도 드센 성격이 남아 있긴 하지만, 어머니의 말씨가 풀죽은 듯 순해진 건 세상이 '시발'로만 해결되는 게 아니란 걸 깨달은 순간부터인 듯하다. 일찌감치 애를 배어 퇴학을 당했을 때라든가, 아버지가 다섯 명의 외삼촌들에게 맞아죽을 뻔했을 때, 식당에서 자기보다 어린 여자들의 까탈과 소란을 받아줘야 했을 때, 아무리 머리를 굴려봐도 도무지 답이 안 나오는 병원비 청구서를 뚫어져라 들여다봐야 했을 때 같은 경우 말이다.

외할아버지는 처음부터 사위를 마음에 안 들어했다. 가장 큰 이유는 '머리에 피도 안 마른 놈의 새끼'가 '머리에 피도 안 마른' '진짜 새끼'를 만들어왔다는 거였다. 두번째 이유는 가장인 주제에 생활력이 없다는 건데, 열일곱 학생에게 돈 벌 능력이 없는 건 당연한 일이었다. 두 남자가 처음 만났을 때, 외할아버지는 아버지를 향해 다짜고짜 퉁명스레 물었다.

"그래, 너는 뭘 잘하냐?"

어머니의 임신으로 말미암아 집안에 몰아닥친 온갖 울음과 실랑이의 폭풍우가 한바탕 지나간 후였다. 아버지는 무릎 꿇은 자세로 어쩔 줄 몰라하며 답했다.

"아버님, 저는 태권도를 잘합니다."

외할아버지는 못마땅한 듯 끙 소리를 냈다. 아버지가 태권도 특기생으로 도에서 제일 큰 체육고등학교에 들어간 건 사실이지만, 그런 재주는 살아가는 데 별 쓸모가 없었다. 아버지는 그것도 모르고 외할아버지의 침묵이 초조해 말을 보탰다.

"보여드릴까요?"

주먹을 불끈 쥔 게 누가 보면 장인을 때리려 한다고 오해할 만한 광경이었다. 외할아버지는 자기도 모르게 움찔한 뒤 태연하게 말을 이었다.

"네 주먹에서는 쌀이 나오나보지?"

"그게, 졸업하면 작은 도장에라도……"

학교로 돌아갈 가망이 없는 걸 알면서도 아버지가 답했다. 외할아버지는 처음부터 그럴싸한 대답 따윈 기대하지 않았지만 한번 더 물어봐주겠다는 투로 말했다.

"그리고 또 뭘 잘하나?"

아버지의 머리 위로 여러가지 생각이 지나갔다.

'나는 '스트리트 파이터'를 잘하는데……'

하지만 그런 걸 입밖에 냈다간 장인에게 귀싸대기를 맞을지도 몰랐다.

'나는 선생한테 대드는 걸 잘하는데……'

그렇지만 그것도 장인이 바라는 답은 아닌 것 같았다.

'그럼…… 나는 정말 뭘 잘하지?'

아버지는 머리를 감싸안고 고뇌하다 자신을 뚫어져라 노려보는 장인 앞에서 결국 이렇게 말하고 말았다.

"잘 모르겠습니다, 아버님."

그러곤 이내 깨달았다.

'아! 나는 포기를 잘하는구나!'

사위가 물러간 자리에서 외할아버지는 기가 찬 듯 빈정댔다.

"잘하는 거라곤 일찍부터 새끼 치는 거밖에 없는 놈이더구나."

옆에 있던 외할머니가 조그맣게 구시렁거렸다.

"그것도 재주는 재주지요."

어머니는 깻잎머리를 한 채 아무 말도 않고 새치름히 앉아 있었다. 외할아버지는 딸의 행실보다 안목에 더 실망한 듯 먼 산을 봤다.

"남자가 돈이 없으면 허세라도 있어야지. 이건 뭐 너무 숙맥 같아서……"

하지만 그건 외할아버지가 우리 아버지를 단단히 잘못 본 거였다. 아버지는 숙맥이 맞았지만 무모하고 모험심 강한 숙맥, 말하자면 세상에서 가장 위험한 숙맥이었다. 그러니까 결혼식날 주례하고 멱살 잡고 싸우고, 친구들과 노느라 자기 아내를 '질마재 신화' 속 신부처럼 내버려뒀을 거다. 그러니까 친구 말만 믿고 여러 일에 손댔다 실패한 뒤, '우리집 가훈'이란 숙제를 들고 온 내게 태연히 '붕우유신'이란 말을 일러줬을 거다. 벗 사이에는 믿음이 있어야 한다는 뜻으로, 집에 표구까지 해 걸어놓은 문구였다. 액자는 아버지가 친구들과 불국사에 놀러 갔다 기념품 가게의 글씨 쓰는 노인에게서 만들어 온 거였다. 어머니는 종종 액자 속 네 글자를 두 자로 줄여 빈정거렸다. 누가 보면 신랑을 너무 하대한다며 혀를 찰지도 모르는 일이나, '부자유친'을 '부자 친구와는 반드시 친하게 지내야 한다'는 뜻쯤으로 알고 있는 여자의 태도론 자연스러운 거였다.

외할아버지는 아버지에게 학업을 마저 마치라고 했다. 체고는 잘릴 것이 빤하니 근처 어디 정원 미달 고등학교에라도 들어가 졸업장을 따라는 거였다. 교장한테는 자기가 잘 말해보겠다고. 하지만 작고 소문 빠른 동네에서 아버지를 받아주는 학교는 어디에도 없었다. 그런 학생을 허락했다가는 학교의 기강과 품위가 흐려진다는 거였다. 나름 동네 유지라 자부해온 외할아버지의 긍지는 순식간에 무너졌다. 외할아버지는 할 수 없이 사위를 건설현장에 밀어넣었다. 남자는 모름지기 출근을 해야 한다고. 이번 기회에 가장으로서 책임감을 갖고, 세상이 얼마나 만만치 않은 곳인지 느껴보라는 뜻이었다. 진지한 제안이라기보다 자기 딸을 함부로 건드린 녀석을 몇달간 혼내주려는 계산으로 내린 결정이었다. 외할아버지는 사위에게 틈틈이 검정고시를 준비하며 주경야독하라는 훈수도 잊지 않았다. 가정형편이 어려웠던 아버지는 장인의 뜻에 따라 처가살이를 했다. 지방자치가 활성화됨에 따라 군에서는 '놀기 좋은 도시, 대호'라는 구호 아래 전 고장의 유원지화를 꾀하고 있었다. 그중 가장 중요한 사업이 물길을 크게 터 배를 타고 유람할 수 있는 천연놀이공원 같은 걸 만드는 거였다. 장기적으론 부모님의 고향을 포함한 몇개의 리(里)가 없어질 예정이었다. 아버지는 옆방 뜨내기 사내들과 함께 공사장에 나갔다. 그러고는 공사판에서 '한서방'이라 불리며 놀림과 귀염을 한몸에 받았다. '그걸' 한 서방이라는 게 아니라 실제 성이 한가여서였다. 동네 어른들은 아버지의 어깨를 툭툭 치며 '괜찮어, 괜찮어, 이 고장선 장가가면 다 으른이여' 다독였고 '최가네는 공짜로 사위 생겼네' 하며 낄낄댔다. 아버지도 처음엔 공사장 일에 만족했다. 구성지고 펄떡이는 아저씨들의 입담도 신선했고, 처가에 체면도 서는데다, 사춘기 특유의 널뛰는 에너지가 진정되는 게 좋아서였다. 운동 같은 거, 만날 매만 맞고 때려치우고 싶었는데 잘됐다도 싶었다. 거친 벌판에 나가 어른들과 대등한 일을 하니, 야산에 올라 가슴팍을 풀어헤치며 '이것이 진짜 세계다!' 포효하고픈 심정도 들었다. 하지만 아버지가 노동이 얼마나 힘든 건지 깨닫는 데는, 특히 먹고살기 위해 하는 막일이 얼마나 지난하고 버거운 일인지를 절감하게 되는 데는 불과 삼일도 걸리지 않았다.

아버지는 어머니의 임신 소식을 읍내 커피숍에서 들었다. 주 고객층이 중고등학생인, 시외버스터미널 근처의 까페였다. 어머니는 그곳에서 몇번 미팅을 한 적이 있었다. 소개팅에서 만난 농업고등학교의 폭주족이 여고까지 오토바이를 몰고 와 운동장을 다섯 바퀴나 돌고 가는 바람에 곤욕을 치르기도 했다. 그 녀석은 오토바이 앞바퀴를 번쩍 든 채 "미라야! 사랑한다!"를 세 번 외친 뒤 거대한 흙먼지를 일으키며 부르릉— 사라졌다. 그뒤 김미라, 박미라, 최미라 등 전교의 온 '미라'가 교무실로 불려가 차례로 문책을 당한 것은 말할 것도 없었다. 미팅 코스는 보통 찻집에서 노래방으로 이어지는 게 정석이었다. 어머니는 까페에선 주춤거리며 한마디도 않던 사내애들이 노래방에서 사뭇 대범하게 바뀌는 모습을 흥미롭게 바라봤다. 농·공고 학생들은 갑자기 테이블을 한쪽 구석으로 밀어제친 뒤 '서태지'나 '듀스'의 노래에 맞춰 격한 춤을 추곤 했다. 어둡고 쿰쿰한 노래방 안에는 '결코 시간이 멈추어줄 순 없다. Yo!'라거나 '이제 나 용감해져야 돼 너를 얻기 위해서라면'이라는 식의 가사가 울려퍼졌다. 여학생들은 감미로운 듀엣곡의 앞소절을 부른 뒤 탁자 위에 슬며시 마이크를 내려놨다. 그러면 그 처자를 맘에 들어한 남학생이 재빨리 마이크를 들어 뒷부분을 이어 불렀다. 남학생들은 어머니의 얼굴에 처음 반하고, 노랫소리에 두 번 반했다. 어머니가 마이크를 내려놓는 순간에는 여러개의 손이 한꺼번에 몰려드는 경우도 적지 않았다. 실업계, 인문계 포함 총 다섯 개의 고교가 모인 고장에서 어머니의 마음을 사로잡는 남자는 흔치 않았다. 어머니가 볼 때, 농·공고 남자들은 인문계 애들보다 활달하고 돈을 잘 썼다. 하지만 인문계 아이들의 알 수 없는 자존감은 그것대로 매력이 있었다. 어머니가 체고생을 만난 것은 아버지가 처음이었다. 그것도 미팅이나 소개팅 자리가 아닌 뜻밖의 장소에서, 황당한 계기로 말이다. 어쨌든 어머니가 볼 때 아버지에게는 뭐랄까, 앞서 말한 두 학교의 특징을 반반씩 섞어놓은 구석이 있었다. 작은 재능이나마 한번이라도 인정을 받아본 사람의 자긍심, 그리고 그 재능이 운동인 이가 지닌 미묘한 열등감과 순박함이 그것이었다.

까페 안은 비교적 한산했다. 어머니와 아버지는 둘 다 사복 차림이었다. 아버지는 어머니가 왜 아까부터 득의양양한 표정을 짓고 있는지 궁금했다. 지난번처럼 또 헤어지자고 하는 건 아닌지 초조하기도 했다. 게다가 아버지는 아까부터 찻집이 영 불편했다. 여자들이 왜 까페 같은 데에 와서 음료수 하나를 두 시간에 걸쳐 나눠 마시는지도 이해할 수 없었다. 아버지는 찻집 안의 어색한 공기를 견디며 어머니를 바라봤다. 오랜만에 마주한 최미라는 부쩍 성숙해져 있었다. 어머니가 레모네이드를 마시며 입술에 침을 바를 때마다 아버지도 덩달아 마른 입술을 핥아댔다. 이윽고 어머니가 뭔가 결심한 듯 입을 뗐다.

"대수야, 이리 와봐."

"왜?"

"오라면 와봐."

아버지가 상체를 바싹 기울였다. 어머니는 한 손으로 입을 가린 채 아버지의 귀에 대고 뭐라 속삭였다. 아버지의 귓바퀴에 난 솜털이 바싹 섰다. 아버지는 어머니가 하는 말엔 별 신경 안 쓰고 부드러운 입김에만 집중하다 자기도 모르게 히죽 웃었다. 하지만 얼마 안돼 아버지의 얼굴은 창백해지고 말았다.

"그걸 왜 인제서 말해?"

까페 안의 사람들이 일제히 아버지를 돌아봤다.

"아이씨, 왜 소릴 쳐? 나는 세상에서 소리지르는 사람이 제일 싫어."

어머니가 아버지보다 더 큰 소리를 내며 버럭 성질을 냈다. 몇달 전 적성카드에 '취미—타협, 특기—타협'이라 적었다 교무실서 호되게 맞은 바 있는 아버지는 이번에도 여자친구에게 급 사과했다.

"어, 미안."

그리고 두 사람은 십칠년 된 머리를 맞대고 열심히 대책을 강구했다. 하지만 애초에 대책 같은 게 있을 리 없었다. 주위에선 몇몇 청소년들이 거만하고 자족적인 표정으로 줄담배를 피워대고 있다. 아버지는 빠르페에 꽂힌 조그마한 양산을 만지작거리며 눈을 깔고 주절댔다.

"미라야, 나는……"

그러고는 뜬금없이 자신이 얼마나 형편없는 사람인가에 대해 줄줄 늘어놓기 시작했다. 자기는 절대 좋은 아버지가 될 수 없다는 둥, 너무 가난하다는 둥, 사람들을 실망시킬까봐 두렵다는 둥, 생각해보니 집안에 암 병력도 있는 것 같다는 둥 논리도 두서도 없는 말들이었다. 어머니는 잠자코 아버지의 말을 경청했다. 그러고는 마침내 입을 열어 부드럽게 대꾸했다.

"대수야."

"응?"

"새에게 잡아먹히지 않으려고 새똥으로 위장하는 곤충이 있대."

"근데?"

"그게 꼭 너 같다."

마을의 경기는 비싼 영양제를 맞은 환자처럼 일시적인 활기를 띠고 있었다. 답답하리만치 조용하던 시골마을엔 굴삭기와 사다리차, 레미콘, 트럭 따위가 흙먼지를 날리며 쉴새없이 드나들었다. 그즈음 어머니의 학교에선 각 반에 학용품 쎄트가 돌았다. 산뜻한 비닐봉투에 든 문구류로, 건설사에서 전교생에게 공짜로 나눠준 거였다. 볼펜이며 수정액, 색색의 포스트잇과 샤프심의 몸통에는 H건설업체의 로고가 앙증맞게 새겨져 있었다. 부모님의 고향을 중심으로 관광단지가 영향을 끼칠 만한 모든 학교에 배포된 모양이었다. 마을 어른들에게도 세제며 주방용품 따위가 전달됐다. 하지만 세상 모든 공짜가 그렇듯 그 거래에는 어딘가 찜찜한 구석이 있었다.

한 날, 한 친구가 어머니에게 다가와 조심스레 물었다.

"미라야, 너 뭔 일 있니?"

이름은 한수미로 어머니의 오랜 단짝이었다.

"어? 왜?"

"아니, 요즘 계속 엎드려 있고, 야자시간에도 통 안 떠들길래."

반장이라 야간자율학습 시간마다 떠든 사람의 명단을 작성해야 했던 그녀가, 그래서 다행이라는 건지 아니라는 건지 모를 애매한 미소를 지었다.

"어? 나, 별일 없는데?"

어머니는 시선을 피했다. 눈치 빠른 한수미가 친근하게 고개를 기울였다.

"그만하고 좀 불지?"

어머니는 교복 조끼 주머니에 양손을 찔러넣은 채 상체를 뒤로 스윽 뺐다.

"얘가 왜 이래?"

"숨기려면 표를 내지 말든가."

"내가 뭐?"

"이러기야? 평소에 나는 너한테 고민 다 털어놓잖아."

어머니가 콧방귀를 뀌었다.

"뭐? 1등 하다 3등 해서 서럽다는 거? 그렇게 대단한 비밀 털어놔줘서 진짜 고맙다, 야."

한수미가 서운한 듯 아랫입술을 깨물었다.

"야, 네가 3등의 고독을 알아?"

어머니는 예의 비꼬는 말을 할 때 특유의 부드러운 음성으로 답했다.

"수미야."

"응?"

"꺼져."

말은 그렇게 했지만 사실 두 사람은 아버지의 벗들 못지않게 '붕우유신'하는 사이였다. 초중학교를 같이 나왔을 뿐 아니라 도시락도 함께 먹고, 미팅도 자주 나가는 관계. '첫경험' 후 어머니는 모든 것을 한수미에게 고백하려 했다. 아무리 태연하려 애써도 하룻밤새 발끝이 십 쎈티미터쯤 뜬 게 비현실적인 기분이 들어서였다. 어머니는 교실 맨 뒷자리에 앉아 습관적으로 다리를 떨며 같은 반 아이들을 굽어봤다. 아이들은 모두 책상머리에 고개를 박은 채 문제집을 풀고 있었다. 그러자 문득 어머니의 머릿속에 뜬금없는 문장 하나가 지나갔다.

'쟤들은 내가 남자랑 잤다는 걸 알까?'

물에 뜬 물감처럼 죄책감과 우월감이 엉기고 섞여 가슴팍에 이상한 무늬를 만들어냈다. 뭔가 대단한 걸 잃어버렸는데 도리어 의기양양해지는 느낌. 혹은 교실에서 자기 혼자만 다른 시간을 살아내고 있는 것 같은 얼떨떨한 기분이 들었다. 며칠 뒤 어머니는 쓰레기소각장 앞으로 한수미를 불러냈다. 누군가에게 시원하게 속내를 털어놓고 싶은데다, 수미하고는 비밀을 나누는 게 도리일 것 같아서였다. 그런데 어머니가 어렵사리 아버지의 이름을 꺼내려는 순간, 한수미가 갑자기 눈물을 펑펑 쏟기 시작했다. 그러고는 '아까 성적표 봤니' '요즘 너무 힘들다' '이따위 점수 갖고는 살고 싶지가 않다'는 식의 말을 꺼내놓는 바람에 입을 다물 수밖에 없었다. 한수미의 고민이 얼마나 오래되고 일관된 것인지를 아는 어머니로서는 당연한 처사였다. 몇해 전부터 H건설업체 사람들이 도시에서 대거 유입되면서 교실에도 변화가 일었다. 그중 가장 뚜렷한 게 아이들의 석차 변동이었다. 건설업체 간부 및 직원들과 자녀들이 들어오면서 마을엔 전입생이 늘었다. 그리고 그중에는 어려서부터 선행학습을 한 친구들이 많았다. 학교측에서는 평균점수가 올라 반기는 분위기였지만 그사이 시골 1등은 하루아침에 3등이 됐고, 시골 10등은 15등으로 밀려났다. 물론 시골 꼴찌는 여전히 꼴찌였지만 그들 역시 기분이 나쁘기는 매한가지였다. 45명 중 꼴

등과 50명 중 꼴등은 느낌이 달랐으니까. 그간 한번도 1등을 놓친 적 없는 한수미는 자존심에 깊은 상처를 입었다. 대처에 나간 영재의 비극은 드라마에서 자주 보아온 일이었다. 하지만 고향마을에 얌전히 앉아 있다 봉변을 당한 수재의 불운은 좀 억울한 면이 있었다. 그들이 도시에 나간 게 아니라, 도시가 그들에게 스민 거였으니까. 어머니는 단짝의 우울에 은근 마음이 쓰였다. 말은 안해도 자기 옆에 수미 같은 친구가 있다는 게 늘 자랑스러웠기 때문이다. 한수미는 1등 자리를 빼앗긴 뒤 평소보다 더 열심히 공부했다. 하지만 점수는 올라도 등수는 그대로인 이상한 현상이 반복됐다. 노력하고 실망하고, 다시 최선을 다하고 또 낙담하길 몇차례, 두 사람은 읍내에 하나뿐인 인문계 여자고등학교에 진학했다. 여고 입학식날, 전체 수석의 '학생 선언'이 있었다. 무수한 '보통' 학생들 무리에 섞여 있던 한수미는 고개를 숙인 채 한쪽 발로 운동장 바닥을 비벼댔다. 그러곤 자세가 불량하다는 이유로 처음 보는 선생님에게 지적을 당했다. 어른들 말로 타지에서 온 학생이 대표 선언을 한 건 개교 사십년 이래 처음 있는 일이라고 했다.

"미라야."

"또, 왜?"

"굳이 말해주기 싫으면……"

"어."

"안해도 돼."

"………"

"대신 내가 고민이 있을 때마다 자주 쓰는 방법을 하나 알려줄게."

어머니가 험상궂게 말했다.

"저번처럼 무슨 일이든 최선을 다하면 된다고 말하면 죽는다, 엉?"

"어휴, 안 그래. 이 지지배야, 내가 최선 그거 잘 알거든? 이 시대에 최선이 망친 쌤플이야, 내가. 응?"

어머니가 다소 누그러진 목소리로 말했다.

"그래도 너는 계속할 거잖아, 그거."

한수미가 턱으로 몰래 사격부 친구를 가리켰다.

"쟤는 뭐, 담배, 몸에 좋아서 피운다디?"

어머니는 눈을 몇번 끔벅이다 자기도 모르게 가만 고개를 끄덕였다.

"어쨌든 나는 풀기 어려운 문제가 생길 때마다 노트를 반으로 갈라 표를 만들어. 그런 뒤 그 일의 좋은 점과 나쁜 점을 하나씩 적어내려가. 그럼 이상하게 한눈에 답이 보일 때가 있더라고. 답답하면 너도 한번 해봐."

아버지는 대낮부터 방바닥에 대자로 누워 있었다. 천장에는 누렇게 변색된 세계지도가 펼쳐져 있었다. 아버지가 초등학교에 입학했을 때, 꿈을 크게 가지라는 뜻으로 할아버지가 손수 붙여준 거였다. 까페에서의 만남 이후 아버지는 어머니에게 아직 어떤 대답도 내놓지 못한 상태였다. 낳자고 할 자신도 지우자 할 용기도 없어서였다. 아버지는 어떤 선택이 옳은지 확신할 수 없었다. 앞으로 자기 인생은 어떻게 될지, 또 뱃속 아이의 운명은 어찌될지 가늠할 수도 없었다. 다만 그 와중에도 어렴풋이 직감할 수 있는 게 하나 있는데, 앞으로 자신이 짊어져야 할 삶의 무게가 엄청나리라는 거였다. 솔직히 아버지는 모든 걸 어머니가 결정해주길 바랐다. 그러면 '나도 같은 생각이었어'라고 답한 뒤 그녀를 안아줄 수 있을 텐데, 그러면 평생에 걸쳐 듣게 될 어떤 비난으로부터 자유로워질 수 있을 텐데, 하고. 어쨌든 가장 급한 문제는 돈이었다. 아이를 포기하든, 그러지 않든 조만간 돈이 필요할 터였다. 그런데 그걸 대체 어디에서 구한단 말인가.

'신문을 돌려볼까? 아님 짜장면 배달이라도 해볼까?'

어떤 일을 시작한다고 해도 선불을 당기지 않는 한 월급은 한 달 뒤에나 만져볼 수 있을 터였다. 더군다나 아버지에게는 오토바이 면허도 없었다. 당장 현실적인 방법은 누군가에게 돈을 꾸는 거였다. 하지만 아버지 친구 중에 그만한 현금을 가지고 있을 만한 사람은 없었다. 같은 반에 유일하게 캘빈클라인 팬티를 입는 친구가 있었지만 녀석은 교내 짠돌이로 유명했다. 아버지는 울적했다. 무엇 하나 기댈 것이 없는 상황 때문에. '그때 조금만 참을걸' 하는 후회 때문에. 조만간 온동네에 퍼질 추문 때문에. 아울러 자신이 스스로 생각한 것보다 '괜찮은 남자'가 아닐지도 모른다는 의심 때문에…… 아버지는 멍하니 천장을 바라봤다. 그러곤 습기에 자글자글 주름이 인 세계지도를 응시했다. 오대양, 육대주, 육십억…… 머리 위로, 주입식 교육으로 알게 된 몇몇 정보가 두서없이 흘러갔다.

아버지는 새삼 육십억 인구의 기원에 대해 그려봤다. 그러자 절로 육십억 인구의 데이트, 육십억 인구의 성욕, 육십억 인구의 섹스가 그려졌다. 곧이어 아버지의 의지와는 상관없이 아랫도리가 불룩해졌다. 그것은 조금씩 부풀어오르다 이내 터질 듯 팽팽해졌다. 순간 아버지는 울고 싶은 심정이 되었다. 이 와중에도 눈치없이 고개를 드는 욕구 때문에. 어쩌면 평생 그 욕구의 노예가 될지도 모른다는 예감 때문에. 동시에 '이렇게 복잡한 상황에서 한번 하는 것도 괜찮지 않을까' 하는 생각이 전혀 안 드는 건 아니라는 사실 때문에 말이다.

같은 시간, 어머니는 방바닥에 연습장을 펴놓은 채 엎드려 있었다. 그러고는 볼펜을 입에 물고 잘근거리다 결심한 듯 종이 한가운데 긴 선을 그었다. 왼쪽에는 출산의 나쁜 점을, 오른쪽에는 좋은 점을 적어볼 마음이었다. 어머니는 우선 왼쪽 칸부터 채워나갔다.

1. 아버지와 어머니에게 혼난다.
2. 학교에서 잘린다.
3. 사람들이 손가락질한다.
4. 돈이 없다.
5. 돈 벌 능력도 없다.
6. 살이 찌고 못생겨진다.
7. 임신중 다른 병에 걸리거나 죽을 수도 있다.
8. 몇년간 아무것도 못하고 아기만 돌봐야 한다.

9. 대수 마음을 모른다.

10. 내 인생뿐 아니라 대수 앞길도 막을 수 있다.

11. 행복하지 않을 수 있다.

....

목록은 자꾸 늘어갔다. 그것도 점점 부정적이고 극단적인 방향으로. 어머니의 머릿속엔 어느새 궁핍하고 황량한 집안 풍경과 알코올 중독에 빠진 남편, 반항적인 아들, 울다 지친 자신의 모습이 들어와 있었다. 얼핏 보면 금방 결론이 난 셈이었다. 하지만 어머니는 속단하지 않고 침착하게 오른쪽 칸을 채워보기로 했다. 모든 일에는 일장일단이 있다는데, '그래, 이게 다는 아닐 거야' 하고.

1. ....

2. ....

어머니는 당황했다. 아무리 그래도 그렇지, 지금 이 순간에도 사람들이 여전히, 그리고 열심히 '번식'중인 와중에 설마 출산의 좋은 점이 하나도 없으리라고는 예상치 못한 까닭이었다. 물론 '출산의 위대함'에 대해서라면 어머니도 아는 바가 있었다. 티브이 교양 프로그램에서나 도덕수업, 혹은 성교육 시간에 수없이 들은 말, 그러니까 '생명은 소중하다'든가 '사람은 자신이 한 일에 책임을 져야 한다'는 식의 얘기를 모르는 바도 아니었다. 하지만 어머니는 그것이 왠지 정직하게 느껴지지 않아 적을 수가 없었다. 누구에게 보여주려는 것도 아니고 순전히 자신을 위해 하는 일인데 이왕이면 온몸으로 긍정할 수 있는 말을 쓰고 싶었다. 그러니까 자기가 아는 말, 그리고 믿는 말들을…… 남들이 하는 말, 혹은 믿으라고 하는 얘기가 아무리 아름답고 옳다 해도 말이다. 하지만 좌우가 극명하게 대비되는 노트 앞에서 어머니는 두려움을 느꼈다. 1번 혹은 3번 때문에, 5번 또는 12번 때문에…… 그러나 진짜 두려움의 근원은 따로 있었다. 당시 어머니는 그걸 몰랐지만. 그것은 한 존재를 향한 거대한 사랑의 예감, 그 그림자 속에 드리워진 불안, 그리고 좋은 건지 나쁜 건지 몰라 어느 칸에 넣는 것이 적절한지 알 수 없는 기분 때문이었다. 어머니는 내친김에 한대수에 관한 노트도 작성했다. 그건 예상보다 빨리 끝났는데, 내용은 다음과 같았다.

　　장점 : 착하다.
　　단점 : 지나치게 착하다.

　　그러곤 그게 또 좋은 건지 나쁜 건지 몰라 연습장의 여백을 한참 동안 들여다봤다.

　　아버지 그리고 어머니, 두 분의 마음 중 어느 것이 더 나의 출생에 영향을 끼쳤는지는 모르겠다. 다만 확신할 수 있는 건 둘 중 어느 것도 그다지 결정적인 역할은 하지 못했다는 거다. 살면서 우리가 그토록 찾아헤매는 해답은 때로 전혀 엉뚱한 곳에서 모습을 드러내곤 하니까. 어느 때는 문제 자체가 정답과는 별 상관 없는 맥

락에서 출제되기도 하니까 말이다.

며칠 뒤 두 사람은 남들 시선을 의식해 일부러 먼 데까지 버스를 타고 나갔다. 그러곤 생전처음 와본 시의 거리를 두리번거리다 비교적 아담하고 한적해 보이는 산부인과에 들어갔다.

"소변에 단백질이 있네요?"

"네?"

"원래 혈압이 높은 편인가요?"

"아버지는 고혈압이 있는데, 저는 잘 모르겠어요."

어머니는 어느 때보다 공손한 자세로 의사의 말을 경청했다. 의사는 산모를 이대로 둘 경우 상황이 나빠질 수 있다고 했다. 증상이 심해지면 최미라씨 장기가 영구적으로 손상될 수 있고, 최악의 경우 태아와 산모의 생명이 위험해질 수 있다고. 깜짝 놀란 아버지가 울 것 같은 표정으로 물었다.

"선생님, 그럼 저흰 어떻게 해야 하나요?"

어머니 역시 아랫입술을 깨물며 설명을 기다리는 중이었다. 의사는 어딘가 좀 수상하고, 또 초라하고, 동시에 불안해 보이는 십대 부부를 무표정하게 바라봤다. 그러곤 뭔가 고민하는 듯하더니, 사무적인 투로 말을 흐렸다.

"치료법이 있기는 한데……"

어머니가 조급하게 끼어들었다.

"그게 뭔데요?"

의사는 두 미성년자의 얼굴을 한번 더 흘깃 쳐다봤다.

"말씀해주세요, 네?"

아버지가 채근했다.

"그러니까 최선의 치료법은……"

어머니와 아버지가 동시에 답했다.

"네."

"그러니까 지금 선택할 수 있는 방법은 말이죠……"

이윽고 오랫동안 차트를 바라보던 의사가 담담하게 말했다.

"분만입니다."

그뒤로도 어머니는 쉽게 마음을 정하지 못했다. 하루에도 몇번씩 긍정과 부정 사이를 오가며 어쩔 줄 몰라했다. 시간은 계속 흐르고…… 축축하고 어두운 공간 속에서 내 몸은 자꾸 자라났다. 주위에선 쉴새없이 쿵— 쿵— 하는 소리가 들렸다. 나는 그 소리를 귀가 아닌 온몸으로 들었다. 그러고 지하 벙커에서 모스부호 해독에 열중하는 병사처럼 내 주위를 감싸는 그 '떨림'의 실체를 파악하려 애썼다. 그리고 그 암호는 다음과 같았다.

'두근두근…… 두근두근…… 두근두근……'

쿵쿵— 혹은 둥둥— 이라도 좋았다. 먼 북소리 같기도 하고, 큰 발소리 같기도 한 무엇. 거대한 몸집을 가진 누군가가 나를 향해 성큼성큼 다가오는 듯한 울림이었다. 그때마다 나는 여진(餘震)에 민감한 순록처럼 도망칠 준비를 했다. 하지만 동시에 춤추고 싶은 기분도 들었다. 어머니의 심박과 내 것이 겹쳐 가끔은 음악처럼 들려왔던 까닭이다.

'쿵 짝짝…… 쿵 짝짝…… 쿵쿵 짝…… 쿵 짝……'

쿵은 어머니 것, 짝은 내 것이었다. 쿵은 센소리 짝은 여린소리
였다. 나는 긴 탯줄에 매달려 그 소리에 집중했다. 어머니의 심장은
오동통한 달처럼 내 머리 위에 떠, 나무가 초록을 퍼트리듯 방울
방울 사방에 비트를 퍼트렸다. 그것은 정보량의 최소 기본단위를
말하는 비트(bit)이기도 하고, 가수들이 음악을 만들 때 쓰는 비트
(beat)이기도 했다. 이 비트(bit)와 저 비트(beat)는 몸 곳곳에 중요
한 메씨지를 보내며 삐라처럼 흩날렸다. 듣다보니 뭔가 '되고 싶어
지는' 게 누가 들어도 참으로 선동적이라 하지 않을 수 없는 리듬
이었다. 명령어를 전달받은 세포들은 곧장 행동에 돌입했다. 하늘
에서 쏟아지는 비트를 맞고, 기관들이 움트며 기지개를 편 거였다.
간이 부풀고 콩팥이 여물며 우둑우둑 뼈가 돋아났다. 나는 무럭무
럭 자랐다. 그리고 종종 내 꿈속에서, 어머니가 꾸는 꿈과 만나 두
서없는 대화를 했다.
'엄마……'
'응?'
'엄마……'
'그래.'
'나 자꾸 가슴이 떨려요…… 가슴이 아프도록 뛰어요…… 숨이
넘어갈 것 같은데, 이러다 죽을 것만 같은데…… 도무지 멈출 수가

없어요.'

'아가야'

'네?'

'나도, 나도 그래, 가슴이 자꾸 뛰어. 가슴이 저리도록 뛰는데 멈출 수가 없어……'

어머니가 복대를 차기 시작한 것은 그즈음이었다. 어머니는 그때까지 아무 결정도 하지 못한 상태였다. 날이 갈수록 복대의 압박은 커져갔다. 더불어 어머니의 숨은 계속 가빠졌다. 어느 때는 어머니의 숨박자가 너무 빨라 내가 장단을 맞출 수 없을 정도였다. 그래도 어머니는 아무 내색 않고 도도한 표정으로 학교에 나갔다. 그리고 어느날 어머니의 교복 단추가 더이상 여미어지지 않았을 때, 책가방을 껴안은 채 방바닥에 주저앉아 울었다.

소문은 삽시간에 퍼졌다. 아버지의 고백을 듣고, 대낮부터 취해갖고 돌아온 할아버지는 아버지의 뺨을 연달아 서른 대나 후려쳤다. 하지만 서른번째 손찌검이 끝날 때까지 아버지는 할아버지에게 끝끝내 '잘못했다'는 말을 하지 않았다. 외가댁의 분위기도 별반 다르지 않았다. 외할아버지는 입에 담지 못할 온갖 욕을 해대며 어머니를 나무랐다. 외할아버지의 얼굴에는 여름의 무성함을 숨기고 있는 겨울의 엄정함이 서려 있었다. 집안에서 어머니를 감싸주는 사람은 아무도 없었다. 외할머니도 외삼촌들도 어머니의 시선을 외면하며 어머니를 비난했다. 어머니를 붙잡고 뭐라 하던 외할아버지는 분에 못 이겨 미친 사람처럼 주위를 두리번대다 손에 나무빗자루를 들었다. 그러곤 어머니를 향해 힘껏 내리치려다, 빗자루가 든 손을 허공에 둔 채 부들부들 떠셨다. 머리 대신 배를 감싸안은 채 방바닥에 엎드려 있는 막내딸을 보고 슬픔과 울화가 동시에 치민 까닭이었다.

두 사람이 살림을 차린 건 이듬해 봄이었다. 뭔가 선택을 하는 게 어려웠을 뿐이지, 일단 출산을 결정하고 나자 나머지 일은 비교적 순조롭게 풀려나갔다. 아버지는 여전히 어안이 벙벙한 얼굴로 처가살이에 적응해나갔다. 어머니는 그간 마음고생한 것에 복수라도 하듯 마음놓고 산모로서 특권을 누렸다. 어머니는 틈이 날 때마다 온갖 연예인 사진을 보며 호들갑을 떨었다. 아가야 봐봐, 우성 오빠야. 잘생겼지? 이건 희선 언니. 어디 보자, 또…… 아버지와 달리 가장 좋아하는 사자성어가 '경국지색'이었던 어머니는, 태아에게 좋은 것만 보여주라는 얘기를 그렇게 엉뚱하게 실천하고 있었다. 어머니는 본격적인 태교에 힘썼다. 몸에 좋다는 건 다 구해다 먹었고, 아름다운 풍경만 보고, 건전한 생각만 하려 애썼다. 그 속에 미혼모의 수치나 자괴 따윈 없었다. 어머니는 이런 때일수록 뻔뻔해져야 한다고, 위축되면 사람들이 더 깔본다며 당당하게 굴었다. 나중에 누가 더 행복한지 두고 보자고. 앞으로 태어날 아이가 그 행복을 '당연히' 갖다주리라는 사실을 믿어 의심치 않는다는 듯 말이다. 날 때부터 예쁜 것을 밝혀온 어머니는 야채도 과일도 모양새가 온전한 것만 골라 먹었다. 유아용품은 물론 임부복도 디자인을 따졌고, 책은…… 읽으려다 이내 때려치웠다. 어떤 상황에서건 태아가 스트레스를 받으면 안된다는 거였다.

이따금 두 사람은 옆방으로 말소리가 새어나가지 않게, 나지막한 어조로 대화를 나눴다.

"대수야, 자?"

"아니."

"돈 버는 거 힘들지?"

"응."

"엄마 아빠 안 보고 싶어?"

"여기보다 먼 기숙사서도 살았는데 뭘……"

"우리, 돈 모아서 얼른 독립하자."

"응."

"남들 공부할 때 빨리빨리 애 키워서, 남들 일할 땐 효도받으면서 놀자."

"아싸."

"대수야, 자?"

"아니."

"넌 애가 어떤 애였으면 좋겠어?"

"음…… 예쁜 아이?"

"아니, 그런 거 말고. 성격이나 장래희망 같은 거 말이야."

아버지는 잠시 머뭇댔다. 보호자인 본인도 아직 뭐가 될지 모르는 상황에서 그런 바람을 가져도 되는지, 그럴 자격은 있는지 자신할 수 없어서였다. 그래서 아버지는 자신에게 하고 싶은 얘기를 했다.

"어…… 나는, 얘가 꿈이 있는 아이였음 좋겠어. 너는?"

어머니가 서글서글한 눈망울에 기대를 한껏 담아 말했다.

"음…… 나는 얘가 사람들에게 사랑받는 아이였으면 좋겠어."

아버지가 피식 웃으며 어머니를 나무랐다.

"야, 그거 쉬운 일 아니다."

어머니도 지지 않고 대꾸했다.

"왜? 아기들한테는 그것만큼 쉬운 일이 없을걸? 그리고 우리가 그렇게 만들면 되잖아."

아버지는 여전히 '아내'라기보다는 '여자친구'처럼 느껴지는 어머니를 향해 모로 누웠다. 그러곤 어머니의 배를 어루만지며 그늘진 얼굴로 속삭였다.

"얘가 우릴 좋아할까?"

어머니가 아버지의 손등 위에 자기 손을 포갰다.

"글쎄……"

"얘가 원하는 걸 우리가 다 해줄 수 있을까?"

"그러게……"

두 사람은 한동안 컴컴한 허공을 바라봤다. 창밖에선 서서 잠든 나무들이 짙은 한숨을 토해내고, 마당 앞 키 큰 작물들은 바람의 방향에 따라 머리채를 흔들며 산이 꾸는 꿈을 곁눈질하고 있었다. 싸구려 벽지가 발라진 시멘트 벽 너머로 옆방 사내의 코 고는 소리가 어렴풋이 들려왔다. 잠시 후, 아버지가 말했다.

"생각해보니까 말이야,"

"응."

"뭘 잘하지 않아도 좋으니까 말이야,"

"응."

"건강하기만 했으면 좋겠다."

어머니는 잠시 눈을 굴렸다. 그러곤 너무 차분해서 어딘가 슬프게 들리기까지 하는 목소리로 말했다.

"그래, 그러면 되겠다."

마을사람들은 내가 아주 튼튼할 거라고 했다. 산모가 어리면 애 머리가 좋다던데, 이번 기회에 하나 낳고 또 낳으라며 실없게들 웃어댔다. 예전에는 다 그 나이 때 엄마 노릇을 했다고. 바로 얼마 전까지만 해도 두 사람을 찌푸린 눈으로 바라보던 사람들조차 한마디씩 말참견을 했다. 요새는 참 애 구경하기가 힘들다고. 부드럽고 환한 '생명' 가까이 있고 싶어 안달난 이들처럼 그랬다. 어머니의 얼굴에는 가임기 여성의 자신만만함과 자랑스러움이 그득했다. 자기가 어떤 표정을 짓고 있는지 몰라 '진짜 권력'처럼 보이는 청춘의 민낯이었다.

한 날 우리집에 교복 입은 소녀들이 한 무리 찾아왔다. 어머니의 단짝 한수미가 주도해서 데려온 거였다. 한수미의 손에는 저희들끼리 몇천원씩 모아 샀음직한 앙증맞은 신발 한 켤레가 들려 있었다. 소녀들은 어머니를 보자마자 얼싸안으며 '꺄아아, 미쳤어, 미쳤어' 하고 소리쳤다. 그러고는 좁은 방에 옹기종기 모여앉아 싸구려 과자를 먹으며 한껏 수다를 떨었다. 여느 때처럼 선생 뒷담화나 연예인 얘기가 끊이지 않았지만, 화제의 중심은 단연 어머니였다.

"남자야 여자야?"

"몰라. 병원에선 파란 옷 준비하라고 하더라."

"어머, 아들이네, 아들."

"대수 닮았음 훤칠하겠다."

"맞아, 대수 걔가 얼굴은 그냥 그래도 몸이 좋잖아?"

"그러니까 애도 낳지."

"어우, 야아아!"

소녀들이 일제히 비명을 질렀다. 수치심과 즐거움이 섞인 괴상한 얼굴을 하고서였다. 나는 높은 음을 가진 여자들의 재잘거림과 웃음소리가 좋아 평소보다 활달하게 움직였다. 누군가 곧 비밀스러운 목소리로 말했다.

"있잖아, 우리 언니가 그러는데, 여자들 애 낳을 때 거기 찢는대."

"거기? 거기 어디?"

"거기, 거기 아래."

"헉, 정말?"

"응, 칼로 살짝 찢는데 다른 데가 하도 아파 그건 느끼지도 못한다더라, 얘."

"어우, 무서워."

"나는 아기 안 낳을래."

"야, 너는 시집이나 가고 말해."

"근데 미라 너 가슴 커졌다?"

"응, 임신해서 좋은 건 이거밖에 없어."

"뱃살 안 텄어?"

"응, 틀까봐 열심히 로션 발라주고 있어. 나 올챙이 같지?"

어머니가 한 손으로 허리를 두드리며 수줍어했다.

"아냐, 이뻐."

"에이, 이쁘기는. 근데 나 애기 갖고 나서 팬티에 자꾸 이상한 거 묻는다?"

"뭐?"

"몰라, 자꾸 막 기분나쁜 분비물이 나와."

"진짜?"

"응, 그래서 진짜 내가 무슨 짐승이 된 기분이야."

"어머……"

어머니의 친구들은 본인들이 아는 온갖 출산에 대한 정보와 일화를 늘어놓으며 쉬지 않고 떠들었다. 어느 때는 별로 재밌지도 않은 얘기를 갖고 와아아 웃고 옆사람을 때리고 별 오두방정을 다 떠는 바람에 정신이 혼미해질 정도였다. 나는 소리가 나는 쪽을 향해 고개를 이쪽으로 돌렸다 다시 저쪽으로 돌리며 '과연 여자들의 세계란 이런 것인가……' 어지러워했다. '그것참, 엄청나게 시끄럽고 눈부신 존재들일세……' 하고. 얼마 뒤 한수미가 조심스레 물었다.

"미라야."

"응?"

"저기…… 만져봐도 돼?"

어머니는 그런 일은 이미 수차례 겪어봤다는 듯 대수롭지 않게 말했다.

"그럼."

허락을 받은 소녀들이 하나둘 어머니 주위로 몰려들었다. 그러곤 저희들끼리 무슨 내밀한 의식이라도 치르듯 끈끈한 시선을 주고받았다. 이윽고 어머니의 둥근 배 위로 총 다섯 개의 손이 올려졌다. 모두 희고 고운 게 불가사리처럼 앙증맞은 손이었다. 다섯 개의 손바닥은 일제히 숨죽인 채 내 존재를 느꼈다. 나 역시 내 머리 위에 얹어진 다섯 소녀의 온기를 느끼며 꼼짝 않고 있었다. 아주 짧은 고요가 그들과 나 사이를 지나갔다. 어머니의 배는 둥근 우주가 되어 내 온몸을 감쌌다. 그리고 그 아득한 천구(天球) 위로 각각의 점과 선으로 이어진 별자리 다섯 개가 띄엄띄엄 펼쳐졌다. 부드럽고, 따뜻하며, 살아 있는 성좌들이었다. 어머니의 친구들은 신기한 듯 서로의 얼굴을 바라봤다. 그러곤 동시에 희미한 미소를 지었다.

어머니는 안 그래도 된다는 만류를 뿌리치고 그녀들을 뒤뚱뒤뚱 끝까지 배웅했다. 친구들은 어머니에게 부럽다느니, 용감하다느니, 멋지다느니 하는 말을 잔뜩 늘어놨다. 그러곤 버스를 기다리며, 새로 온 남자 교생에 관한 얘기를 하며 저희들끼리 잠깐 시시덕거렸다. 어머니는 친구들이 무슨 얘기를 하는지 몰랐지만 분위기를 깨지 않으려 어색하게 따라 웃었다. 그러곤 새삼 친구들이 오늘 자신에게 유난히 친절했다는 사실을 깨달았다.

'……어? 왜?'

어머니는 이상한 듯 갸웃거렸지만, 그러고는 그걸 또 금방 잊어버렸지만, 나는 그 이유를 충분히 짐작할 수 있었다. 내 생각에 그녀들은, 아마 미안해하고 있었던 것 같다. 활달함 혹은 친절함이란 누군가와 무의식적으로 이별을 준비할 때 나오는 태도 중의 하나니까. 그녀들은 앞으로 이 '퇴학당한 친구'를 자주 보러 오지 못하리라 예감하고 있었는지도 몰랐다. 시간은 흘러흘러 빠르게 지나가리라. 조만간 닥칠 중간고사와 기말고사, 대입시험까지 준비하다보면 한 해가 후딱 지나가리라. 결혼한 친구와 나눌 화제는 점점 떨어질 테고, 그러다봄 또 어느덧 멀어진 사이가 어색해 더더욱 가까운 척하는 시기가 오게 될지도 모르리라. 그때는 아마 더 많은 거짓말과 시치미, 더 많은 친절함이 필요하리란 걸 은연중에 감지한 탓일 터였다. 어머니도 그녀들도 당장은 그걸 알아차리지 못했다 하더라도 말이다. 어머니의 친구들은 다정한 인사를 건넨 뒤 일제히 버스에 올랐다. 어머니는 한 손을 높이 들어 친구들을 향해 흔들었다. 그러곤 친구들이 멀어지는 모습을, 버스가 아스라이 점이 되어 사라질 때까지, 허리에 손을 짚은 채 오래도록 응시했다. 소란스러운 친구들이 떠나자 해질녘 시골마을에 어마어마한 정적이 찾아왔다. 늘 거기 있던 정적이고 피부 같던 고요인데 새삼 어머니는 그것이 버겁다고 생각했다.

손님 중엔 아버지의 중학교 태권도부 후배들도 있었다. 우락부락한 체구에 조직폭력배처럼 생겨가지고선 한 손으로 입을 가리고 웃는 총각들이었다. 그들은 이미 학교를 관둔 선배 앞에서도 예의와 의리를 지키려고 노력했다.

"선배님, 선배님이 없으니까 체육관이 아주 썰렁합니다."

"뺑까지 마, 새꺄."

어머니는 아버지가 욕하는 모습을 처음 보고 살짝 놀랐다. 남자들은 저희들끼리 있을 때 다른 종이 된다던데, 과연 자기와 단둘이 있을 때와 또래들 사이에서의 한대수는 다른 존재처럼 보였다. 어머니는 몇살 차이도 안 나는 것들이 서로 존대하는 것이 우스웠지만, 조붓하게 눈을 내리깔고 사과를 깎았다.

"진짭니다, 선배님."

"맞습니다, 선배님. 우리한테 잘해주셨는데…… 보고 싶었습니다, 선배님."

그러고는 저희들끼리 한 손으로 입을 가리고 하하하하 웃었다.

"저, 그리고 이거……"

누군가 토끼 모양의 앙증맞은 십자수가 놓인 턱받이를 내밀었다. 무리 중에 인상이 가장 험악해 보이는 거구의 총각이었다. 넉살 좋은 누군가는 어머니에게 형수님 형수님, 하며 애교를 부렸다. 형수님이 미인이십니다. 다시 태어난다면 사랑하고 싶습니다. 하하하하, 하하하하……

"아, 그리고 작년에 부정 판정한 심판 있지 않습니까, 선배님."

"어……"

"비리로 잡혀갔답니다, 선배님."

아버지는 멈칫하다, 별로 신경 안 쓴다는 듯한 표정을 지었다. 후배들이 말하는 심판이라면 아버지도 잘 알고 있었다. 시합 도중 부당한 경고와 벌점을 받은 아버지가 이단옆차기로 쓰러뜨린 바 있는 심판이 바로 그 사람이었다. 결국 아버지는 그 일로 학교에서 정학을 맞았고, 그 와중에 갑자기 어머니와 눈이 맞아버린 거였지만 말이다. 후배들은 간단한 담소를 나눈 뒤 일찌감치 자리에서 일어섰다. 도에서 가장 큰 시에 있는 체육고등학교로 돌아가기 위해 서둘러야 했기 때문이다. 그들은 우리집에서 버스로 삼십분 정도 걸리는 시외버스터미널로 간 뒤 목적지까지 다시 두 시간가량을 더 가야 했다. 떠나기 전, 그들 중 한 사람이 아버지에게 슬쩍 돈봉투를 내밀었다. 얼마 안되지만 자기들끼리 모은 거라고 했다. 아버지는 그걸 보고 울컥했지만 내색하지 않았다. 그러곤 그런 건 어디서 배웠는지, 몇달 새 조숙해진 얼굴로 후배들에게 차비를 건네줬다. 후배들이 온다고 했을 때부터 어머니 몰래 준비해둔 거였다. 후배들은 몇번 손사래를 치다 결국 봉투를 받아넣었다. 버스는 쿨렁쿨렁 매연을 토해내며 언덕 위로 달려갔다. 아버지는 한 손으로 손차양을 만들어 그들이 사라지는 모습을 한참 동안 바라봤다. 버스가 흙먼지를 일으키며 떠난 뒤에도, 그 자리에 붙박여, 하염없이. 그러고는 자기도 모르게 주먹을 쥐었는데, 그것은 이상하게도 아버지가 그토록 그만두고 싶어한 태권도의 '맨 처음 자세'와 퍽 비슷해 보였다.

모든 생명은 '태어나는' 것이 아니라 '터져나오는' 거란 걸 어머니는 진작부터 알고 있었다. 아무렴 시골에서 자랐는데 모를 리가 없었다. 어머니가 본 꽃은, 짐승은, 곤충은 대부분 제 몸보다 작은 껍질을 찢고 폭죽처럼 터져나왔다. 그동안 많이 참아왔다는 듯. 도저히 더는 못 참겠다는 듯. 웃음처럼, 야유처럼, 박수처럼. 펑! 펑! 벗어놓은 허물을 봄 그 큰 날개와 다리가 어떻게 다 들어가 있었는지 알 수 없을 정도로 완연한 몸뚱일 갖고서였다. 그해 늦봄, 어머니는 갖은 고생 끝에 나를 낳았다. 나는 팔삭둥이 조산아답지 않게 우렁찬 울음소리를 내며 말 그대로 '터져'나왔다. 최미라와 한대수 씨 댁의 유구하고 복잡한 가계를 뚫고 난데없이, 당당하게. 그리고 그 난데없음을 수습하기 위해선 일단 모든 사람이 보는 앞에서 크게 울고 봐야 된다는 걸 직감했다. 하지만 나는 운다는 게 뭔지 몰랐고, 울기 위해 어떻게 해야 하는지 알지 못했다. 속에서 뜨겁고 물컹한 기운이 올라왔다. 하지만 매스껍고 어지럽기만 할 뿐 나는 어떤 소리도 낼 수 없었다. 그간 탯줄로만 숨을 쉬다 처음으로 폐를 사용해야 했기 때문이다. 분만실 주위로 위태로운 정적이 흘렀다. 하지만 의사 선생님은 그런 일쯤 대수롭지 않다는 듯 능숙하게 나를 들어올렸다. 그런 뒤 큰 손으로 내 엉덩이를 철썩 때렸다. 남들이 소위 말하는 '생일빵'이란 거였다. 나는 너무 아파 성을 내고 싶었지만 으앙— 하고 울어버리는 수밖에 없었다. 안 그러다 한대 더 맞는 수가 있고, 그게 당장 내가 할 수 있는 일이어서였다.

"옳지, 옳지. 울어야 산다……"

반백의 전문의는 무정하게 나를 얼렀다. 그러고는 엄마 젖무덤

께로 나를 데려갔다. 나는 온갖 분비물에 뒤덮인 지저분한 몰골로
어머님을 뵈었다. 많이 기다리고 기대하셨을 텐데, 초면에 너무 더
러워 송구할 지경이었다. 물론 나는 다른 신생아들과 마찬가지로
시력이 약해 앞을 거의 보지 못했다. 하지만 엄마 가슴에 안겨 심
장소리를 듣는 순간 '아! 이 소리는 내가 아는 소리구나' 안도할 수
있었다. 어머니는 걸레처럼 구겨진 나를 심각하게 내려다봤다. 그
러곤 목이 메는지 이상하게 갈라지는 소리를 냈다.

"아름아, 엄마야……"

그런 뒤 대성통곡하기 시작하는데, 자기가 왜 우는지 스스로
도 몰랐단다. 인간이 가질 수 있는 온갖 감정, 그러니까 슬픔과 기
쁨, 긍지와 수치, 후련함과 서러움, 헛헛함과 충만함 따위가 한꺼
번에 밀려드는 게, 자기도 그렇게 총체적인 감정은 처음 느껴봤다
고…… 그 순간 어머니의 얼굴에는 사회적인 자의식이랄까 그런
것이 거의 없었다. 그것은 남들에게 자기가 어떻게 비칠지 전혀 의
식하지 않는 여자의 울음이었다. 최신식 폭파기법으로 순식간에
붕괴된 고층건물처럼, 어머니는 무너졌다. 아마 사람이 그렇게 우
는 때는 일생에 두 번 정도밖에 없지 않을까. 자식이 태어났을 때,
그리고 죽었을 때…… 나는 어머니의 짐승 같은 소리를 듣고 마음
이 놓였다. '아, 나는 나와 비슷한 울음을 가진 사람들 사이에 태어
났구나'라는 것과 '아, 내가 어머니께 무언가를 느끼게 만들었구
나' 하는 안심이 들어서였다. 그게 무언지는 알 수 없어도, 어머니
의 눈물은 적어도 내가 전혀 무가치한 존재는 아닐 거라는 믿음을
주는 그런 눈물이었다. 산모가 가벼운 임신중독증을 앓고 있던 터

라 행여 나쁜 일이 생기지 않을까 안절부절못하던 식구들은 '순산'이라는 말을 듣자마자 크게 기뻐했다. 외할머니는 그 자리에 주저앉으며 눈물을 훔쳤다. 한번도 스킨십을 해본 적 없는 외할아버지와 아버지는 엉겁결에 얼싸안기까지 했다. 그리하여 바람을 타고 차례로 넘어지는 풀처럼, 내게서 시작된 울음은, 어머니에게로 옮아, 외할아버지를 지나, 아버지에게까지 번져갔다. 이제 막 태어난 것도 아닌 사람들이, 자기들도 울어야 산다는 말 정도는 어디서 한두 번 들어봤다는 듯이, 살아 있으면서도, 새삼 더 살고 싶어, 목청 높여 꺽꺽— 물론 그중 가장 크게 운 건 아버지였다. 아버지는 부들부들 떨리는 손으로 처음 나를 안아본 뒤, 그동안 남몰래 '아버지가 되지 않게 해주세요'라고 기도한 게 미안해, 남들보다 두 배는 더 크게, 세 배는 더 오래 울어 간호사들의 빈축을 샀다.

2

올해 나는 열일곱이 되었다. 사람들은 내가 지금까지 산 것이 기적이라 말한다. 나 역시 그렇다고 생각한다. 나와 비슷한 사람 중 열일곱을 넘긴 이는 매우 드물다. 하지만 나는 더 큰 기적은 항상 보통 속에 존재한다고 믿는 편이다. 보통의 삶을 살다 보통의 나이에 죽는 것, 나는 언제나 그런 것이 기적이라 믿어왔다. 내가 보기에 기적은 내 눈앞의 두 분, 어머니와 아버지였다. 외삼촌과 외숙모였다. 이웃 아주머니와 아저씨였다. 한여름과 한겨울이었다. 하지만 나는 아니었다.

몇 해 전, 이웃의 한 여자가 우리집에 찾아와 이런 말을 했다.
"원인도 모르고 치료법도 없다면서요?"

"네."

"그런 건 병이 아닙니다."

"네?"

"그런 건 메씨지지요."

그녀 옆에는 낡은 성경책과 묵주가 놓여 있었다.

"아주머니."

아버지가 말했다.

"쟤는 메씨지가 아니라 아름입니다. 한아름이라고요."

순간 나는 내 외모와 어울리지 않는 순하고 둥근 이름이 부끄러웠지만, 동시에 '아버지도 이제 다 컸구나……' 하는 대견한 생각이 들었다. 십대 가장 시절, 어른들이 뭐라 그럼 그게 다 자기 잘못인 양 고개만 푹 숙였던 아버지는, 이제 우리 가족을 향해 그런 식으로 말하는 사람들로부터 우리를 지키려 하고 있었다. 하지만 속이 상하는 건 어쩔 수 없었는지 그날밤 술을 진탕 먹고 들어왔다. 한 손에는 한 판에 천원 하는 만두 꾸러미를 들고서였다. 한두 번겪은 일도 아닌데, 그날따라 왜 그랬는지 모르겠다. 아버지는 내 방으로 와 힘도 없는 내 다리를 베고 누웠다. 그러고는 양 볼을 부풀리며 헤에 웃었다.

"아름아, 아름아, 너는 어떤 노래가 좋으니?"

나는 기력이 달려 바들바들 떨리는 목소리로 말했다.

"왜요?"

"그냥, 우리 아들 좋아하는 게 뭔지 궁금해서."

나는 안경 너머, 침침한 눈으로 가슴이 시리도록 젊은 아버지를 바라보며 웃었다. 그러곤 아버지를 기쁘게 해주고 싶어 우스갯소리를 했다.

"예쁜 여자가 부르는 노래면 다 좋아요."

그러자 아버지는 미친 사람처럼 소리를 빽 지르며 맞장구쳤다.

"나도오오오오오오오!"

그러고는 자리에서 벌떡 일어나 소리쳤다.

"이효리 짱!"

덩달아 나도 두 손을 높이 들고 외쳐댔다. 생각만큼 박력있는 목소리가 나와주진 않았지만, 있는 힘껏 내질렀다.

"박지윤 짱!"

아버지는 제자리서 폴짝폴짝 뛰었다.

"엄정화 짱!"

"성유리 짱! 짱!"

"보아가 최고!"

그러곤 또 정신나간 사람처럼 갑자기 차분해졌다.

"그런데 나이를 먹으면 있잖니, 자꾸 슬픈 노래가 좋아진다? 그리고 세상에서 제일 슬픈 노래는 술 먹고 듣는 노래야. 그러니까 너도 어른이 되면 발라드는 무조건 술 마시고 들어라, 알았지?"

"네, 아빠."

나는 얼마 안 남은 이를 드러내며 상긋 웃었다.

"아빠."

"엉?"

"지금 슬퍼요?"

"응."

"나 때문에 그래요?"

"응."

"제가 뭘 해드리면 좋을까요?"

아버지가 멀뚱 나를 쳐다봤다. 그러곤 뭔가 고민하다 차분하게 답했다.

"네가 뭘 해야 좋을지 나도 모르지만, 네가 하지 말아야 할 것은 좀 알지."

"그게 뭔데요?"

"미안해하지 않는 거야."

"왜요?"

"사람이 누군가를 위해 슬퍼할 수 있다는 건,"

"네."

"흔치 않은 일이니까……"

"………"

"네가 나의 슬픔이라 기쁘다, 나는."

"………"

"그러니까 너는,"

"네, 아빠."

"자라서 꼭 누군가의 슬픔이 되렴."

"………"

"그리고 마음이 아플 땐 반드시 아이처럼 울어라."

"아빠?"

"응?"

"전 이미 아이인걸요."

"그래, 그렇지……"

열일곱 생일선물은 노트북이었다. 내가 병실에서도 인터넷을 이용할 수 있게 부모님이 마련해주신 거였다. 투박한 중고 노트북이었지만, 진작부터 개인용 컴퓨터가 필요했던 나는 그 무거운 걸 받자마자 강아지라도 되는 양 두 팔로 꼭 감싸안았다. 그러고는 내가 얼마나 좋아하는지 부모님께 보여드리기 위해 바보처럼 하아 웃었다. 안 그래도 컴퓨터를 이용해 꼭 해보고 싶은 일이 있던 차였다.

평소 혼자 있는 시간에는 주로 책을 읽어왔다. 처음엔 학교 진도를 따라가려고 펼친 거였는데, 나중에는 심심해서 절로 찾게 되었다. 책은 내게 밤새도록 재미있는 이야기를 들려주는 할머니이자, 세상의 지식과 정보를 알려주는 선생님, 그리고 비밀과 고민을 함께 나누는 친구가 되어주었다. 어릴 때부터 몸이 아파 자주 나가 놀 수 없었던 나는 세계의 온갖 저자들과 함께 스포츠를 즐겼다. 나는 플로베르가 공격수로 나서고 호메로스가 미드필드를, 셰익스피어가 골대를 맡은 가상의 운동장에서 축구를 했다. 나는 플라톤이 포수로 아리스토텔레스가 투수로 나선 스타디움에서 야구를 했다. 경기장의 풍경은 대략 이랬다. 플라톤이 하늘을 향해 손가락을 치켜들면 질겅질겅 껌을 씹고 있던 아리스토텔레스가 고개를 끄덕인 뒤 한 손으로 땅을 가리켰다. 그러면 곧 아름다운 곡선을 가진 변화구가 고대로부터 엄청난 속도로 날아왔다. 나는 내 키보다 큰 방망이를 멍청하게 휘두르며 헛스윙을 했다. 물론 철학서는 꽤 어렵고 지금도 무슨 말인지 모르겠는 데가 수두룩하지만, 나는 그걸 우아하고 긴 한 편의 시라고 생각하며 읽었다. 당장 이해가 안되는 부분은 언젠가 내게 제 발로 걸어와 '나야……' 하고 웃으며 인사를 건넬 터였다. 마치 인생의 중요한 교훈들이 대부분 그런 식으로, 나중에야 도착하듯 말이다. 시인들과의 테니스, 극작가들과의 바둑, 과학자들과의 배구도 마찬가지였다. 나는 그들에게서 달리기를 하지 않고도 심장을 빨리 뛰게 하는 법을 배울 수 있었다.

　장르나 두께와 상관없이 종이와 활자로 된 거라면 어떤 거든 좋았다. 곤충, 식물, 어류 도감은 물론 가슴을 쿵쿵 밟고 가는 시집과 귀싸대기를 맞은 것처럼 정신을 얼얼하게 만드는 사회과학 책까지. 그중에는 더러 난데없고 계통없는 입문서도 끼어 있었다. 『바둑 첫걸음』 『골프란 무엇인가』 『초급 일본어』 『전기공학의 기초』 『처음 만난 클래식』 『알기 쉬운 페미니즘』…… 돌이켜봄 나도 왜 읽었는지 모를 책들이었다. 나는 전기공학을 공부했지만 전구 하나를 갈아끼울 때도 식은땀을 흘렸다. 나는 히라가나를 외웠지만 일본에 간 적이 한번도 없다. 얼핏 봐서 나의 독서는 지식에 대한 사랑이 아니라 지구가 망한 뒤에 혼자 살아남게 될 사람의 조바심처럼 보였다. 그나저나 필드 한번 나간 적 없는 골프는 그렇다 쳐도, 지구에 혼자 남은 사람이 사용하려 한 페미니즘이란 무엇이었을까. 물론 누군가는 내게 이런 질문을 던질 수도 있을 거다. 조막

만한 녀석이 대체 그 많은 걸 언제 다 읽었느냐고. 그럼 나는 이렇게 답할 터였다. 사람이 오랫동안 혼자 있게 됨, 뜻밖에 많은 일을 할 수 있다고. '무엇 무엇 해야지'라는 결심이 아니라, 문득 정신을 차려보니 그러고 있더라고 깨닫는 식으로 말이다. 내가 가장 좋아하는 책은 단연 소설이었다. 인류가 만들어낸 가장 오래된 이야기부터 이국의 젊은 작가가 이제 막 선보인 데뷔작까지, 세상에서 가장 인기있는 유형의 이야기부터, 그런 유형이랄까 기준이랄까 하는 것에 신경질이 나 오로지 선배들을 엿먹일 맘으로 쓴 실험적인 작품들까지 말이다. 그리고 그렇게 각 나라의 저자들과 노는 사이, 그리고 미처 읽어보지 못했고 어쩌면 영영 읽지 못할 책들이 마구마구 쏟아지는 사이, 나는 꽤 늙어버렸다. 혹은 늙은 채로 그들과 같이 놀았다. 내 피부는 푸석하고 머리카락 또한 하나둘 빠지기 시작한 지 오래였다. 하지만 겉모습만 그러할 뿐 내겐 노인들의 지혜나 경험이 없었다. 내가 먹은 나이 속엔 겹겹의 풍부한 주름과 부피가 없었다. 나의 늙음은 텅 빈 노화였다. 그래서 나는 나보다 오래 산 사람들의 인생이 궁금했다. 혹은 나만큼 늙지 않은 이들의 감각이랄까 고민 같은 것도 알고 싶었다. 다행히 책 속에는 모든 것은 아니어도 많은 것이 들어 있었다.

이따금 어머니는 물었다.
"아름아, 뭐 읽어?"
나는 푹 꺼진 입술을 오므리며 새처럼 종알댔다.
"그냥 에쎄이예요, 엄마. 이 사람은 일곱살 때 어머니가 죽자 갑자기 눈이 멀었는데, 그렇게 팔년간 장님으로 지내다 어느날 기적적으로 눈이 떠졌대요."

"소설이야?"

"아니요, 수기라니까요. 근데 이 사람은 자기가 또 언제 눈이 멀지 모른다고 생각해 그 즉시 부랴부랴 서점으로 달려갔대요. 그러곤 책장에서 제일 먼저 집어든 책이 『백치』였대요."

"왜? 유명한 책이야?"

"어릴 때 아버지가 자기한테 하도 이 백치 같은 자식, 백치 같은 자식, 그래서 그랬다나봐요. 재밌죠?"

어머니가 수줍게 웃으며 답했다.

"엄마도 욕, 잘하는데."

또 한 날은 아버지가 물었다.

"아름아, 뭐 보니?"

나는 숭숭 빠진 이 사이로 새된 소리를 내며 말했다.

"소설이에요, 아빠. 여기 주인공인 남자애가 가족들과 미국으로 이민가다 폭풍우를 만나 조난당하는 이야기예요."

"그래?"

"예, 이 아이는 태평양 한가운데 호랑이랑 남겨지는데, 어느 순간 절망이 호랑이보다 더 무서웠다고 말해요. 그리고 어느날 자기가 그렇게 경계했던 호랑이가 떠나자 엉엉 울어요."

"에이, 말도 안돼."

"아녜요, 진짜예요. 여기 보면 다 그럴 만한 사정이 나와요."

"그래?"

"그렇다니까요."

나는 하얗게 센 속눈썹을 깜빡이며 떨리는 목소리로 말했다.

"그러니까 아빠."

"엉?"

"언젠가 아빠가 너무너무 외로울 때, 이 세상이 무섭고 막막한 태평양처럼 느껴질 때 말이에요."

"응."

"그때 제가 아빠의 호랑이가 되어드릴게요."

아버지는 잠시 아무 말 않더니 내 머리를 쓰다듬으며 중얼댔다.

"이빨 빠진 호랑이구나?"

또 어느날은 이웃에 사는 장씨 할아버지가 물었다.

"그게 뭐냐?"

"어른들은 절대 알면 안되는 질 나쁜 책이에요."

"나는 네가 알고 있는 것보다 훨씬 나쁘게 살아왔다. 상상을 초월하는 나쁜 짓도 많이 했어. 그러니까 이리 내."

장씨 할아버지는 내가 장난삼아 가져온 책을 침 발라 몇장 넘겨보더니 곧장 중국 금서의 세계로 빠져들었다. 야하고 선정적인 내용이 가득한 옛날 책이었다. 할아버지는 내게서 당장 그 책을 빌려갔다. 그리고 며칠 뒤 나는 우연찮게 장씨 할아버지 댁을 지나다 마당에서 새어나오는 얘기를 듣게 되었다. 장씨 할아버지의 아버지, 그러니까 아흔살 된 '큰 장씨' 할아버지가 예순 넘은 '작은 장

'씨' 할아버지를 야단치는 소리였다. 자세한 내막은 알 수 없지만, 연로하신 큰 장씨 할아버지의 쩌렁쩌렁한 목소리, '넌 언제 철들려고 그러냐!'라는 한마디만큼은 또렷했다. 이윽고 담 너머로부터 무언가가 내 발밑으로 뚝 떨어졌는데, 가만 보니 전에 빌려드린 바로 그 책이었다.

여러 사람의 글을 읽다보니, 자연스레 나도 무언가를 쓰고 싶다는 욕구가 생겼다. 사실 그전에도 틈틈이 일기나 에쎄이, 영화 감상문 등을 끼적이지 않은 것은 아니었다. 인터넷 커뮤니티에 올린 몇몇 글은 반응이 좋아 수십개의 댓글이 달리고 인기 게시글로 추천되기도 했다. 하지만 본격적으로 진짜 '이야기'를 써보겠다 마음먹은 건 최근의 일이다. 아니, 보다 정확하게 말하자면 몇달 전 중환자실에 다녀온 뒤부터였다고 할까. 그때 나는 인공호흡기를 단채 사경을 헤매고 있었다. 병원측에서도 이미 부모님께 마음의 준비를 하라 전한 듯했다. 그전에도 몇번 고비가 없던 것은 아니지만, 그땐 정말 상황이 심각했다. 그사이 중환자실에 외할머니와 외삼촌들을 비롯해 몇몇 사람이 오갔다. 다들 말은 안해도 이번이 마지막이라고 생각하고 있었을 거다. 그들은 내 곁에 앉아 며칠 동안 긴 얘기를 나눴다. 나는 아득하고 깊은 잠에 빠져들었다. 그런데 신기하게도 그 와중에도 비교적 의식이 또렷하게 돌아올 때가 있었다. 눈은 감겨 있지만 평소 깨어 있는 때와 다름없는 몇몇 순간이. 생사를 넘나들던 그 순간에도 내가 귀를 쫑긋 세우고 있단 사실을 그분들은 전혀 눈치채지 못했지만, 덕분에 나는 친척들이 하는 얘기를 다 주워들을 수 있었다.

"그러게 그때 걔를 지우지 말았어야 허는디."

"엄마, 그게 지금 애 앞에서 할 말이야?"

"너도 니 자식이 중하듯 나도 내 자식이 중해서 그런다. 애 낳으면 좀 철들라 싶더니만 어째 평생 어미 속을 썩이냐."

"미라야, 그때 그거 삼백 못해줘서 미안하다. 네가 두고두고 서운해한 거 알아. 하지만 그때 우리 형편도 너무 어려웠어."

"아가씨, 아름이 처음 글 썼을 때 기억나요? 그때 아름이가 담장에 '한대수 바보'라고 써서 식구들이 다 웃었잖아요."

아울러 나는 꽤 기이한 경험을 했는데, 어른들의 입을 통해 들은 이야기와 내가 이미 알고 있던 정보가 섞여 영화처럼 재생된 거였다. 연기를 하고 있는 나와 카메라를 들고 있는 나는 분리되지 않았다. 잠든 채 본 현실과 깨어 있는 상태에서 꾼 꿈 역시 분간되지 않았다. 그때 나는 교복 바짓단이 발목 위로 껑충하게 올라온 아버지의 모습을 보았다. 화장대 앞에 웅크린 채 여드름을 짜고 있는 어머니의 얼굴을 보았고, 물가에서 입 맞추는 두 사람의 표정을 보았다. 그밖에도 빛바랜 질감의 사진처럼 눈앞을 스쳐가는 풍경들이 많았다. 새로 개업한 가게 앞에서 자랑스러운 미소를 짓고 있는 아버지, 나를 업은 채 쇼윈도우에 걸린 원피스를 넋을 잃고 바라보는 어머니, 편의점 아르바이트를 하다 도둑 누명을 쓰고 사장에게 귀싸대기를 맞는 아버지, 나를 놀려대는 아이들을 혼내려 맨발로 뛰어나온 어머니…… 그리고 그러면서 내가 그 시간을 한번 더 살고 있는 듯한 기분을 느꼈다. 완전한 거짓말도 사실도 아닌 무엇이,

탁한 듯 맑고 가까운 듯 먼 리듬으로 지나갔다. 하루, 또 하루……
친척들의 이야기는 우물 안에 던져진 돌멩이처럼 차곡차곡 내 가
슴에 쌓여갔다. 그리고 며칠 뒤 나는 놀랍게도 잠에서 깨어났고, 때
마침 불규칙한 심박 곡선을 본 뒤 올 것이 왔다 오해하고 병실 바
닥을 구르며 오열하고 있던 아버지를 보며 '아빠, 뭐 하세요?'라고
말하는 바람에 식구들을 민망하게 만들었다. 의식이 돌아온 뒤, 나
는 내게 한번 더 기회가 생긴 것을 알았다. 그리고 그렇게 큰 기적
은 일생에 한번만 일어난다는 것을 알았다. 그러니 어쩜, 그때 나를
살린 것은 당신들의 이야기를 마저 들어보고 싶은 바람, 혹은 당신
들과 함께 꾸는지도 모른 채 같이 꿨던 꿈들이었을까……

　　퇴원 뒤, 부모님은 다가올 생일에 무얼 받고 싶으냐고 물었다. 그
동안 뭔가 사달라는 말을 거의 해본 적 없는 나는 대놓고 노트북이
갖고 싶다고 답했다. 예상보다 너무 센 걸 말했는지 부모님은 잠시
주춤댔다. 그러곤 구석으로 가 뭔가 한참 의논하더니 대범한 듯 어
색하게 웃으며 알았다고 했다.

3

나를 낳고 부모님이 뼈저리게 느낀 것 중 하나는 자신들이 모르는 게 많다는 거였다. 자기들도 웬만한 건 다 알고 있다고, 사춘기 특유의 건방과 자부에 꽉 차 있었는데도 그랬다. 일단 두 분은 아기를 어떻게 안는지부터 몰랐다. 살면서 그렇게 작고 무력한 존재를 다뤄본 적이 없어서였다. 아버지는 한동안 나를 안을 때마다 수전증 환자마냥 두 손을 바들바들 떨었다. 직감적으로 아기 목을 받쳐야 한다는 건 알았지만, 혹 실수로라도 애를 떨어뜨리면 어쩌나 두려웠던 거다. 시합에서라면 아무리 덩치 큰 상대라도 기죽지 않았을 아버지는 고작 이 킬로그램도 안되는 신생아 앞에서 쩔쩔맸다. 그리고 뭔가 대단한 거라도 깨달은 듯, 어머니를 보며 말했다.

"난 있잖아, 살면서 내가 사람 안는 걸 처음부터 다시 배우게 되

리라고는 상상하지 못했어. 정말이지 그런 게 궁금한 적조차 없었
어······"

　서툴기는 어머니도 마찬가지였다. 출산 전 이런저런 책을 보고
동네 아주머니들의 참견과 조언을 귀담아왔건만, 실전과 이론은
엄연히 달랐다. 내가 까닭없이 자지러지기라도 하면, 어머니는 안
절부절못하고 발만 구르다 결국 나보다 더 크게 울어버리곤 했다.

　"아름아, 울지 마. 응? 울지 마. 엉엉······"

　식구들 중 나를 가장 노련하게 다룬 사람은 외할머니였다. 무표
정한 얼굴로 느긋하게 움직였지만 내가 무얼 필요로 하는지 정확
하게 알았다. 그때마다 어머니는 '엄만 이런 걸 어떻게 다 알아?'
살랑대며 외할머니의 비위를 맞췄다. 외할머니는 딸의 애교 따위
별로 고맙지 않다는 듯 심드렁하게 말했다.

　"원래 사람 기르는 게 쉬운 일이 아니여."

　그밖에도 두 사람은 배워야 할 게 많았다. 한 존재를 먹이는 법,
재우는 법, 씻기는 법, 그리고 이해하는 법까지······ 마치 내가 아
닌 자기들이 태어난 양, 처음부터 모든 것을 하나하나 깨우쳐가야
했다. 나를 만나기 전 두 사람은 유모차가 그렇게 비싼지도 몰랐
고, 기저귀가 그렇게 헤픈지도 몰랐다. 예방접종 이름이 DDT인지
DPT인지 혼동했고, 아기가 뒤집기를 성공하기까지 얼마나 많은
시도가 필요한지 알지 못했다. 고작 뒤집기 따위로 두 사람이 얼마
나 가슴 벅차게 될지, 그걸 성공한 아기의 표정이 얼마나 득의양
양할지, 그런 것도 말이다. 이따금 아버지는 만성 수면부족으로 눈

이 퀭해진 어머니를 향해 말했다.

"미라야, 자?"

"아니."

"아름이 말이야."

"응."

"인간이라면 마땅히 할 줄 안다고 생각한 거, 그런 걸 하나도 못 하는 게 완전 신기하지 않니?"

어머니는 졸음에 겨운 말투로 성심껏 대꾸했다.

"응."

"그런데 그걸 하게 만들었다는 거 아니야, 우리 엄마 아빠가."

"그러게."

"그걸, 어떻게 하게 됐는지 하나도 기억이 안 나는데 말이야."

"그러게."

아버지는 신이 나 계속 지껄였다.

"야, 그리고 사람 나이가 어떻게 하루, 보름, 한 달 그럴 수 있냐? 계란도 아니고. 하하, 말이 되냐?"

어머니는 맥없이 대꾸했다.

"안되지……"

콘크리트 벽 너머로 옆방 사내가 코 고는 소리가 평화롭게 들려 왔다. 나 때문에 자주 깨 부쩍 수척해진 총각이었다.

한참 뒤, 아버지가 다시 어머니를 불렀다.

"미라야, 자?"

"아니."

"아름이 말이야."

"응."

"우리 보며 입술 오물거릴 때 되게 할말 많아 보이지 않니? 무슨 말이 하고 싶은 걸까? 첨단 통역기 같은 거 있으면 들어보고 싶어. 뭐라 그러나. 죄다."

"………"

"그리고 왜 자면서 혼자 웃을까? 애기들도 꿈꾸나? 부처님처럼 웃던데. 그것도 녹화해서 다 틀어보고 싶어. 무슨 꿈 꾸나. 애들 꿈도 컬러로 나오려나?"

"………"

"아, 진짜 궁금하다. 넌 안 그러니?"

"대수야."

"응?"

"나도 궁금해. 궁금해서 죽어버릴 것 같아. 그러니까……"

"응."

"잠 좀 자자."

나의 출현으로 말미암아 집안에는 여러가지 변화가 생겼다. 우선 눈에 띄는 것은 색의 변화였다. 간박한 신혼살림에 밋밋하기 짝이 없던 단칸방은 원색의 유아용품들로 가득 찼다. 봄이 오듯 차근차근, 그러나 또 순식간에 바뀐 풍경이었다. 누가 봐도 알록달록 유치한 색들이었지만, 내가 태어나지 않았다면 그 방에 없을 색이기도 했다. 신생아용품 중엔 아기들의 감각을 발달시키기 위해 만들어진 것이 많았다. 소리, 색깔, 감촉, 냄새 등 많은 것이 그랬다. 그것은 나뿐 아니라 어머니와 아버지의 오감도 자극했다. 부모님은 나를 통해 감각이란 걸 다시 경험했다. 한번은 자신의 눈으로, 또 한번은 아기의 눈으로…… 그렇게 두 번. 딸랑이 소리 하나에 눈이 휘둥그레지는 아이. 그걸 보고 웃는 부모. 그 미소 속에는 사람에 대한 경이와 겸손이 고스란히 배어 있었다. 본인들도 의식하지 못했지만 정말 그랬다. 세상에서 가장 작은 인간. 어머님도 아버님도, 장모님도 장인어른도, 모두 거기서 출발했다는 사실이 부모님을 자꾸 놀라게 했다. 미숙한 아이의 눈을 통해 세상을 경험할수록 성숙해지는 부모…… 어딘지 원인과 결과가 바뀐 것 같지만 그건 정말 놀라운 일이었다. 가장 어리게 사고할수록 가장 지혜로워지는 일들이 매일매일 일어났으니 말이다.

　두번째 변화는 냄새였다. 수유기의 젊은 산모에게서 나는 몸냄새서부터 시큼한 아기 똥냄새, 숨냄새, 땀냄새, 침냄새, 잘 빨아 말린 면과 거기 스민 햇빛 냄새까지. 좁은 셋방에 조금만 앉아 있어도 끈끈하니 몸에 착 엉겨붙는 게, 아늑한 듯 갑갑한, 그래서 어느 때는 아버지로 하여금 죽도록 혼자 있고 싶어지게 만드는 기운이었다. 아버지는 내 머리통에 코를 박고 킁킁대는 것을 좋아했다. 부위별로 조금씩 다른 냄새가 난단 얘기도 즐겨했다. 하지만 그때만 해도 아버지는 나보다 어머니를 더 좋아했다. 아버지와 나 사이엔 출산시 죽을 고비를 함께 넘긴 이들의 끈끈한 우정이 없었다. 그러니 나 때문에 부부관계가 소원해지는 것은 당연한 일이었다. 아버지는 종종 어머니에게 서운함을 표했다. 그리고 그건 나를 낳은 뒤 우리 가족에게 생긴 세번째 변화였다. 아버지는 밤마다 얕은 숨을 토해냈다. 이러자고 온 장가가 아닌데…… 서러워 눈물이 날 것도 같았다. 아버지는 나를 안고 젖을 물리고 있는 어머니의 어깨를 소심하게 만지작거렸다. 어머니의 양 어깻죽지 사이에 얼굴을 묻고서였다. 한뼘도 안되는 좁은 공간이지만 아버지가 세상에서 제일 안전하다고 느끼는 곳이었다.

"미라야, 자?"

"응."

"진짜 자?"

"아이씨, 그렇다니까!"

아버지는 그래도 어머니가 반응해주는 게 좋아, 이참에 확 깨워 안아볼 요량으로 말꼬리를 잡았다.

"야! 자는 사람이 어떻게 말을 하냐?"

어머니는 성가신 듯 긴 한숨을 쉬었다.

"대수야."

아버지가 한껏 기대감에 부풀어 대답했다.

"왜?"

"부모들은 원래 못하는 게 없어."

막상 손자를 보고 흥분한 외할아버지는 사위에게 당장 가게를 차려주었다. 읍내 어디 목 좋은 자리에 스포츠용품점을 내준 거였다. 그때만 해도 외할아버지에겐 돈이 좀 있었다. 외할아버지가 돌아가실 때까지, 혹은 그뒤로도 외가의 정확한 재산규모를 아는 사람은 외할아버지밖에 없었다. 하지만 대호관광단지 유치 때 받은 보상금이 제법 있다는 건 가족들도 알았다. 외삼촌들은 눈치껏 외할아버지에게 손을 벌렸다. 실제로 몇몇은 사업자금을 받아 장사를 하기도 했다. 동네마다 한두 개는 꼭 있는 치킨집이나 과일가게, 팬씨용품을 파는 문구점 등이었다. 외할아버지 방에서 구체적으로 어떤 협상이 이뤄지는지 아는 이는 없었다. 둘째삼촌은 형이 더 받았다 생각하고, 첫째삼촌은 셋째가 더 챙겼다고 짐작하는 식이었다. 식구들 중 보상금에 욕심을 내지 않은 사람은 우리 아버지뿐이었다. 천성이 착해서라기보다 아무 생각이 없어서였다. 한 날, 외할아버지는 일년 새 '한대수'에서 '한서방'을 거쳐 '아름 아비'가 된 사위를 불러앉힌 뒤 이렇게 말했다.

"대수 너, 뭘 해보고 싶으냐?"

"네?"

아버지는 당황했다. 장인이 이번에는 또 무슨 시험을 치나 싶어서였다.

"괜히 헛물켜지는 말고. 거저 주는 거 아니고 빌려주는 거니까."

외할아버지가 누군가에게 돈 얘기를 먼저 꺼내는 건 드문 일이었다. 더구나 그게 빌려주는 일이라면 더더욱 말이다. 외할아버지는 멍청하게 입을 벌리고 있는 사위 앞에서 도도하게 운을 뗐다. 이제 너도 한 아이의 아버지가 되었으니 가계를 책임져야 하지 않느냐. 언제까지 공사판 일로 먹고살 거냐. 좀더 안정되고 미래지향적인 일을 고민해봐라. 공부도 공부지만 그 머리로 학자 할 것도 아니고, 사람들 이목도 있는데 일단 제대로 된 직장부터 있어야지 않겠느냐. 외할아버지가 그런 말을 한 데는 손자에 대한 애정뿐 아니라 대호관광단지를 둘러싼 안 좋은 소문도 한몫했다. 그즈음 공사장 인부들이 다치거나 화를 입는 경우가 자주 일어났기 때문이다. 나무에 깔리고 차에 치이고 물에 빠지는 등 사례는 다양했다. 타지에서 온 누군가 사고로 죽었고, 건설회사에서 쥐도 새도 모르게 그 일을 처리했다는 풍문도 돌았다. 소문의 진위를 확인할 방법은 없었다. 하지만 몇몇 이들이 현장에서 '죽을 뻔'한 건 사실이었다. 실제로 외가의 일자형 콘크리트 셋방에 살던 총각 하나는 이사온 지 얼마 안돼 한쪽 발에 깁스를 하고 다녔다. 떨어지는 철근을 피하려다 그리됐다는데, 정통으로 맞았으면 그 자리서 곤죽이 됐을 거라고 했다. 우리 옆방에 살던 그는 내가 큰 소리로 울 때마다 느닷없이 텔레비전 소리를 높여 시위를 하곤 했다. 내가 흐느끼듯 칭얼대면 볼륨을 5 정도로, 악을 쓰고 자지러지면 20으로 올리는 식이었다. 그러면 나는 예민해져 더 크게 울었고, 그 역시 지지 않고 리모컨을 눌러 대응했다. 그러면 또 건넛방 아저씨가 벽을 발로 쿵쿵 찼고, 그 건너 건넛방 아저씨는 '거 잠 좀 잡시다!' 고함쳤다. 그나마 우리가 주인댁 자손들이라 그쯤에서 그칠 수 있는 일이었다. 어쨌든 현장에서 일어나는 크고작은 사고는 아버지의 사기를 꺾어놓았다. 내색은 안했지만 외할아버지도 책임감을 느꼈던 게 분명하다. 아버지를 공사장에 밀어넣은 장본인이 바로 당신이었으니까.

"그러니까 어…… 저더러 장사를 하란 말씀이신가요?"

"아님, 뭐, 도장 할래?"

"아니요, 그건 좀……"

"왜?"

"동네에 아는 형이 이미 하고 있고, 미안하기도 하고 그게……"

외할아버지는 살짝 얼굴을 찌푸렸다. 남들한테 곧잘 미안해하는 놈치고 가족한테 진심으로 미안해하는 치를 본 적이 없어서였다. 외할아버지는 인내심을 가지고 한번 더 물어봤다.

"대수 너, 그럼 뭘 해볼 테냐."

열여덟. 모르는 게 많지만 뜻밖에 아는 것도 많은 나이. 아버지는 이것이 기회란 걸 알았다. 하지만 좀 두렵기도 했다. 생전 장사란 걸 해본 적 없고, 자신도 없는데다, 이번에야말로 장인이 자기에게 진짜 어른이 되길 요구하는 것 같아서였다. 진짜 어른. 그런 게 어떤 건지 알 수 없어도, 심지어는 오랫동안 그런 대우를 받고 싶었으면서도, 아버지는 자신이 그걸 진심으로 원한 적이 한번도 없다는 걸 깨달았다. 아버지는 인생이 뭔지 몰랐다. 하지만 어른이란 단어에서 어쩐지 지독한 냄새가 난다는 건 알았다. 그건 단순히 피로나 권력, 또는 타락의 냄새가 아니었다. 얼마 전까지만 해도 막연히 그럴 거라 예상했는데, 막상 그 입구에 서고 보니 꼭 그런 것만도 아니었다. 아버지가 어른이란 말 속에서 본능적으로 감지한 것, 그것은 다름아닌 외로움의 냄새였다. 말만 들어도 단어 주위에 어두운 자장이 이는 게 한번 빨려들어가면 다시는 헤어날 수 없을 것만 같은 무엇이었다. 더군다나 장인의 저 미소와 후원은 앞으로 나더러 정신차리고 똑바로 살라는 요구가 아닌가? 그런데 열여덟 소년이 벌써부터 똑바로 살아도 되는 걸까? 그래도 되는 거야? 그래? 아버지는 갈등했다. 그렇다고 겸손한 척 거절하자니 다른 대안이 있는 것도 아니었다. 말은 못해도 온몸이 욱신대는 공사일과 하루가 무섭게 커가는 아기의 존재도 이만저만한 부담이 아니었다. 최근에는 과로 탓에 자다가 이불에 오줌을 지려 충격을 받은 터였다. 아내에게는 절대 아무에게도 말하지 말라고, 소문나면 가출해서 십년 뒤에나 돌아올 거라고 협박해둔 상태였는데, 혹시 그사이 장인에게 귀띔이라도 한 것일까? 그나저나 뭘 하고 싶으냐니. 뭘 해야 좋을까. 아버지는 지난번처럼 '잘 모르겠습니다' 따위의 대답을 해선 안된다는 걸 알았다. 오락실이나 만화방을 차리면 행복할 것 같았지만, 그따위 진심을 누설해선 안된다는 것도 알았다. 아버지는 믿음직한 사위로 보이기 위해 열심히 머리를 굴렸다.

'읍내 애들이…… 지금 제일 갖고 싶은 게 뭘까? 그리고 이 동네에 없는 게 뭘까……?'

잠시 후, 놀랍게도 아버지의 머릿속에 번뜩이는 아이디어가 떠올랐다. 그리고 그건 방금 전에 고민한 조건을 모두 충족시키는 거였다.

"아버님."

"그래, 대수야."

아버지가 비장하게 말했다.

"요샌 나이키가 대셉니다."

"응? 뭔 키?"

아버지는 흥분하여 덧붙였다.

"스포츠용품점입니다, 아버님. 요즘 제 또래 애들이 다 갖고 싶어하는 거예요. 터미널 근처면 통학생도 많아 딱입니다."

그해 나는 제법 사람다운 모양새를 갖춰가고 있었다. 살이 오르고 피가 차며 인물이 살아났던 거다. 걸레처럼 구겨져 나왔던 나는 꽃처럼 피어났다. 태열이 가라앉고, 배내털이 빠지면서 예쁘고 복스러워졌다. 대부분의 아기들이 그렇듯. 그렇지 않으면 살아남을 수 없다는 듯. 아기들에겐 사랑받는 일만큼 쉬운 일이 없을 거라던 어머니의 말을 증명하듯 말이다. 어머니는 만날 보는 나를 번번이 새로 만나는 양 신기해했다. 몇달 새 누굴 많이 사랑해 깊어진 얼굴을 하고서였다. 그 시기 내 모습은 정말 변화무쌍했다. 어제의 나는 오늘의 나와 다르고 오늘의 나는 내일의 나와 같지 않았다. 나비가 일생에 한 번 하는 날개돋이를 며칠에 한 번꼴로 반복하는 셈이었다. 제 자식 안 예쁜 부모가 있으랴만, 나를 얻기까지 이런저런 포기가 많던 부모님은 그야말로 내게 홀딱 빠져버렸다. 특히 우리 엄마, 최미라씨의 경우 정도가 심했다. 출산 전후 호르몬의 영향도 한몫했겠지만. 어머니는 나를 무슨 진창과 바닥을 같이 경험한 전우처럼 대했다. 말은 안해도 눈빛을 보면 다 알 수 있었다.

"엄마, 엄마도 큰오빠 낳고 이렇게 예뻤어?"

어머니는 강보에 싼 나를 어르며 외할머니에게 물었다.

"그럼, 낳아서 세살까진 오줌 질질 싸도록 예뻤지."

"세살? 왜 세살이야?"

"그뒤로는 말 안 듣거든."

물론 그때 어머니는 외할머니의 말을 제대로 체감하지 못했다. 말 안 듣는다, 그게 얼마나 부모를 미치고 펄쩍 뛰게 하는지. 천사 같던 아이들이 어떻게 괴물로 변하는지. 몇 안되는 어휘로 종알종알 대들 때는 얼마나 얄밉도록 논리적인지. 기억력은 왜 그리 좋고, 눈치는 또 어찌 그리 빠른지, 그런 것들을. 어머니는 이해하지 못했다. 많은 부모들이 자식들과 고래고래 악을 쓰며 다투는 건, 그들이 처음부터 나쁜 성격을 타고나서 그런 것이 아니란 걸 말이다.

돌이 지나도록 '엄마' 소리를 않던 내가 입이 터진 건 반년 뒤의 일이었다. 누구나 겪는 평범한 과정 중 하나지만 어머니를 펄쩍 뛰게 할 만큼 고무적인 사건이었다. 긴 침묵을 깨고 건넨 첫마디였으니, 마음 같아선 '어머님 안녕하세요. 그동안 얼마나 심려가 많으셨습니까?'와 같은 온전한 문장으로 운을 떼고 싶었지만, 내 입에서 나온 건 단순하고 평범한 한마디, '엄마'가 전부였다. 그리고 그뒤부터 나는 모든 사람을 귀찮게 할 정도로 종알거리고 다녔다. 집안일로 피곤한 어머니는 하루에도 몇번씩 반복되는 '엄마 이건 뭐야?'라는 말 속에서 핼쑥해져갔다. 한번은 잠든 외할아버지를 가리켜 '엄마 이건 뭐야?'라고 묻는 내게 성가신 듯 '응, 암것도 아녀'라고 대꾸할 정도였으니 말이다. 하지만 그건 나중에 반복하게 될 '왜?'라는 질문에 비하면 아무것도 아니었다.

나는 잘 자랐다. 몽글몽글 아주 예쁜 똥을 누고, 적당히 넘어지고 다치면서. 대가족의 무심하고 동물적인 배려 속에서. 백일에는 수수떡을 주물럭대고, 돌날에는 명주실을 잡으며 무탈하게. 시골사람들의 관계에는 애정이란 말이 생기기 전의 애정, 관심이란 말이 생기기 전의 관심 같은 게 건강하게 스며 있었다. 삼촌들은 나를 아기가 아닌 하나의 작은 인간으로 대했다. 자식을 여섯이나 낳아 아기가 대수롭지 않은 외할머니의 태도 역시 그랬다. 축축하고 짧은 혀를 가진 나는 가장 오래된 말부터 배워나갔다. 그 어떤 출신이나 배경과 상관없이, 외조부도 하고, 아버지도 하고, 외숙모도 했을 맨 처음 말들을. 마치 저 끝에서 조상들이 넘긴 배구공을, 아버지의 아버지가 어머니의 어머니가 한번도 떨어뜨리지 않고 전달한 그 공을, 비로소 내가 받는 기분이었다. 내가 처음으로 '엄마'라고 했을 때 모두가 박수친 건 아마 그 때문이었을 거다.

물론 그 시기에 한 말이 무엇인지 또렷이 생각나진 않는다. 언어의 한정된 어떤 부분, 그러니까 동심원의 가장 안쪽과 접촉한 경험을 기억하는 사람은 드물 테니까. 아니, 그건 너무 일찍 도착한 맨 가장자리 원일지도 모르니까. 다른 것은 잘 모르겠다. 다만 사람이 언어와 조우한 첫 순간을 잊어버리게 만든 신의 섭리가 궁금할 따름이다. 만나되 만나지 않게 하신 것. 먼저 배우고, 잊어버리게 한 뒤, 다시 배우게 하신 것. 그런 것이 이상할 따름이다. 그렇지만 내가 다른 데가 아닌 외가에서 말을 깨쳤다는 사실은 퍽 마음에 든다. 바깥 외(外)에 집 가(家)자. 바깥 집이라니. 왠지 근사한 느낌이다.

4

"아름아."

정신이 번뜩 들어 주위를 돌아봤다. 방문 앞에 비스듬히 선 어머니의 모습이 보였다. 어머니는 어둑한 거실을 등진 채 물기 없는 목소리로 물었다.

"왜 그렇게 놀라."

서른넷. 푸석해진 얼굴 위론 씻어도 씻어도 지워질 것 같지 않은 피로가 매연처럼 깔려 있었다.

"아, 그냥, 인터넷 좀 하느라고요."

작성하던 문서를 황급히 내리고 화면 위에 포털싸이트를 띄웠다.

"일찍 자야 내일 병원 가지."

"응, 조금만 있다가요."

"혈압약은 먹었니?"

"네."

"진통제도 먹고?"

"그럼요."

"관절약도?"

"그렇다니까요."

"위장약은? 그것도 먹었어?"

"아이참, 엄마. 한두 번도 아니고. 나머진 내가 다 알아서 했으니까 걱정 붙들어매요."

어머니는 사춘기 아들의 영역을 존중하듯 쉽사리 들어오지 못하고 문지방 앞에서 미적거렸다. 언젠가 내가 앞으로는 노크를 해달라 부탁한 바 있어서다. 처음 '노크'라는 말을 꺼냈을 때 어머니 얼굴 위로 퍼지던 어마어마한 서운함의 기색을 지금도 나는 기억하고 있다.

"엄마."

"응?"

"무슨 일 있어요?"

"아니, 불 켜져 있어서 들어와봤어. 꿈자리도 뒤숭숭하고."

"피곤해 보여요."

"그러게, 이상하게 쉬는 날이 더 힘드네."

"무슨 꿈 꿨는데요?"

어머니는 머뭇거리다 답했다.

"물 꿈. 만날 꾸는 거."

"에이, 또 뭐라고."

"내가 너를 건지고 깼어야 하는데……"

어머니는 진심으로 안타까워하고 있었다.

"엄마."

"응?"

"저도 오늘 꿈 하나 꿀 생각인데, 제가 수영선수로 나오는 걸 꿔보려 해요. 괜찮다면 엄마 꿈까지 헤엄쳐가 우아하게 수중발레하는 모습도 보여드릴게요."

"안 떠내려가고?"

"안 떠내려가고."

어머니는 웃으며 말을 흐렸다.

"너 같은 애는……"

"………"

"아프면 안되는데."

나는 눈썹 없이 퀭한 눈으로 어머니를 물끄러미 바라봤다. 그러곤 뭐라 대꾸해야 할지 몰라 주춤거리다, 조심스레 입을 열었다.

"엄마 있죠, 나 같은 애는……"

"응."

"나같이 정말 괜찮은 애는 말이에요,"

"그래."

"나 같은 부모밖에 못 만들어요."

"………"

짧은 사이, 어머니는 그게 뭔 말인가 고민하다 이내 엷은 미소를 지었다.

"인터넷 그만하고 얼른 자. 자꾸 이럼 컴퓨터 못하게 할 거야."

몇달간 하루 한 장씩, 또 어느 때는 한두 줄씩 쉬엄쉬엄 글을 써왔다. 무얼 쓰고 있는지, 또 그걸 어찌할지는 아직 비밀이지만. 일단 내년 생일 때까지 원고를 완성하는 게 목표였다. 퇴원 후 부모님께 노트북이 갖고 싶다고 말씀드린 것도 사실 그 때문이었다. 이미 우리집 거실에는 엄청나게 오래된 사양의 데스크톱이 있었다. 하지만 자주 고장이 나는데다 식구들이 번갈아 쓰는 터라 탐탁지가 않았다. 더욱이 누군가 한번 컴퓨터 의자에 앉았다 하면 일어날 생각을 하지 않아, 우리 식구는 70년대 공중변소 앞에 늘어선 달동네 주민들처럼 똥 마려운 표정으로 다음 차례를 기다려야 했다. 아버지가 앉아 있음 내가 안달하고, 내가 써핑중이면 어머니가 눈치를 주는 식이었다. 솔직히 내가 볼 때 아버지가 컴퓨터로 하는 일은 죄다 쓸데없어 보였다. 물론 아버지 입장에서도 아들의 '클릭질'이 한심하게 보일 게 틀림없었다.

살펴보던 문서를 닫고 다른 창을 열었다. 갑자기 어머니가 들어오는 바람에 흐름이 깨진데다, 오늘 목표량은 다 채웠으니 다른 일을 하는 게 좋을 것 같아서였다. 새 창을 열자 오래전에 만들어놓고 한참 동안 풀지 못한 문제가 튀어나왔다. 스스로에게 숙제를 내고 궁리하는 건 나의 오랜 습관 중의 하나였다. 누구도 내게 과제를 내주진 않으니까, 스스로 선생이 되고 학생이 돼 시간을 보내는 거였다. 숙제 중에는 단번에 해결할 수 있는 것도 있고 그렇지 않은 것도 있었다. 정답이 있는 것도 있고, 없는 것도 있었다. 어느 때는 문제를 푸는 것보다 내는 쪽이 더 재밌었지만, 그래봤자 그걸 풀게 될 사람 또한 나였다. 그중에는 별자리 외우기, 전국 지하철 노선도 그리기, 세계의 나무 조사하기와 같은 쓸데없는 것이 많았다. 그리고 그중 가장 쓸데없는 일이 바로 '글쓰기'였다. 정해진 형식도, 규칙도 없었지만 내겐 그때그때 궁금한 걸 메모해두는 습관이 있었다.

'사람들은 왜 아이를 낳을까.'

커서가 깜박이는 컴퓨터 화면을 초조하게 바라봤다. 며칠간 아무리 고민해도 답이 떠오르지 않는 문제였다. 만일 학교에 다녔다면…… 그랬음 좀더 수월했을까? 아쉬운 마음이 들었지만, 학교에 대한 미련과 환상은 빨리 떨쳐버리는 편이 좋았다. 우리나라 중고등학교의 교육과정에 대해서는 나도 대강 알고 있었다. 하지만 내 또래 애들이 학교에서 정말 뭘 배우는지 정확하게 알 수 없었다. 그리고 그 '알 수 없다'는 사실이 나를 종종 불안하게 만들었다. 그 애들이 아는 만큼은 나도 알아야 할 것 같은데, 그러면 어떤 '보통'의 기준에 다가갈 수 있을 것 같은데, 어디부터 어디까지가 보통이고, 얼마만큼 학습하고 느끼는 게 적절한지 가늠할 수 없었다. 그래서 나는 그냥 '갈 데까지 가보는' 식으로 공부하는 법을 택했다. 계통없고 두서없는 방식이지만 아무래도 미달보단 초과되는 쪽이 나을 것 같아서였다. 그리고 그래야 나중에 어떤 화제가 나오더라도 친구들과 대화할 수 있을 것 같았다.

팔짱을 낀 채 모니터를 한참 동안 바라봤다. 그러다 결국 답 쓰기를 포기하고 다른 창을 열었다. 일단 오늘은 오늘의 숙제부터 하고 보자는 마음이었다. 나는 빈 문서에 오늘 할 일을 적었다.

'부모님의 젊었을 때 사진을 보고 느낀 점 적기.'

책상 앞에는 이미 가족앨범에서 빼온 사진 한 장이 있었다. 부모님이 나를 낳고 얼마 안돼 동네 사진관에 가 찍은 거였다.

'손이 어리다……'

어머니와 아버지는 사진기를 보며 어정쩡한 미소를 짓고 있었다. 아직 백일이 안된 나는 어머니 무릎에 앉아 딴 곳을 보고 있었다. 나는 십칠년 전 부모님과 두 눈을 맞추며 애잔하게 웃었다. 어쩐지 두 사람이 사진기가 아닌 그 너머에 있는 시공, 즉 현재의 나를 보며 웃어주고 있는 것만 같은 기분이 들어서였다. 나는 빈 화면에 첫번째 단상을 적어넣었다.

'부모는 왜 아무리 어려도 부모의 얼굴을 가질까?'

비단 내 부모에게서만 보이는 모습은 아닌 듯했다. 며칠 전 티브이를 봤을 때도 사실 비슷한 인상을 받았다. 저녁을 먹던 중 우연찮게 본 리얼리티 쇼 프로그램이었는데, 거기 막 가정을 꾸린 십대 부부가 나왔다. 단칸방에서 갓난아기를 키우고 있는 숫된 친구들이었다. 내 또래의 남자애가 편의점에서 분유를 훔치다 걸린 사연이 기사화된 뒤 동정적인 여론이 일어 화제가 된 가족이었다. 화면에 비치는 그들의 얼굴은 여느 청소년들의 그것과 다를 바 없었다. 말투도 옷차림도 그랬고, 패스트푸드와 아이돌 가수를 좋아한다는 점도 그랬다. 더욱이 세상물정 모르는 얼굴은 딱 열일곱살의 그것이었다. 하지만 눈빛, 두 눈 속에 담긴 기운이 어딘가 달랐다. 그 속에는 이제 막 한 존재를 책임져야 하는 이들의 피로와 슬픔, 그리고 자부가 묘하게 엉겨 있었다.

'그런 걸 뭐라고 불러야 좋을까……?'

고민하다 '그런 걸 뭐라 불러야 할지 몰라, 그냥 부모의 얼굴이라 부른다'라는 문장을 이어붙였다. 부모는 부모라서 어른이지, 어른이라 부모가 되는 건 아닌 모양이라고. 그러고는 사진 속 두 사람의 모습을 오래도록 바라봤다. 눈도 어리고, 목도 어리고, 머리카락도 어린 내 부모. 그들은 어딘가 불량해 보이고 가슴이 시리도록 젊었다. 나는 한 세계에서 다른 세계를 향해 손을 뻗듯 손가락을 들어 그들의 머리를 조심스레 쓰다듬었다.

물론 반대의 경우도 있었다. 이웃 장씨 할아버지네가 그랬다. 그 집에는 예순 먹은 장씨 할아버지와 아흔 먹은 그의 아버지가 살고 있었다. 그런데 뭘 잘못했는지 이 예순 잡순 노인네가 걸핏하면 야단을 맞았다. 고래고래 소리치는 아버지를 피해 대문 밖으로 나온 장씨 할아버지는 영락없이 일곱살 난 아이처럼 보였다. 나는 시멘트 담장 아래 시무룩하게 앉아 있는 할아버지 곁으로 가 나란히 해바라기를 하곤 했다.

"할아버지, 또 혼났어요?"

"응."

"왜 혼났어요?"

"이번엔 나도 몰라. 그냥 혼내니까 혼났어."

"할아버지, 억울해요?"

"응, 사실 집에선 괜찮은데, 제발 어린애들 앞에서만은 그러지 않았음 좋겠어."

그가 일컫는 애들이란 자기보다 어린 경로당 노인들을 말했다. 그는 내게 자주 부친 흉을 봤지만, 그러면서도 세상에 아직 자길 아이처럼 대해주는 사람이 있다는 사실에 안도하는 눈치였다. 얼마 후 나는 그가 아버지와 같이 있을 때와 아닐 때 얼굴이 바뀐다는 것을 알아차릴 수 있었다. 나는 조금 전에 적은 메모 아래 닮은 꼴 질문을 하나 추가했다.

'자식은 왜 아무리 늙어도 자식의 얼굴을 가질까?'

그러자 뜻밖에도 방금 전까지 쩔쩔맸던 문제의 실마리가 떠올랐다.

'사람들은 왜 아이를 낳을까?'

나는 그 찰나의 햇살이 내게서 급히 떠나가지 않도록 다급하게 자판을 두드렸다.

'자기가 기억하지 못하는 생을 다시 살고 싶어서.'

그렇게 써놓고 보니 정말 그런 것 같았다. 누구도 본인의 어린시절을 또렷하게 기억하지는 못하니까, 특히 서너살 이전의 경험은 온전히 복원될 수 없는 거니까, 자식을 통해 그걸 보는 거다. 그 시간을 다시 겪는 거다. 아, 내가 젖을 물었구나. 아, 나는 이맘때 목을 가눴구나. 아, 내가 저런 눈으로 엄마를 봤구나, 하고. 자기가 보지 못한 자기를 다시 보는 것. 부모가 됨으로써 한번 더 자식이 되는 것. 사람들이 자식을 낳는 이유는 그 때문이지 않을까? 그러면 세 살 무렵부터 늙기 시작한 아기를 가진 우리 부모님은 나를 통해 무엇을 보았을까…… 곧이어 나는 다른 문제에 봉착했다.

'하느님은 왜 나를 만드셨을까?'

불행히 그 해답은 아직 찾지 못했다.

5

아버지의 가게는 외가에서 버스로 삼십분 남짓 떨어진 시내에
차려졌다. 농투성이 아니면 어부들이 태반인 군 안에서 나름 입성
좋고 언변 좋은 사람들이 모인 곳이었다. 사람들은 그곳을 무슨무
슨 동이라 하지 않고 그냥 시장이라 불렀다. 그곳 사람들더러 '시
장 사람들'이라 하고, 볼일이 있을 때도 '시장 간다'고 했다. 그래
봤자 몇개의 관공서와 다방, 양조장, 피아노학원, 목욕탕 등이 모인
소읍에 불과했지만, 그곳 주민들은 나름 지역사회 내에서 우월감
을 갖고 있었다. 내색은 안해도 사실 그랬다. 개구리가 올챙이 깔보
듯 촌사람이 벽촌 사람에게 갖는 알량한 우쭐함이었다.

시장에 관해서라면 어머니도 아버지도 아는 바가 있었다. 어머

니가 다니다 만 여자고등학교가 거기 있었고, 아버지가 처음 임신 사실을 접한 까페도 근처였기 때문이다. 외할아버지는 제대 후 빈둥거리고 있던 넷째아들을 사위에게 붙여줬다. 넷째외삼촌은 가게가 자리를 잡을 때까지만 아버질 돕기로 했다. 겸사겸사 자기도 사업에 필요한 요령과 눈썰미를 익히고 경험을 쌓으려는 계산에서였다. 개업은 순조롭게 이뤄졌다. 이미 읍내서 자리를 잡은 외삼촌들이 견적을 뽑아주고 거래처를 소개해주는 등 여러모로 힘써준 덕이었다. 가게는 시장의 '로데오 거리'라 불리는 작은 번화가에 들어섰다. 시장에서도 멋 좀 낸다 하고 돈 좀 버는 이들이 모여드는 사거리였다. 아버지는 나이키 매장이 무엇보다도 깨끗하다는 게 마음에 들었다. 본사의 요구와 기준에 따른 거였지만, 시골에서 그만큼 쾌적하고 산뜻한 가게는 많지 않았다. 어머니도 갑자기 사모님이 된 게 싫지 않았다. 두 사람은 비싸서 엄두도 못 내던 물건들이 자기 주위에 그렇게 많이, 아무렇지 않게 깔려 있다는 게 신기했다. 더 놀라운 건 그걸 또 그렇게 많이, 아무렇지 않게 사는 사람들이 많다는 거였다. 어머니는 가게를 둘러본단 핑계로 외할머니에게 나를 맡긴 채 시장으로 자주 놀러 나갔다. 그러곤 어서 자리를 떠주었으면 하고 바라는 아버지 옆에서 쓸데없는 잔소리를 늘어놓거나, 한수미를 만나 수다를 떨었다. 화제라고 해봐야 육아와 살림에 관한 것이 전부였지만, 한수미는 친구의 얘기를 지루해하지 않고 열심히 들어주었다. 어머니는 나이키 로고가 박힌 분홍색 트레이닝복을 한수미에게 자랑스레 선물했다. 한수미는 웃으면서 껄렁하게 반응했다.

"야, 너 호르몬 때문에 우리 우정을 좀 과대평가하게 된 거 같다?"

어머니는 예쁘다거나 고맙다는 식의 상투적인 말을 하지 않는 친구의 반응이 좋아 불량하게 낄낄댔다.

"잘 지내지?"

한수미가 기름종이로 콧잔등과 이마 주위를 찍어내며 물었다.

"그럴 리가."

"왜 또?"

"어우, 난 집안일이 이렇게 힘든지 몰랐어."

"바보, 그런 것도 모르고 시집갔냐?"

"그래도 이 정도인지는 몰랐지."

어머니가 탁자 위에 놓인 물잔을 심각하게 바라보며 설명했다.

"이 물만 해도 그래. 우리집은 대수가 보리차 좋아해서 물 끓여 먹거든? 근데 봐봐, 밥상에 물 한잔 올려놓으려면 얼마나 많은 절차가 필요한지. 물 끓여야지, 식혀야지, 주전자 씻어놔야지, 물병 소독해야지, 병에다 다시 물 담아야지, 냉장고에 넣어야지…… 근데 그렇게 끓인 물이 또 이틀을 못 가. 예전에 물 마실 땐 아무 생각 없었는데. 참, 사는 게 보통 일이 아닌 것 같아."

"어 진짜, 나도 물 마실 때 그런 생각 안하는데."

"그지? 그러니 밥하고 청소하고 그런 건 오죽하겠니. 수미야, 넌 앞으로 절대 엄마한테 반찬투정 하지 마라. 알았지? 일요일엔 집안일도 좀 도와드리고."

"얘가 무슨 담탱이처럼 말하네?"

"응, 이럴 줄 알았음 좀더 놀다 갈 걸 그랬어."

엊그제까지만 해도 함께 '야자'를 하고 노래방에서 새침을 떨던 단짝의 때이른 신세한탄에 한수미가 배시시 웃었다.

"아름인 잘 커?"

"응, 좀 예민한 편인데, 잘 커. 야, 너 근데 그거 아냐? 애기들은 자기 팔이 자기 거라는 거 잘 모른다?"

"정말?"

"응, 좀 지나야 알아. 예전에 아름이도 그랬어. 누워 있을 때 자기 팔을 신기하게 뚫어져라 쳐다보더라고. 막 꼬무락거려보고. 재밌지? 자기가 자기란 걸 믿으려고 자꾸 막 그러더라고."

"우리도 가정시간에 이상한 거 말고 그런 거 알려주면 좋은데."

"그지? 내가 가르쳐볼까?"

"제발 그래라. 나 내신도 좀 잘 주고."

한수미가 볼우물이 패도록 초코셰이크를 쪽 빨아들이며 물었다.

"그래서, 말은 잘해?"

"아직 단순한 거밖에 못해."

"그래도 다행이네. 너 걱정했었잖아."

"응, 근데 애가 아무 남자한테 다 아빠라 그래. 지 삼촌한테도 그러고, 옆집 아저씨한테도 그러고."

"진짜?"

"응, 근데 그 또래 애들은 다 그런다나봐. 대수도 접때 어디 어린이집에 배달 갔는데, 아기들이 개떼같이 몰려들어 자기더러 일제히 아빠, 아빠 부르는데 무서워서 죽는 줄 알았대."

두 사람은 한 시간가량 쉴새없이 수다를 떨었다. 얼마 뒤, 한수미가 은근한 표정으로 말했다.

"미라야, 나 궁금한 게 있어."

"뭐?"

"넌 대수가 왜 좋았어?"

"어? 갑자기 얘가 왜 이래?"

"남자애들한테 아무리 대시받아도 꿈쩍 안했잖아. 그때 그 뭐냐, 농고 애가 약 먹었을 때도 가만있었고. 그런데 대수랑은……"

어머니는 쑥스러운 듯 한 손으로 입을 가리고 웃었다.

"그게…… 그냥 서로 얘기하다가."

"얘기?"

"나도 걔 첨엔 별로였거든. 어쩌다 같이 말을 많이 하게 됐어. 성적 얘기도 하고, 집안 얘기도 하고…… 근데 어느날 걔가 그런 말을 하더라고. 학교로 돌아가고 싶지 않다고."

"그래?"

"응, 자기는 되고 싶은 것도 없고, 하고 싶은 것도 없다고 그랬어."

한수미가 눈을 둥그렇게 떴다.

"근데 좋았어?"

"뭐가?"

"되고 싶은 것도 없고, 하고 싶은 것도 없는 남자가…… 좋아? 그럴 수도 있어?"

어머니는 눈을 내리깔며 빨대로 복숭아에이드를 휘휘 저었다.

"응."

"……왜?"

"나도 그랬으니까……"

한수미가 멈칫했다. 그러곤 애써 어머니의 편을 들었다.

"에이, 너는 아니지. 하고 싶은 거 있었잖아."

"응, 그러니까 알지."

"뭘?"

"그게…… 어떻게 말해야 하나? 음…… 너 어릴 때 옷장 안에 들어가 숨어 있었던 적 있지? 부모님이 나를 찾나 안 찾나 궁금해서."

"어."

"근데 어느 순간 나이가 들고부터는 그 게임을 내가 나랑 하고 있더라고."

한수미가 벙벙한 표정을 지었다.

"처음엔 재미로 그런 건데, 아무리 시간이 지나도 내가 나를 안 찾더라고. 장롱 안에서 나는 설레어하다, 이상해하다, 초조해하다, 우울해하다, 나중엔 지금 나가면 얼마나 민망할까 싶어 그냥 거기 그대로 있게 됐고."

"뭐야, 꼬지 말고 쉽게 말해."

"이게 어른 말씀하시는데 어디서 말대꾸야?"

"야, 네가 무슨 어른이냐?"

"결혼했으니까 어른이지. 어쨌든 말 자르지 말고 끝까지 들어봐. 나는 대수가 꿈이 없어 반했던 게 아니고 꿈이 없는 척하는 모습에 마음이 끌렸던 거 같아. 그냥 걔 속에도 내게 있는 것과 비슷한 장롱이 하나 있는 것 같아서……"

"………"

"에이 몰라, 그냥 그랬다고."

어머니가 머쓱해하며 말을 맺으려고 하자, 한수미가 짓궂게 파고들었다.

"그리고? 또 왜 좋았는데?"

어머니가 천장을 보며 눈을 깜빡였다.

"글쎄…… 왜 좋았지? 음, 그래, 뭐 그런 적은 있어. 한 날 대수가 학교로 돌아가고 싶지 않다고 해서 내가 왜 그러냐고 물었어. 대수 말이 하도 맞아서 그렇다고 하더라. 선생이 패고, 선배가 때리고. 늦으면 늦는다고 맞고, 진지하면 인상 쓴다 맞고, 쾌활하면 까분다고 맞고, 잘하면 건방지다 맞고, 못하면 형편없다 맞고, 그냥 그렇게 많이 맞았대. 그러다 어느날, 시합에서 심판한테 대든 뒤 선배들한테 엄청 맞았다나봐. 너 때문에 자기들도 앞으로 대회에서 불리하게 됐다고. 체고에서도 원래 얼굴은 잘 안 때리잖아? 근데 그날 대수 얼굴이 멍들고 피나고 장난 아니었던 거지."

"어머."

"뭐 그래서 그런 얼굴로 절뚝이며 기숙사에 돌아왔대. 근데 거기 동기 녀석 하나가 바지를 벗고 바닥에 쭈그려앉아 있었대."

"근데?"

"얘가 평소에 대수를 무지 따랐대. 대수야, 대수야, 따라다니고. 근데 그날 다구리당하고 방에 오니, 걔가 몸을 웅크린 채 딸딸이를 치고 있더래. 문도 안 잠그고. 방 한구석에서. 혼자 끙끙대며. 근데 대수 말이, 그걸 보는 순간 갑자기 참을 수 없을 정도로 머리끝까지 화가 나더래. 그래서 걔를 사정없이 팼다더라. 자기도 왜 그러는지 모르게. 미친놈처럼 펄펄 날뛰면서 발길질하고 주먹 날리고 한참을 그랬나봐. 걔는 바지도 못 올린 채 대책없이 맞기만 했고……"

한수미는 조그맣게 '헉' 소리를 냈다.

"그리고 그날 이후로 학교에 돌아가고 싶지 않아졌대. 아마 누군가한테 처음 하는 얘기였을걸? 목소리는 덤덤한데 울 것 같은 표정이더라고."

"그래서?"

"응? 그래서 뭐?"

"어떻게 했냐고."

어머니가 망설이다 대답했다.

"……어떻게 하긴 어떻게 해? 잤지 바보야."

"아……"

6

이야기를 짓는 일은 생각보다 힘들었다. 사람과 장소와 시간을 고루 살피며 문장까지 신경써야 하는 게 만만치 않아서였다. 처음에는 그저 소박하게 '과거에 일어난 일을 그대로 기록해보자'는 취지로 시작한 건데, 막상 쓰다보니 더 재밌게, 또 맛깔나게 쓰고 싶은 욕심이 앞섰다. 글쓰기는 매순간이 결정과 선택의 연속이었다. 그런데 그걸 내가 잘하고 있는지 확신이 서지 않았다. 이야기는 중간중간 자주 멈췄다. 그럴 때면 홀로 북극에 버려진 펭귄이 된 기분이 들었다. 참으로 막막하고 무시무시한 순간이었다. 그때마다 나는 부모님을 붙잡았다. 그러고는 두 사람의 젊었을 적 이야기를 묻고 또 묻고, 한번 더 해달라 졸라댔다.

"아아! 그러니까 아버지는 태권도선수가 되고 싶었던 거구나?"

"아니."

"어? 그러려고 체육고등학교에 간 거 아니에요?"

"아니야."

"그럼 뭐가 되고 싶었는데요?"

"몰랐어, 잘. 그래서 간 거야, 체고."

"잘했잖아요, 운동."

"응, 그랬지. 하지만 내가 태권도를 하며 마음에 들어한 건 사실 도복밖에 없었어."

"뭘 잘하면서 동시에 싫어할 수 있어요?"

"그럼, 그런 애들 많아. 내 친구는 전교에서 수학을 제일 잘했는데 자기는 한번도 수학을 좋아해본 적이 없었대."

"아."

"그리고 이런 말 하긴 좀 뭣한데, 세상엔 자기 부모를 별로 좋아하지 않으면서 효도하는 사람들도 많아. 그러니까 너는 절대,"

"네."

"나한테 잘하려고 하지 마라. 알았지?"

"아빠."

"응?"

"그게 뭔 소리예요."

"응?"

"지혜로운 말씀 좀 해주세요, 제발."

"아름아."

"네?"

"네가 나보다 늙었다고 해서 부모를 무시하면 안된다. 더군다나 체고 나온 부모를. 그런 사람들은 그런 거에 아주 예민하거든."

"네."

"그리고 너, 체고 나온 부모보다 더 민감한 사람들이 누군지 알아?"

"아니요."

"체고 잘린 부모야……"

"아……"

어머니의 경우엔 조금 나았다. 어머니는 말이 고픈 사람처럼 끊임없이 수다를 떨었다. 어머니의 말 속엔 부사와 형용사와 감탄사가 많았다. 어머니는 그 어떤 작은 것도 지나치려 하지 않았다. 어머니는 그 시대에 유행한 옷, 가요, 교복 스타일부터 까페 인테리어와 메뉴까지 세세하게 설명했다. 그리고 자기 이야기에 나오는 모든 인물들에 대한 품평을 잔뜩 늘어놓았다. 다섯 명이나 되는 외삼촌들의 인생역정을 다 듣는 데도 꼬박 하루가 걸릴 정도였다. 어머니의 이야기는 장황했다. 하지만 그래서 더 생생하고 구체적일 수 있었다. 나는 필요한 걸 먼저 적극적으로 물어봤다.

"그런데 엄마."

"응?"

"어, 그래서, 아버지랑은 어떻게……?"

"만났냐고?"

"아니요. 그 얘긴 아까 했고, 어떻게……?"

"뭐?"

아무리 머리를 쥐어짜도 마땅한 말이 생각나지 않아 빙빙 돌려 물어봤다.

"저를 만들 생각을 다 하셨어요?"

그때껏 쉴새없이 얘기하던 어머니는 멈칫했다.

"으응?"

그러곤 잠시 망설이더니 까짓것, 하는 표정으로 말했다.

"알고 싶어?"

나는 고개를 끄덕였다.

"음, 그럼 이렇게 얘기해줄게. 내 배가 이만큼 부풀어올랐을 때, 네 외삼촌 중 한 명이 외할머니한테 그런 말을 했어. 어머니, 쟤는, 어쩜 가르쳐주지도 않은 것을 해가지고 왔대요?"

"그래서요?"

"그러니까 네 외할머니가 대뜸 하는 말이, 그런 건 누가 안 가르쳐줘도, 병신도 다 한다, 그러는 거야."

"으하하."

나는 쑥스러워 과장되게 웃었다.

"됐지? 엄마 이제 밥한다."

"근데 엄마?"

"어?"

"엄마도 아빠가 첫사랑이었어요?"

"………"

"엄마?"

"뭐라고?"

"아빠가 엄마 첫사랑이었냐고요."

"당……연하지, 녀석아. 어휴, 엄마 바빠. 이제 저리 가."

두 사람의 이야기는 아귀가 잘 안 맞았다. 기억하는 것도 조금씩 어긋났고, 해석하는 것도 달랐다. 어머니는 한대수가 자길 쫓아다녔다고 하고, 아버지는 최미라가 먼저 꼬리를 쳤다고 했다. 어머니가 아버지 앞에서 처음 노래를 부른 순간도, 두 사람이 입을 맞춘 순간도 두 사람 다 자신에게 유리한 쪽으로 기억하고 있었다. 내 입장으로 말할 것 같으면 사실 어머니의 편도 아버지의 편도 아니었다. 나는 이야기의 편이었다. 그래야 나중에 진짜 필요한 순간에 어머니와 아버지의 편을 들 수 있을 것 같아서였다.

"그래서 어떻게 됐어요?"

"뭐가?"

"엄마요. 노래했어요?"

"음, 그건 말이야……"

"아, 잠깐만요!"

"왜?"

"나머지는 내일 얘기하면 안돼요? 눈도 뻑뻑하고, 몸이 너무 무거워요."

"왜 인마, 한창 클라이맥스인데."

나는 한 손으로 어깨를 두드리며 말했다.

"에휴, 아버지도 나이 먹어봐요."

뭔가 물으면 아버지는 사건 위주로 짧게 대답하고, 어머니는 자신의 감상을 구구절절 보탰다. 두 사람의 이야기는 겹치고 어긋나고 어그러져 내 안으로 들어왔다. 그리고 폭발 직전의 우주가스처럼 아스라이 출렁였다. 나는 그걸로 뭔가 만들어볼 요량이었다. 물론 그것이 무엇이 될지는 아무도 모르게. 나조차 모르게. 아름다움이 아름다워질 수 있게. 사람 손을 타, 태어나자마자 죽는 새끼 강아지의 운명이 되지 않게. 아름다움이 잘 태어날 수 있도록 말이다. 나는 부모님의 추억담을 들으며 어서 이야기가 끝나기를 바랐고, 그러면서도 그게 정말 끝날까봐 조바심쳤다. 그래서요? 진짜요? 그게 뭔데요? 왜요? 우와! 지저귀며 흥을 돋우었다. 늙으면 듣는 것보다 말하기를 좋아한다던데, 이렇듯 부모님을 채근하는 걸 보니, 나는 분명 소년인 게 틀림없다.

7

우리가 병원에서 하는 일은 항상 비슷했다. 정해진 순서에 따라 정해진 검사를 하고, 정해진 실망을 하는 것. '더 나빠졌군요'라든가 '계속 지켜봅시다'라든가 '장담할 순 없지만……'이라는 얘기를 듣는 것. 호기심과 혐오, 연민과 탄식이 깔린 긴 복도를 지나가는 것. 아픈 사람이 더 아픈 사람을 보고 내비치는 안도의 눈빛을 감내하는 것. 건강한 사람이 건강한 사람과 나누는 사소한 대화, 그리고 웃음에 귀기울이는 것. 내 몸이 내게 거는 말에 일일이 답해주는 것. 내 몸이 나의 주인처럼 구는 것에 굴복하는 것. 뜻을 알 수 없는 이름이 줄줄이 적힌 처방전을 연애편지 읽듯 뚫어져라 응시하는 것…… 그런 게 우리가 병원에서 하는 일이었다. 우리는 그 일을 그만둘 수 없었다.

검사항목은 여러가지였다. 방사선 검사, 임상 평가, 심장 초음파, 골밀도 측정, 시력, 악력, 소변, 심전도 검사…… 그밖에도 많았다. 나는 주로 소아청소년과 의사 선생님과 상담했다. 하지만 정형외과와 흉부외과, 신경외과 및 구강외과 등에서도 진료를 받아야 했다. 경우에 따라 한꺼번에 하기도, 두세 곳만 들러 집중적으로 검사받기도 했다. 나는 빨리 늙는 병에 걸렸지만, 세상 어디에도 늙음 자체를 치료할 수 있는 곳은 없다는 걸 알았다. 노화도 병이라면, 그건 사람이 절대 고칠 수 없는 것 중 하나였다. 그건 마치 죽음을 치료한단 말과 같은 거니까…… 우리가 할 수 있는 일은 노화 뒤로 줄줄이 따라붙는 증상들을 밝혀내고, 장기가 상해가는 속도를 지연시키는 것뿐이었다. 고작 열일곱살밖에 안 먹었지만, 내가 이만큼 살면서 깨달은 게 하나 있다면, 세상에 육체적인 고통만큼 철저하게 독자적인 것도 없다는 거였다. 그것은 누군가 이해할 수 있는 것도, 누구와 나눠가질 수 있는 것도 아니었다. 그래서 나는 지금도 '몸보다 마음이 더 아프다'는 말을 잘 믿지 않는 편이다. 적어도 마음이 아프려면, 살아 있어야 하니까.

나는 내게 몸이 있단 사실을 깨닫는 데 생애 대부분을 보냈다. 혓바늘이 돋은 순간만큼 혀에 대해 자주 생각하는 때도 없는 것처럼, 각 기관들을 아주 세부적으로, 그리고 구체적으로 의식하며 살아야 했다. 남들이 뼈를 뼈라 부를 때, 나는 그걸 그냥 뼈라 부를 수 없었다. 남들이 폐를 폐라 말할 때, 나는 그걸 단순히 폐라 여길 수 없었다. 의대생들이 밤을 새우며 달달 외는 수백개의 이름처럼, 내가 가진 단어에는 그것이 몸에 붙기까지 견뎌온 시간들이 주렁주렁 매달려 있었다. 내게 피부가 있다는 걸, 심장과 간, 근육이 있다는 걸 매번 상기해야 하는 건 고단한 일이었다. 육체와 정신이 아무리 친밀한 관계라 해도, 가끔은 반드시 떨어져 있을 시간이 필요하기 때문이다. 건강한 연인들처럼, 혹은 사이좋은 부부들이 그러는 것처럼 말이다. 나는 건강에 무지한 건강, 청춘에 무지한 청춘이 부러웠다.

나을 수 있다는 희망을 접고 병원에 다닌 지는 오래되었다. 그렇다고 삶이 끝장난 것 같은 얼굴을 하고 다닌 것도 아니다. 우리는 아프지 않기 위해서가 아니라 덜 아프기 위해, 우리가 할 수 있는 일을 했다. 그러니까 진료실 한귀퉁이서 오늘도 어머니와 내가 무릎을 모은 채 겸손하게 앉아 있는 데는 다 그만한 이유가 있는 것이다.

"황반변성이 있네요?"
우리는 그게 무슨 얘긴가 싶어 눈빛을 교환했다. 의사들이 생전 처음 들어보는 단어를 말할 때면 왠지 모르게 긴장이 됐다.
"여기, 오른쪽에."
담당 의사는 컴퓨터 모니터와 진료카드를 번갈아 보며 말을 이었다.
"그동안 머리가 많이 아팠을 텐데, 못 느꼈니?"
나는 누렇게 뜬 손톱을 매만지며 소심하게 답했다.

"어? 잘 몰랐는데요. 글자가 가끔 번져 보이긴 했는데, 제가 요즘 컴퓨터를 많이 해서 그런 줄 알았어요."

어머니가 초조한 듯 불쑥 끼어들었다.

"그게 뭔가요, 선생님?"

"어르신들한테 많이 생기는 건데, 망막에 노화 퇴적물이 생겨 시세포가 파괴되는 겁니다."

"녹내장 같은 건가요?"

"음, 비슷하지만 녹내장은 안압 때문에 생기는 거고요…… 이건 퇴적물이 원인이 되는 경우가 많습니다. 습성일 경우 레이저로 어느정도 막을 수 있는데, 건성은 치료가 어려운 편이고요."

"아름이는 어느 쪽인데요?"

의사 선생님이 한 박자, 표 안 나게 숨을 가눴다.

"건성입니다."

"………"

나는 여느 때처럼 의사가 하는 말을 통해 의사가 하지 않은 말을 찾아내려 노력했다. 하지만 이번에는 혼자 헤아리는 대신 의사 선생님의 의견을 직접 듣고 싶었다.

"그럼 제 눈은 어떻게 되는 건가요?"

의사 선생님은 보호자의 의견을 묻듯 어머니를 바라봤다. 나 역시 어머니를 바라봤다. 어머니는 망설이다 마지못해 고개를 끄덕였다.

"오른쪽 눈 시력이 급격하게 떨어질 겁니다. 안개가 낀 것처럼 사물이 흐릿하게 보일 거예요. 그 때문에 쉽게 어지럽거나 구토증상이 나타날 수도 있습니다. 왼쪽 눈도 위험할 수 있으니 항산화비타민 복용하시고, 외출시 자외선에 주의하세요. 지금 할 수 있는 건 그 정도가 최선일 것 같네요."

어머니는 말이 없었다. 속에선 묻지 못한 한마디가 뱅뱅 돌고 있는지도 몰랐다. 두렵기는 나도 마찬가지였다. 간이 상하고 위가 아픈 건 어떻게든 참아낼 수 있을 것 같았다. 하지만 눈이 멀게 될지도 모른다고 생각하니 덜컥 겁이 났다. 하느님이 내게 진짜 외로움을 주시려나보다 싶어 숨이 막혔다. 마치 누군가가 평생을 감옥에서 보낸 내게, 수고했으니 이젠 독방으로 가라고 독려하는 것 같았다.

"선생님, 저 왼쪽 눈은 아직 괜찮은 건가요?"

"글쎄, 좀더 지켜보자꾸나."

나는 그게 괜찮다는 건지, 괜찮아질 거라는 뜻인지, 그렇지 않을 수도 있다는 말인지 분간할 수 없어 한참 동안 두 눈을 끔벅였다.

흉부외과에서 접한 얘기도 좋은 것은 없었다. 정형외과에서도, 구강외과에서도 마찬가지였다. 그날 우리가 새로 알게 된 것이라곤 나쁜 소식은 아무리 반복돼도 적응되지 않는다는 사실뿐이었다. 그전부터 나와 오랜 인연이 있는 소아청소년과 선생님은 내 신체 나이가 팔십세로 측정됐으니 더이상 통원치료는 무리라고 했다. 한번도 면도한 걸 본 적 없는, 산적 같은 인상의 흉부외과 의사는 지금 얘 심장이 어떤지 아느냐, 당장 입원시켜야 한다고 불같이 화를 냈다. 사람이 다리가 없어도, 눈이 없어도 살지만 심장이 없으면 살지 못한다고. 얘는 지금 가슴에 시한폭탄을 달고 있다고, 언제

터질지 모르니 빨리 입원하라고 터프하고 무시무시한 말을 늘어놓았다. 근육질에 그을린 피부를 갖고 있어 의사치고는 뜻밖이라고 생각했는데, 진단 역시 과연 박력이 있었다. 내과에서는 약 때문에 식도와 위가 많이 헐었다는 얘기를 들었다. 정형외과에서는 내 키가 130쎈티미터에서 2쎈티가량 더 줄었고, 골밀도가 낮아졌다고 했다. 어머니는 여기저기서 치이고 야단을 맞느라 하루종일 정신이 없어 보였다. 하지만 어디서도 자신있게 '당장 입원시키겠습니다'라는 말은 하지 못하셨다. 이미 감당할 수 없을 정도로 빚을 진데다, 벌 수 있는 돈에 한계가 있어서였다.

병원 밖으로 나온 뒤, 슬쩍 어머니의 소매를 잡아당겼다.
"엄마."
"응?"
"사람들이 우릴 봐요."
어머니는 아무렇지 않게 대꾸했다.
"내가 너무 예쁜가보지."
기미 낀 얼굴에 거만한 미소를 띠고서였다. 눈가에는 두껍게 칠한 파운데이션이 주름을 따라 논바닥처럼 갈라져 있었다. 어머니는 오래 일해 남자처럼 뼈마디가 굵어진 손으로 내 작은 손을 꼭 감싸쥐었다. 그러고는 '이거 왜 이래? 나 열일곱에 애 낳은 여자야!'라는 태도로 꼿꼿이 걸어나갔다. 남의 이목 따위 진작부터 신경쓰지 않았다는 듯. 잘못한 게 없으니 도망치지 않겠다는 식으로. 어머니는 나와 함께일 때 어디서든 서둘러 걷는 법이 없었다. 사람

들의 시선에서 빨리 벗어나고 싶은 마음도 없지 않았을 텐데, 지하
철이든, 재래시장에서든 당신 보폭을 지키며 자연스레 걸었다. 오
히려 재촉을 하는 것은 내 쪽이었다. 어머니의 곤란을 조금이나마
덜어드리고 싶어, 걸핏하면 치맛자락을 잡아끌곤 했다. 오늘도 나
는 배가 고파 죽을 것 같으니 빨리 좀 가자고 어머니를 채근했다.
하지만 그게 좀 부자연스러웠는지, 어머니는 가던 길을 멈추고 상
체를 숙여 내 얼굴을 똑바로 바라봤다.

"아름아."

"네?"

"너 언제부터 아팠지?"

"세살요…… 엄마가 그렇다고 했잖아요."

"그럼 얼마 동안 아팠던 거지?"

"음, 십사년요."

"그래, 십사년."

"………"

"근데 그동안 씩씩하게 정말 잘 견뎌왔지? 지금도 포기 않고 이
렇게 검사받고 있지? 다른 사람들은 편도선 하나만 부어도 얼마나
지랄발광을 하는데. 매일매일, 십사년. 우린 대단한 일을 한 거야.
그러니까……"

"네."

어머니가 목소리를 낮추며 부드럽게 말했다.

"천천히 걸어도 돼."

8

집앞 구멍가게에 가기 위해 길을 나섰다. 바쁘지 않아도 내게 일
부러 잔심부름을 시키는 건 어머니의 오랜 원칙이자 습관이었다.
나는 아이고 아이고, 팔다리를 두드려가며 장을 보러 가서 철제 미
닫이문이 달린 입구에서 주인아저씨가 나를 돌아볼 때까지 기다렸
다. 짐승처럼 팔뚝에 털이 복슬복슬 난 아저씨는 티브이 드라마에
빠져 넋을 잃고 있었다. 배다른 형제의 운명과 복수를 다뤄 장안의
화제가 되고 있는 일일드라마였다. 얼마 뒤 주인아저씨는 훌쩍 소
리를 내며 손등으로 콧물을 닦아냈다. 그러곤 무심코 고개를 돌리
다가 나를 발견하곤 화들짝 일어섰다.

"어? 어, 뭐 줄까?"

"우유 하나랑 콩나물 천원어치 주세요."

아저씨는 비닐봉지에 콩나물을 담으며 내 시선을 피했다. 나도 부러 딴청을 부리며 '아니, 언제 이런 근사한 신제품이 나왔대?'라는 투로 먼지 덮인 통조림을 만지작거렸다.

　돌아오는 길엔 장씨 할아버지를 만났다. 할아버지 옆에는 어디서 주워온 건지 모를, 팔걸이가 없는 의자 하나가 덩그러니 놓여 있었다. 하지만 할아버지는 의자 따윈 안중에도 없다는 듯 굳이 대문 앞에 쪼그려앉아 선득한 초여름 바람을 쐬고 있었다.

　"야! 오랜만이다."

　장씨 할아버지가 먼저 알은체를 했다.

　"예, 안녕하세요."

　나는 살짝 고개를 숙였다.

　"병원 갔다 왔니?"

　"예, 아까 다녀왔어요."

　"의사놈들이 뭐라 하디?"

　나는 머뭇대다 큰소리로 답했다.

　"예, 벽에 똥칠할 때까지 산대요."

　할아버지는 뭐가 재밌는지 낄낄대며 호방하게 외쳤다.

　"허, 거, 명의일세."

　아버지는 밥 한 공기를 뚝딱 비운 뒤 한 사발을 더 드셨다. 콩나물국도 단숨에 들이켜는 게 여간 배고프셨던 게 아닌 모양이었다. 나는 식성 좋고 혈기왕성한 아버지를 손자 보듯 흐뭇하게 바라봤다.

　"아빠?"

"어?"

"내가 사온 콩나물이에요. 많이 드세요."

아버지는 '응' 하고 형식적인 대꾸를 한 뒤, 리얼 버라이어티 쇼가 한창인 티브이를 향해 고개를 돌렸다. 그러고는 가끔 으하하하 웃으며 사방에 밥풀을 튀겨댔다. 언제 봐도 천진난만한 게 오늘 내가 무슨 일을 겪었는지는 하나도 모르는 눈치였다.

저녁상을 물린 뒤 곧장 내 방으로 들어왔다. 오늘 여러 의사 선생님들로부터 무섭고도 일관된 협박을 듣고 온 터라 마음이 바빠진 까닭이었다. 책상에 앉자마자 노트북을 켰다. 그러곤 비밀번호를 누른 뒤 한글 프로그램을 열고, 몇달 전부터 시작해 바로 엊저녁까지도 붙들고 있던 문서를 불러왔다. 언제나 그랬듯, 처음부터 천천히 다시 읽어본 뒤 뒷이야기를 꾸려갈 생각이었다. 그래야 이음새도 매끄러워지고, 한꺼번에 읽었을 때 호흡도 자연스러워질 테니까. 나는 심호흡을 한 뒤 어깨를 폈다. 그러곤 오로지 누군가 쓴 작품의 결점을 찾아내기 위해 태어난 사람처럼 까다로운 눈으로 첫문단을 훑기 시작했다.

바람이 불면, 내 속 낱말카드가 조그맣게 회오리친다. 해풍에 오래 마른 생선처럼, 제 몸의 부피를 줄여가며 바깥의 둘레를 넓힌 말들이다. 어릴 적 처음으로 발음한 사물의 이름을 그려본다. 이것은 눈〔雪〕. 저것은 밤〔夜〕. 저쪽에 나무. 발밑엔 땅. 당신은 당신…… 소리로 먼저 익히고 철자로 자꾸 베껴쓴 내 주위의 모든 것. 지금도 가끔, 내가 그런 것들의 이름을 안다는 게 놀랍다.

……'몸의 부피'를 그냥 '몸피'라고 바꿀까? 아니야, 두 문단 뒤에 다시 몸피라는 단어가 나오니까 처음에는 그냥 풀어쓰는 게 좋겠어. 뜻도 중요하지만 글자 수도 중요하니까. 읽는 사람의 숨 박자에 맞게, 리듬을 살릴 수 있는 단어로, 그래. '철자'와 '활자'와 '글자' 중에 어느 것을 쓰는 게 적당할까? 세 개 다 뜻이 다르지 않나? 그래도 '베껴쓰다'라는 표현에는 철자가 가장 어울릴 것 같아. 그맘때 아이들은 글씨를 쓰지 않고 그리니까. 그런데 이거, 지난번에도 했던 고민 아닌가? 그럼 이제 그만 머뭇대고 앞으로 나가야지. 이러다간 스무살 생일이 되도록 끝을 못 보겠어. 다음은…… '가끔' 말고 비슷한 게 또 뭐가 있더라? '종종' '더러' '이따금' 또……

밤공기는 무덥고 후텁지근했다. 창가에선 비릿하고 이상한 냄새가 풍겨왔다. 아마 골목 앞에 놓인 쓰레기 냄새인 듯했다. 여름은 부패의 계절이니까. 뭐든 빨리 자라고, 빨리 썩는 때니까. 나는 몸에 털이 별로 없어 기온이 조금만 올라도 땀을 비 오듯 흘렸다. 나는 다음 문장, 또 다음 문단을 다듬어나갔다. 어제도 하고 그제도 한 일이지만, 신기하게도, 그리고 맥 빠지게도, 볼 때마다 허점들이 발견되는 바람에 멈출 수가 없었다.

그러고는 뜬금없이 자신이 얼마나 형편없는 사람인가에 대해 줄줄 늘어놓기 시작했다. 자기는 절대 좋은 아버지가 될 수 없다는 둥, 너무 가난하다는 둥, 사람들을 실망시킬까봐 두렵다는 둥, 생각해보니 집안에 암 병력도 있는 것 같다는 둥 논리도 두서도 없는 말들이었다.

……'암 병력'을 '친일파'라 바꿀까? 에이, 그렇지만 그건 사실이 아니잖아? 근데 사실이 좀 아니면 어때? 이미 상상해서 넣은 부분도 꽤 되는데. 아니야, 그래도 상상보단 사실이 더 많아야 해. 그래야 두 사람이 읽었을 때 자기 이야기인 줄 알지. 더욱이 아버지의 조상을 욕보이는 건 내 조상을 건드리는 거잖아. 나도 내가 근본없는 집안의 자식처럼 보이는 건 싫다고. 그나저나 아버지가 이걸 읽고 뭐라 하실까? 이렇게 바보같이 그려도 괜찮을까? 그렇지만 나는 멋있는 아버지보다 재밌는 아버지가 더 좋은걸……

안경을 벗고 눈을 비빈 뒤 모니터를 바라봤다. 그러자 새삼 오늘 낮, 의사 선생님으로부터 들은 '황반변성'이라는 단어가 떠올랐다. 나는 한 손으로 눈을 가린 채 원고를 바라봤다. 왼쪽으로 한번, 오른쪽으로 한번. 그러곤 다시 오른쪽으로 한번, 왼쪽으로 한번…… 가슴 한쪽이 쿡쿡 아렸지만, 마음이 그런 건지 심장이 나빠 그런 건지 구별할 수 없었다. 마른침을 삼킨 뒤 다시 하던 일에 집중했다. 이유야 뭐가 됐든 서둘러야 한다는 사실은 변함없었다. 지금까지는 어머니와 아버지가 처음 만나 나를 낳은 뒤의 풍경을 그렸으니, 이제 내가 아프기 전까지의 시간만 복원하면 됐다. 우리가 고향을 떠나기 바로 전, 우리 가족의 짧고 행복했던 삼년을 말이다. 그

러나 그 시간이 단지 아름답기만 해서는 안됐다. 왠지 모르지만 그
러면 안될 것 같았다. 그러니까 내 계획은 이랬다. 오래전 어머니와
아버지의 이야기를 쓰는 것, 그리고 그걸 내 열여덟번째 생일에 부
모님께 선물로 드리는 거였다. 그동안 내가 새끼 노릇 하느라 티를
안 내서 그렇지, 내 어휘가 얼마나 풍부하고 내 문장이 얼마나 유
려한지 알면 두 분 모두 깜짝 놀랄 터였다. 어떤 이야기가 될지 모
르지만. 그때까지 잘 완성할 수 있을지도 모르지만. 내가 두 분에게
뭔가 드릴 수 있는 게 있다면, 그건 우등상도 학사모도 아닌, '이야
기'여야 할 것 같았다. 그리고 당분간 내게 그것보다 중요한 일은
없을 것 같았다. 나는 다시 안경을 쓰고 엊저녁에 완성한 대목을
살펴보기 시작했다.

그해 겨울, 아버지의 스포츠용품점이 문을 닫았다. 거듭되는
적자에 빚까지 안고서였다. 아버지의 사업수완이 워낙 허술하기
도 했고, 전국적인 경기불황에 시골사람들 씀씀이론 고가 브랜
드 매장을 유지할 수 없었기 때문이다. 그리고 그때 마침 외할아
버지가 풍으로 쓰러졌다. 평소에도 혈압이 높으셨던 분인데, 사
람들은 사위가 가게를 말아먹었기 때문이라고 쑥덕거렸다. 아버
지는 가게를 지키기 위해 마지막까지 최선을 다했다. 그래봤자
체고 동기들에게 택배를 보낸 뒤 '돈은 천천히 줘도 된다'라고
하거나, 중학교 후배들에게 전화를 돌리며 으름장을 놓는 게 전
부였지만 말이다. 아버지는 방 한구석에서 전화기 선을 한 손으
로 돌돌 말며 추궁했다.

"야, 내가 저번에 오락실서 보니까 너 아디다스 입고 있는 거 같더라?"

그러면 수화기 너머의 후배는 잘못한 게 없는데도 쩔쩔매며 답했다.

"예? 아니에요, 형. 그거 다 짝퉁이에요."

"내가 분명히 본 거 같은데."

"아우, 형. 진짜 아니에요."

그런 뒤 아버지는 잠시 고민하다, 자신과 같은 방을 쓴, 그래서 어느 날 영문 모를 봉변을 당한 기숙사 동기에게도 나이키 운동복을 보냈다. 물론 돈 얘기는 전혀 하지 않고서였다.

가게를 닫은 뒤, 아버지를 포함한 외가 식구들은 머리부터 발끝까지 전부 나이키 복장을 하고 다녔다. 마치 외갓집 풍경이 하루아침에 태릉선수촌으로 바뀐 것 같았다. 혹은 조직폭력배의 계보를 가진 수상한 집안처럼 보였다. 심지어 풍으로 누운 외할아버지조차, 돌아가시기 전까지 가슴 위에 앙증맞은 로고가 새겨진 '추리닝'을 입고 계셔야 했다. 이상한 점은 모든 것이 진품인데도 우리 식구가 걸치면 가짜처럼 보인다는 거였다. 외할아버지는 자기가 평생 하대한 외할머니의 수발을 받으며 독방에 누워 계셨다. 거동은 물론 말씀도 잘 못하셨는데, 차용증 없이 돈을 꾸어 쓴 이웃들은 내심 안도하는 눈치였다. 괴팍하고 고집 센 나의 외할아버지는 사위에게 하고 싶은 욕과 잔소리가 엄청 많으신 듯했으나, 그때마다 절박하고 어눌한 '어어' 소리밖에 못

내셨다. 당시 외가에서 그런 식으로 말하는 사람은 어린애인 나와 외할아버지밖에 없었다. 하지만 눈빛만은 생생해서, 아버지를 볼 때마다 노여운 살의를 비치셨다. 아버지는 되도록 외할아버지의 방을 피해 살금살금 다녔다. 그러곤 방으로 들어와 멋쩍은 듯 '붕우유신' 가훈이 걸린 액자를 소매로 닦아냈다. 따뜻한 입김을 불어, 가끔 광까지 내면서 말이다.

노트북 앞에 오래 앉아 있다보니 몸에 열이 올랐다. 가슴팍 사이로 땀이 줄줄 배어나오고 있었다. 몇문장을 넣었다 빼고 다듬는 사이 시간은 어느새 열시를 넘어 있었다. 컴퓨터를 켜둔 채 자리에서 일어났다. 물을 마신 뒤 화장실에 들렀다 잠자리에 들 생각이었다. 컴컴한 거실을 가로질러 부엌으로 향했다. 그러곤 부모님을 깨우지 않으려 살금살금 걷는데, 저쪽에서 희미한 빛이 새어나오는 게 보였다. 아마 부모님도 날이 더워 안방문을 조금 열어둔 듯했다. 문틈 사이로는 들릴 듯 말 듯 어렴풋한 말소리가 흘러나오고 있었다.
"막내형님은?"
"거기도 안된대. 나도 더 말 못했어. 우리 오년 전에 빌린 것도 있잖아."
나는 찬물을 들이켜다 말고 귀를 쫑긋 세웠다.
"너는? 좀 알아봤어?"
"후배들이 이젠 내 전화 안 받는다."
잠시 긴 침묵이 흘렀다.
"보증금도 다 까먹었는데…… 어쩌냐."

'아, 또 돈 얘기를 하시는구나' 싶어 약간 울적한 기분이 들었다. 그 부분에 있어서만큼은 내가 도움을 드릴 방법이 없어서였다.

"대수야, 우리 미친 척하고 거기 한번 전화해볼까?"

"얘가! 둘째형님 그거 땜에 죽을 뻔했잖아. 상혁이 학교까지 찾아가고. 형님네 개 귀에 호치키스까지 박아놨다더라."

"아니, 그냥 상담만이라도 받아보면 어떨까 해서."

"그 새끼들, 얼마나 무서운 새끼들인데."

"나도 알아. 근데 문자 보면 자꾸 갈등하게 돼."

부모님은 낮은 목소리로 한참 동안 대화했다. 뭐라 하는지 잘 들리지는 않았지만, 내 얘기를 하고 있는 것만은 분명했다. 얼마 뒤 어머니의 목소리가 다시 새어나왔다.

"대수야."

"응?"

"………"

"왜?"

"있지……"

"………"

"아니야."

아버지가 답답한 듯 채근했다.

"왜? 뭔데 그래?"

어머니가 망설이다 조심스레 운을 뗐다.

"우리…… 전화해볼까?"

"전화? 얻다?"

"수미한테."

이윽고 아버지가 반응했다. 살면서 몇번 들어보지 못한, 엄격하고 단호한 목소리였다.

"안돼."

"그래도 내가 부탁하면……"

"됐어, 시끄러."

"그럼 어떡해."

"그거 없던 걸로 하기로 했잖아. 것도 우리 쪽에서, 두 번이나. 지금 와서 된단 보장도 없고. 그런 데 괜히 나섰다가는 아름이만 상처받을 거야."

나는 차가워진 컵을 손에 쥔 채 꼼짝 않고 있었다. 유리 표면에 물방울이 맺혀 금방이라도 미끄러질 것 같았다.

"대수 네가 상처받는 게 겁나는 건 아니고?"

나는 마른침을 삼켰다. 안방에서 팽팽한 긴장감이 흘렀다.

"세상에 공짜가 어딨어. 지금 같아선 애 약뿐 아니라 밥도 못 먹이게 생겼어."

아버지는 여전히 말이 없었다.

"입원시켜야 한다잖아. 병원에서 시한폭탄이라고 했단 말이야."

나는 어느 타이밍에 방으로 돌아가야 할지 몰라 계속 주춤거리고 있었다.

"그래서…… 한 통화에 얼마래?"

궁금해서 그러는지, 빈정대려고 묻는 건지 알 수 없는 말투였다. 어머니는 얼마간 수치심을 느끼는지 조그맣게 대답했다.

"천원."

얼마나 지났을까? 나는 부엌에 계속 서 있을 수도, 방으로 돌아
갈 수도 없어 쩔쩔매고 있었다. 부모님을 난처하게 만들까봐 섣불
리 움직이기가 뭣했다. 더욱이 아까부터 오줌을 참았던 터라 화장
실에 가고 싶은 마음이 굴뚝같았다. 그런데 그때 안방에서 뭐라 소
곤대는 기척이 들려오는 바람에, 오줌보를 붙든 채 다시 안테나를
세울 수밖에 없었다.

"아무래도 내 잘못인 것 같아."

"뭐가."

"요즘 다시 그 생각이 나."

"미라야."

"아님 누구 잘못인데."

"그만하고 자자."

"이유가 있을 거 아니야."

어머니가 새삼 언성을 높였다. 아버지가 차분하게 어머니를 다
독였다.

"이유 같은 건 없어, 미라야. 우리가 십년 내내 찾은 게 이유잖아.
아름이는…… 그냥 그렇게 된 거야. 의사들도 그랬잖아, 유전이 아
니라고."

"아니야, 내가 그때 그러지만 않았어도, 이렇지 않았을 거야."

"아니라고 몇번을 말해. 달리기 좀 했다고 애가 잘못되지는 않
아. 우리 엄마는 뱃속에 내가 든지도 모르고 설날에 널뛰기도 했다

더라. 그런데도 이렇게 튼튼한 자식을 낳았잖아."

"어머님은 몰랐겠지. 근데 나는 알고 뛴 거잖아. 열 바퀴, 스무 바퀴, 심장이 터질 때까지 돌았단 말이야. 밤새도록 운동장을 뛰고 또 뛰었다고……"

소리나지 않게 문을 꼭 닫고, 벽에 기대어섰다. 어둠속, 컴퓨터 대기화면이 푸른빛을 내며 어슴푸레 일렁이고 있었다. 저 혼자 막 움직이는 게 신기루처럼 느껴지기도 하고, 혼불처럼 보이기도 하는 영상이었다. 나는 손바닥으로 한쪽 눈을 가린 채 그것을 바라봤다. 오른쪽으로 한번, 왼쪽으로 한번. 그리고 다시 왼쪽으로 한번 오른쪽으로 또 한번…… 눈썹이 없어 이마의 땀이 그대로 눈 속으로 흘러들어왔다. 그것은 이내 뺨을 타고 내려왔다. 나는 침착하게 책상 앞에 앉았다. 그러곤 엔터키를 누른 뒤 조금 전까지 정성스럽게 다듬은 원고를 뚫어지게 바라봤다. 몇달간 내게 설렘과 긍지, 그리고 기쁨을 준 원고였다. 창을 닫고 새로 '내 문서'에 들어갔다. 그러곤 마우스의 오른쪽 버튼을 클릭했다.

'이 파일을 휴지통에 버리시겠습니까?'

담담하고 불길한 문장이었다. 나는 그 문장을 오래도록 바라봤다. 그러곤 한참을 망설이고, 또 주저하다…… 결국 '예'라는 단추를 누르고 말았다.

9

아침상을 물린 뒤, 거실에 둘러앉아 팥빙수를 먹었다. 한쪽에선 고개를 틀 때마다 끼익 소리가 나는 고물 선풍기가 힘겹게 돌아가고, 활짝 열어둔 창문으론 이웃집의 텔레비전 소리가 어렴풋이 들려오고 있었다. 휴일 아침의 한가하고 일상적인 풍경이었다. 아까부터 부모님의 눈치를 살피던 나는, 팥빙수를 한가득 떠 입에 넣으며 부러 활달한 표정을 지었다. 초반부터 본론으로 들어가선 안되겠단 생각이 들어서였다.

"이 안 시려?"

어머니가 걱정스레 물었다.

"숟가락 오래 물고 있음 괜찮아요."

"일부러 과일이랑 젤리 뺐는데 괜찮지?"

"응, 나도 이제 신 건 못 먹겠더라고요."

아버지가 으쓱하며 끼어들었다.

"빙수는 원래 이렇게 먹는 거야. 팥이랑 우유만 넣어서."

그러고는 장난치듯 부러 내 자존심을 건드렸다.

"우리 아름이가 이 맛을 알려나 모르겠다."

"나도 알아요."

"그래?"

"응, 근데 내가 세 살만 젊었어도 이게 왜 맛있는지 몰랐을 거예요."

부모님은 이 녀석이 또 건방을 떠는구나 싶은 얼굴로 나를 흘겨봤다. 나는 먹다 남은 얼음을 휘저으며 아이처럼 장난을 쳤다. 그러곤 투명한 조각끼리 반짝이며 부딪치는 모양이 근사해, 내 오른쪽 눈에게 속으로 잘 봐두라 속삭였다.

"근데 갑자기 웬 빙수야?"

"얘가 어제부터 조르더라고. 늙으면 자꾸 맛있는 게 먹고 싶어진 다나 어쩐다나."

아버지가 혀를 찼다.

"이 쥐방울만한 녀석이……"

"히! 사실 그 얘긴 장씨 할아버지가 해준 거예요. 근데 완전 공감."

어머니가 뿌루퉁한 표정을 지었다.

"난 그 할아버지 싫던데. 사실 난 네가 그 할아버지랑 말 섞지 않았으면 좋겠어."

"에? 왜요?"

"좀 이상하잖아. 푼수 같고. 사람들 말 들어보니까 젊었을 때 가족들이랑 무슨 사고를 당해 머리가 좀 이상해졌다는 거 같던데?"

잠자코 어머니의 말을 듣고 있던 아버지가 한마디 거들었다.

"그 큰 장씨 할아버진가 하는 사람도 치매라는 거 같던데."

나로선 처음 듣는 이야기였다.

"근데 아직 초기라나봐. 얼핏 봐선 잘 모른대. 그래도 자식 맘은 안 그렇지. 얼마나 속이 타겠어."

어머니가 살짝 얼굴을 찌푸렸다.

"그래도 난 두 양반 다 괜히 싫더라."

"왜요, 엄마? 장씨 할아버지 이상한 사람 아니에요. 나랑 말도 얼마나 잘 통하는데. 대화해보면 아는 것도 되게 많으세요."

"그래도 뭔가 문제가 있으니까 그 나이 되도록 남자 둘이 사는 거 아니야. 어쨌든 너무 친하게 지내지는 마, 알았지?"

나는 한숨을 쉬며 푸념했다.

"어휴, 살면 얼마나 사신다고 그래요."

"………"

대수롭지 않게 한 말이었는데, 분위기는 일순 어색해졌다. 나는 이쯤에서 화제를 돌려야겠다고 생각했다.

"아빠?"

"응?"

"엄마?"

"그래."

"나 있잖아요."

"응."

"그거…… 수미 아줌마가 하는 프로에 나갈래요."

순간 부모님의 얼굴이 얼음장처럼 굳었다. 갑자기 이건 또 뭔 소린가, 얘가 그걸 어떻게 아나, 알면 어디까지 아나, 혼란스러운 표정이었다. 나는 최대한 차분하게, 예전에 엄마가 친구랑 통화하는 걸 들었다고, 지난 얘기지만 줄곧 그 생각이 났다고 둘러댔다. 하지만 내가 뭐라 주절대는 동안 어머니와 아버지는 서로의 눈만 뚫어지게 쳐다보고 있었다.

"그 아줌마, 어릴 때 엄마 단짝친구였던 그분 맞죠? 방송국 피디랑 결혼하셨다는 분."

어머니는 간밤 일이 떠올랐는지 얼굴까지 붉혀가며 어쩔 줄 몰라했다. 먼저 입을 뗀 건 아버지였다.

"한아름, 쓸데없는 소리 말고 빙수나 먹어."

"왜요?"

"왜요는 무슨 왜요야? 우리가 그렇게 정했으니까 그런 거지."

"왜 저한테 들어온 거를 엄마 아빠가 결정해요? 제 일인데 저한테는 뭘 선택할 수 있는 자격이 아예 없는 거예요?"

"이게 진짜?"

"저 한번 나가볼래요. 다른 사람들도 다 하는 거잖아요. 실제로 도움도 받고. 방송국 사람들 보는 것도 재밌을 거 같아요."

어머니가 보다못해 끼어들었다.

"재밌는 거 아니야, 아름아. 힘든 거야."

"아무리 힘들어도 지금만큼 힘들라고요."

"안돼."

"허락해주세요, 아빠."

"안돼."

"제가 하고 싶다니까요!"

"야 인마, 안되면 안되는 줄 알아. 이눔 자식이 오냐오냐 하니까 진짜."

안되겠다 싶어 바로 전략을 바꿨다. 이런 때일수록 오히려 너스레를 떠는 게 좋을 것 같아서였다.

"어? 그럼 나 입원 안 시켜줄 거예요? 진짜? 에이, 부모가 그럼 안되지. 엄마 아빠는 자식 키우는 게 진짜 쉬운 줄 알았나봐?"

나는 다시 아무 일도 없었다는 듯 팥빙수를 향해 손을 뻗었다. 그런데 순간 나도 모르게 손가락에 힘이 풀려 숟가락을 놓쳐버리고 말았다. 숟가락은 탕— 소리를 내며 바닥으로 튕겨나갔다. 그것은 날카로운 단도처럼 차갑고 고요하게 빛났다. 숟가락을 잡았던 내 손이 허공에서 파르르 떨렸다. 우린 모두 그걸 꼼짝 않고 지켜보았다.

2부 ● · ·

1

피디 아저씨의 이름은 채승찬이었다. 승찬 아저씨는 어머니와 중학교 동기로, 대호관광단지 설립 때 서울에서 전학온 친구라 했다. 대처에서 온 아이들로 인해 시골 1등은 갑자기 3등이 되고 15등은 20등이 되던 시절, 수미 아줌마의 1등 자리를 처음으로 빼앗은 바로 그 학생 말이다. 수미 아줌마는 사춘기 시절 내내 원망과 질시의 눈으로 승찬 아저씨를 흘겨봤다고 했다.

"그럼 둘 사이가 엄청 안 좋았겠네요?"

어머니는 기억을 더듬으며 미간을 찌푸렸다.

"글쎄, 승찬이는 모르겠고, 수미는 좀 뿌루퉁했던 거 같아."

"그런데도 어떻게 부부가 됐대요?"

"그지? 엄마도 그게 참 신기해. 너 낳고, 고2 때인가? 수미가 까페에서 말해줘서 그때 알았어. 수미가 걔를 오랫동안 좋아해왔다는 거."

나는 '음' 하고 짧은 소리를 냈다. 그러곤 누군가를 오랫동안 흘겨보다보면 미움이 관능으로 바뀌는가보다 생각했다.

"그래서 승찬 아저씨는 누굴 좋아했는데요?"

"어?"

"엄마가 아까부터 쭉 승찬 아저씨 입장은 빼고 말하잖아요. 단짝인데 엄마가 아줌마 속을 오랫동안 몰랐다는 것도 이상하고."

"승찬이는……"

"네."

"걔는……"

나는 어머니와 눈을 맞추며 고개를 끄덕였다. 그러고는 속으로 '말해봐요, 엄마. 어서, 엄마의 청춘을 자랑해봐요'라고 속삭였다.

"어…… 아무도 안 좋아했어."

"말도 안돼."

"뭐가 안돼, 이 녀석아. 성공은 원래 그런 애들이 하는 거야."

어머니는 나를 나무라며 더이상 상대해주지 않겠다는 듯 돌아섰다. 조금 있다 승찬 아저씨가 우리집에 오기로 한 터라, 어머니도 나름 준비를 해야 해서였다. 수미 아줌마하고도 소원해진 지 오래라 이번에 연락이 닿은 것도 한참 만인 듯한데…… 승찬 아저씨와 어머니가 만나는 건 거의 이십년 만의 일이라고 했다.

어머니는 내색하지 않았지만 나는 두 사람의 관계에 대해 조금 알고 있었다. 몇달 전 내가 입원해 있었을 때, 병문안을 온 막내외삼촌에게 주워들은 얘기가 있어서였다. 막내외삼촌은 어릴 때 우리 엄마를 가장 못살게 군 형제 중 하나였다. 어머니와 한 살 터울인 외삼촌은 하나뿐인 여동생의 일기장과 서랍 뒤지는 일을 삶의 낙으로 삼고 있었다고 했다. 한데 생전 책이라고는 거들떠보지도 않던 여동생이 어느날 시를 읽고 있는 모습이 수상해 본격적인 조사에 들어갔다고. 어머니가 중학교 2학년, 외삼촌이 3학년 때의 일이랬다. 삼촌이 어머니의 책상에서 발견한 건 한 통의 연애편지와 시집, 그리고 카쎄트테이프였다. 시집 겉면에는 '홀로서기'란 글씨가 씌어 있었고, 테이프엔 '빈 소년 합창단'의 사진이 박혀 있었단다.

"그 당시, 그 촌구석에서 그런 걸 선물할 줄 아는 중학생은 흔치 않았거든. 것도 남자애가. 기껏해야 초콜릿이나 인형, 것도 아님 인기가요 앨범 정도였지."

나는 그 편지가 지금도 남아 있느냐고 물었지만, 외삼촌은 '우리 집은 그런 걸 보관하고 모시고 하는 그런 집안이 아니다'라는 말로 내 기대를 무너뜨렸다. 어쨌든 외삼촌은 그날 이후 문제집을 펼쳐 두고 '빈 소년 합창단'의 노랫소리를 들으며 '멍 때리고' 있는 엄마의 모습을 자주 목격할 수 있었다고 했다. 사실 사춘기 때만큼 인간이 가장 못생겨질 때가 없는데, 그렇게 서로 가장 안 예쁠 때, 안 예쁜 인간들끼리 격정적일 수 있다는 게 신기하다고.

"삼촌은 안 그랬어요?"

"당연, 나도 그랬지."

"그죠? 그럴 줄 알았어."

"그래서 고향 근처에 가면 지금도 괜히 머쓱해. 거기 교복 입은 애들 많잖아. 그런데 시골은 시간이 거꾸로 흐르나봐. 어떻게 애들이 나 때보다 더 촌스럽냐, 어우."

"동네가 변한 게 아니라 삼촌이 변한 거겠죠."

"내가 모르고 한 소리겠니, 그걸. 짜식이 어른 앞에서 까불기는. 여튼 고향서 여중생들 볼 때마다 '아니, 내가 저런 애들 땜에 막 가슴 뛰고 잠 못 이뤘나' 뜨악해하곤 해. 실은 나도 그렇게 미숙하고 촌스러웠을 게 틀림없는데. 그런 나를 또 누군가가 사랑해주었던 게 분명한데 말이야."

병원 생활이 엄청 무료하던 터라 맥이 빠져 있던 나는 외삼촌의 이야기를 들으며 신나했다. 그러곤 오래전, 아무도 모르는 달빛 아래서 아무도 모르게 익어가는 보리처럼, 춘정에 휘청였을 내 또래 아이들의 모습을 떠올렸다.

"내가 어디까지 했지?"

"시집이랑 테이프 나온 데요."

"응, 그걸 보니까 궁금하더라고, 어떤 놈인지. 미라도 뭐 맘이 없는 것 같지는 않고."

"그래서요?"

"찾아갔지, 걔네 반으로. 그러곤 아는 후배한테 '아무개 좀 나오라 그래' 그랬지."

"이름이 뭐였는데요?"

"몰라, 기억 안 나. 하도 오래돼서. 나도 그냥 호기심에 찾아간 거지. 세상 많은 오빠들은 사실 남의 여동생한테 관심 있지 자기 여동생한테는 별로 관심이 없거든."

"음."

"걔는 내가 미라 오빠라는 걸 모르는 눈치더라? 나도 뭐 굳이 말 안했고. 교실 문앞에서 '저 찾으셨어요?' 그러길래 '네가 아무개냐' 그랬더니 '네' 하더라고. 그래서 살짝 뜯어본 뒤 가보라고 했지."

"오, 어른 같다. 그래서요?"

"뭐, 잘생기진 않았지만 뭔가 단단하고 자부심 강해 보이는 인상이더라고. 그런데 나중엔 둘이 잘 안된 모양이야."

"왜요?"

"몰라. 나중에 미라가 걔네 아파트단지에 한번 찾아갔더래나? 거기 아줌마들 장난 아니거든. 경쟁심도 많고, 소문에도 민감하고. 근데 녀석이 미라를 챙기기보단 주위를 의식하면서 굉장히 난처해했다나봐. 편지랑은 완전 딴판이었던 거지. 그리고 다음날 그애 담임선생인가가 교무실로 미라를 불렀대. 아무개는 앞으로 외국어고등학교에 가야 하니까 네가 방해가 되지 않았으면 좋겠다고. 뭐 미라도 그뒤론 마음 접은 거 같고."

"고작 그런 걸로 그래요?"

"그럼, 그 나이 땐 원래 그래. 아무것도 아닌 거에 가슴 뛰고, 아무것도 아닌 걸로 상처받고."

"에고, 우리 엄마 많이 힘들어했어요?"

"그야 나도 모르지."

"일기장 안 뒤져봤어요?"

"어."

"왜요?"

"그즈음 나도 좋아하는 사람이 생겼거든."

　우리는 집앞에서 촬영팀을 맞았다. 카메라 감독이나 다른 스태프가 없어 정확히는 사전조사팀이 맞았지만, 어차피 그 팀이 한팀이니 뭐라 부르든 상관없었다. 나는 곰돌이가 그려진 노란 티셔츠에 면바지를 입고 있었다. 좀 점잖은 걸 찾아보려 했는데, 치수에 맞는 것 중 나를 제 나이로 보이게 할 만한 옷이 거의 없었다. 나는 머리에 챙 넓은 모자를 쓰고 썬글라스까지 낀 상태로 손님들을 맞았다. 누가 보면 무슨 외계 마피아 같다고 할 만한 우스꽝스러운 모습이었지만, 피부와 시력을 보호하기 위해 어쩔 수 없었다. 어머니는 아침부터 이 옷 저 옷 걸쳐보다 조금 울적해했다. 그러곤 한여름인데도 굳이 소매가 팔꿈치까지 내려오는 긴 셔츠를 찾아 입었다. 그나마 그게 팔뚝 살을 가장 잘 가려주어 택한 듯했다. 아버지는 새벽부터 일터에 나가고 없었다. 손 없는 날이라 일손이 부족한 탓에 회사에서 시간을 빼주기 어렵다고 한 모양이었다. 어쨌든 촬영 당일에는 우리와 함께하기로 약속한 상태였다.

　승찬 아저씨는 내가 상상한 것보다 훨씬 별로였다. 키도 작고 인물이 없는데다 어깨도 좁았다. 하지만 눈빛만은 살아 있어서 어딘가 명민해 보였다.

'음, 저 사람이 그 소년이었단 말이지……'

나는 막내외삼촌이 해준 얘기를 떠올리며 아저씨를 찬찬히 뜯어봤다. 외삼촌의 말을 들을 때만 해도 상대 남자가 누군지 몰랐는데, 갈수록 그게 승찬 아저씨일 거란 느낌이 강하게 들었다. 승찬 아저씨는 몸에 딱 붙는 셔츠에 감각적인 벨트를 하고 있었다. 삼십대 중반답게 아랫배가 살짝 나왔지만 크게 개의치 않는 눈치였다. 아저씨는 우리집 앞에 흰색 SUV를 가까스로 주차한 뒤, 좁은 골목을 힘겹게 빠져나왔다. 승찬 아저씨 옆에는 이제 갓 대학을 졸업한 듯 보이는 누나가 서 있었다. 요 며칠 어머니와 계속 전화통화를 한 구성작가인 듯했다.

"네가 아름이구나?"

아저씨가 내 머리를 쓰다듬으려다 말고 어색하게 악수를 건넸다. 내가 너무 왜소해 어린아이로 착각했다가 실제 나이를 의식하고 재빨리 태도를 바꾼 듯했다.

"안녕하세요."

나는 살짝 고개 숙여 인사했다. 어머니는 전체주의 국가의 연례 행사에 동원된 초등학생처럼 경직된 미소를 지으며 내 옆에 서 있었다. 승찬 아저씨가 먼저 부드러운 인사를 건넸다.

"잘 지냈니? 오랜만이다."

그제야 긴장이 풀린 어머니도 웃으면서 대꾸했다.

"바쁠 텐데, 어려운 부탁 들어줘서 고마워."

"고맙기는. 나야 이게 일인데."

어머니는 처음부터 인터뷰를 다른 곳에서 하고 싶어했다. 하지만 집을 미리 살펴보는 게 카메라 동선을 잡을 때나 대본을 짤 때 도움이 된다는 구성작가의 의견에 따라 약속장소를 집으로 잡는 수밖에 없었다. 우리는 거실 한가운데 놓인 탁자 주위에 모여앉았다. 어머니는 손님들을 위해 장롱에서 방석을 꺼내왔고, 부산스레 차를 날랐다. 그러곤 집 안 곳곳을 둘러보는 승찬 아저씨를 불안하게 힐끔댔다. 승찬 아저씨는 생각보다 편안하고 또 차분해 보였다. 손님 접대로 정신이 없던 어머니가 내 옆에 앉자, 작가 누나가 탁자에 수첩과 녹음기를 올려놨다. 그걸 보니 우리가 정말 '방송'이란 걸 하게 됐단 사실이 실감났다. 첫번째 인터뷰 대상은 우리 어머니였다.

　"아름이가 아픈 건 언제 알게 되셨나요?"

　"세살 때요. 애가 자꾸 열이 나고 설사를 했어요. 병원에선 그냥 감기라 하고, 배탈이라 하고. 그러다 나중에는 안되겠는지 큰 병원에 한번 가보라고 하더라고요."

　"네……"

　"그래도 원인을 못 찾았어요. 애는 자꾸 자지러지는데 얼마나 속이 타던지."

　"그래서 부천으로 오신 건가요?"

　"예, 병원 때문에 아름 아빠나 저나 아무 연고 없이 올라왔어요."

　"여기 사신 지는 얼마나 되셨어요?"

　"아름이가 세살 때 올라왔으니까 십년 넘었죠. 집을 계속 좁혀가면서 여기저기 옮겨다녔어요."

"두 분은 어떤 일을 하시나요?"

"아름 아빠는 여러가지 일을 하다 잘 안돼서, 지금은 이삿짐센터에서 일하고 있어요."

"어머님은요?"

"저는……"

어머니가 메모중인 승찬 아저씨의 얼굴을 슬쩍 쳐다봤다. 그러곤 눈을 내리깔고 들릴 듯 말 듯한 목소리로 웅얼거렸다.

"아름이를 돌보는 일만 하고 있어요."

순간 나는 좀 당황했지만, 어머니가 민망해할까봐 내색하지 않았다.

"그럼 생활비며 병원비를 감당하기 힘드시겠어요."

"네."

"아름이가 학교에 다닌 적은 있나요?"

"잠깐, 초등학교에 반년 정도 다녔어요. 아름이는 학교를 무척 좋아했는데, 수업중에 몇번 발작을 해서……"

나는 흥미롭던 발표수업과 음악시간, 봄소풍 등을 떠올리며 잠시 추억에 잠겼다.

"보통, 같은 병을 앓고 있는 환자나 보호자들은 모임을 만들지 않나요? 인터넷 까페에서 서로 정보도 나누고, 의지하고 그러던데. 어머님은 어떠셨어요?"

"그게, 저희도 찾아봤는데…… 없더라고요, 아름이 같은 경우는. 다른 나라에서도 보기 드문 사례라 하고. 공부할 만한 책도 거의 없어 저희도 참 답답했어요."

작가 누나가 천천히 고개를 끄덕였다.

"그럼 지금 아름이 상태는 어떤가요?"

"다른 데도 안 좋지만 한쪽 시력을 잃어가고 있어요. 그리고 심장이……"

다음은 내 차례였다. 이번에는 승찬 아저씨가 먼저 여유롭게 말을 꺼냈다.

"시작할까?"

"네."

승찬 아저씨의 눈짓과 함께 작가 누나가 가벼운 말로 이야기를 풀었다.

"아까 어머님이 그러시는데, 아름이 책 좋아한다며?"

"네."

"무슨 책 좋아해?"

"그냥 책이면 다 좋아요."

"그래?"

"네, 저는 마음보다 몸이 빨리 자라서, 그 속도를 따라가려면 마음도 빨리빨리 키워놓지 않으면 안되거든요."

승찬 아저씨와 작가 누나가 방긋 웃었다. 그리고 그때서야 나는 어머니의 얼굴에 작은 안도와 자부가 스치는 걸 보았다.

"그럼 우리한테도 하나 소개해줘볼래?"

"어…… 뭐가 있더라? 아, 얼마 전에 본 시집에 이런 문장이 있었어요. '한번에 한 사람이 된다는 건 충분히 좋은 일'."

"음, 그리고?"

"또…… '한꺼번에 한 사람이 될 수 없다는 건 조금 슬픈 일'이란 표현도요."

승찬 아저씨가 새삼 짓궂은 표정으로 물었다.

"너는, 그게 무슨 말인지 아니?"

순간 '그럼 너는 아냐?'라고 핀잔하고 싶은 마음이 들었지만, 예의바르게 대꾸했다.

"그냥, 왠지 모르게 좋았어요. 왜, 호수에 낙엽 떨어질 때, 수면 위로 조용한 파문이 일잖아요? 그런 게 내 가슴에 생겼어요. '눈 이야기'라는 제목의 시인데, 읽다 좋아서 몰래 찢어놨어요. 원래 도서관서 빌린 책엔 잘 안 그러는데…… 저, 근데, 아저씨?"

"응?"

"제가 지금 하는 얘기 방송에 다 나가나요?"

승찬 아저씨가 '그간 백번쯤 들었던 얘기를 한번 더 듣는구나' 하는 얼굴로 웃었다.

"아니, 몇몇 말들만 방송으로 나갈 거야. 그중에 좋은 것을 추리려고 이렇게 미리 인터뷰하는 거고."

"그래도 조금 전에 책 찢었다는 얘기는 쓰지 말아주세요."

"그래, 약속할게. 대신 촬영일에 오늘 한 말 중 몇개를 다시 해달라고 할 수도 있어. 그때 잘 도와줄 수 있지?"

"음, 생각해보고요."

작가 누나가 질문지를 보며 다음 말을 이었다.

"학교에 다녔었다던데?"

"네."

"지금도 학교에 가고 싶니?"

"그럼요. 왠지 거기 친구들은 지금 이 순간에도 제가 모르는 뭔가 중요한 걸 배우고 있을 것만 같단 생각이 들어요."

작가 누나가 나를 위로하려고 그러는지, 진심으로 그러는 건지 모를 말투로 중얼댔다.

"그렇지도 않아."

"뭐가요?"

"그렇게 괜찮은 데 아니야."

나는 작가 누나에게 학교와 관련된 무슨 안 좋은 추억이 있나 싶어 고개를 갸웃거리다 그냥 맞장구를 쳤다.

"그럴 줄 알았어요."

작가 누나가 다시 수첩을 살폈다.

"오랫동안 치료받으면서 무슨 생각을 했니?"

"무슨 생각이라니요?"

"그러니까 가장 많이, 혹은 자주 든 느낌 같은 거……"

"그게……"

나는 슬쩍 어머니의 눈치를 봤다. 입술을 계속 달싹이는 게 본인도 생전처음 듣는 이야기에 꽤 긴장한 듯했다.

"음, 혼자라는 생각요."

"그래?"

"아니, 아니, 부모님이 저를 외롭게 두셨단 뜻은 아니고요. 아플 땐 그냥 철저하게 혼자라는 기분이 들어요. 그런 얘길 한 거예요."

"그리고 또 뭐가 힘들었니?"

나는 잠시 머뭇대다 대답했다.

"친구가 없는 거요."

어머니가 한번 더 입술에 침을 묻혔다.

"그리고?"

나는 웃으며 되물었다.

"더 있어야 해요?"

"어? 아냐, 아냐. 그럼 이번에는 다른 걸 물어볼게…… 늙는다는 건 어떤 기분이니?"

"………"

어머니와 나는 서로를 빤히 쳐다봤다. 승찬 아저씨도 조금 놀란 눈치였다. 아마 내 증상과, 그걸 받아들이는 방식에 대해 묻는다는 게 잘못된 표현으로 튀어나온 듯했다.

"그럼, 젊다는 건 어떤 기분인데요?"

"어?"

작가 누나의 얼굴에 당혹감이 스쳤다.

"정말 궁금해서 여쭤보는 거예요. 저는 제가 젊었을 때 기억이 없거든요."

그녀는 콧잔등의 땀을 한번 닦아낸 뒤 더듬더듬 말을 이었다.

"어, 글쎄, 나도…… 잘 모르겠네?"

나는 어깨를 으쓱하며 대답했다.

"저도 그래요."

작가 누나는 얼굴이 빨개진 채 아무 말도 못하고 있었다.

"근데…… 이런 말씀은 드릴 수 있을 것 같아요. 예전에 병원에서 어떤 누나 둘이 하는 대화를 우연히 들은 적이 있어요. 이제 막 스물하나? 아님 셋 정도 됐을까? 여하튼 그중 한 명이 갑자기 목소리를 낮춰서 친구한테 뭔 고백 같은 걸 하더라고요. 그렇게 작은 목소리가 어떨 땐 더 선명하게 들린다는 것도 모르고."

"뭐라 그랬는데?"

"교수를 좋아하고 있다고 말했어요."

"교수?"

"네, 전공이 뭔지, 결혼을 한 분인지 아닌지 그런 것은 모르지만, 그 누나보다 나이가 두세 배는 많은 사람이라는 것 정도는 알 수 있었어요."

나는 세 사람이 내 얘기를 들으며 서로 눈치를 보고 있다는 걸 감지할 수 있었다. 쟤가 무슨 엄청난 얘길 하려 저러나 조마조마해하는 게 틀림없었다.

"사귀는 건 아니고, 누나 혼자 오랫동안 존경하고 짝사랑한 모양인데, 우연히 그 선생님이랑 살짝 스킨십을 하게 된 얘기를 하더라고요, 친구한테."

이윽고 거실의 분위기는 말할 수 없이 어색해졌다. 어머니는 대체 쟤가 왜 저러나 하는 황당한 얼굴로 나를 바라보았다.

"뭐라고 그랬는데?"

작가 누나가 조심스레 물어왔다.

"놀랐다고."

"………"

"술에 취해 우연찮게 한 손으로 그분 뺨을 만졌는데, 아주 짧은 순간이었지만, 그분 볼에 자기 손이 닿자마자 화들짝 놀랐다고 했어요."

"왜?"

"너무 흐물흐물해서."

"아……"

어디선가 괴로움에 가까운 탄성이 조그맣게 흘러나왔다. 곁에 있던 승찬 아저씨가 내는 소리였다.

"보는 거랑 만지는 거랑 달랐나봐요. 지금도 그 누나가 한 말이 또렷이 기억나요. '데인 것처럼……' 맞아, '늙음'에 데인 것처럼 놀랐다고 했어요. 자기도 모르게. 그러곤 그날 이후로 더이상 그 선생님이 남자로 보이지 않게 됐대요."

주위엔 일순 알 수 없는 정적이 돌았다.

"그런데 누나."

"응?"

"저는 잘 이해가 안돼요."

"뭐가?"

"나이 든 사람 피부에 탄력이 없는 건 너무나 당연한 일이잖아요."

"그렇지."

"머리가 세는 것도, 이가 빠지고, 눈이 나빠지고, 주름이 느는 것도, 너무 자연스러운 일이잖아요."

"그래."

"그런데 그렇게 좋아했다면서, 그 짧은 접촉 한번에, 마치 늙음이 자기에게 옮기라도 할 것처럼, 그렇게 정색하고 돌아설 정도면, 그 여자가 상상한 늙음이란 대체 어떤 거였을까요?"

".........."

"저는 아직도 그걸 잘 모르겠어요. 그리고 그 생각을 하면, 어느 땐 한없이 슬퍼져요."

".........."

그때까지 잠자코 내 얘기를 듣고 있던 작가 누나가 애써 밝게 받아쳤다.

"그래도 아름이는 열일곱살이잖아."

"응, 맞아요. 여기서 제가 제일 어리죠?"

"그럼."

"그래도 아마 이중에서 가장 오래 살았을걸요?"

"무슨 뜻이야?"

"너무 아플 때는요, 우리 엄만 그걸 '지랄발광'이라 하는데, 그럴 때면 하루가 정말 길게 느껴져요. 일분이 한 시간 같고, 어느 때는 영원 같고. 그런 하루를 계속 살아왔잖아요, 저. 그러니까 주관적인 시간으로만 따지면 내가 아저씨나 누나보다 더 산 거예요."

그렇게 말해놓고 왠지 머쓱해 나는 '하아' 하고 웃었다. 하지만 주위 사람들은 하나도 웃지 않았다. 얼마 뒤, 승찬 아저씨가 조심스레 물었다.

"하느님이 원망스러웠던 적은 없니?"

"저희 집은 교회 안 다니는데요?"

"그럼, 그 비슷한 누군가에게라도 말이야."

"음…… 잊었다는 생각이 들 때가 있어요. 그분이 나를."

"………."

"하느님은 너무 바쁘시니까."

잠시 긴 침묵이 흘렀다. 하지만 내 주위에 앉은 사람 중 누구도 먼저 말을 꺼내거나 채근하지 않았다.

"하지만 가끔은, 우리가 하느님이 아니라서 좋은 점에 대해 생각해요. 세상에 하느님만 할 수 있는 일이란 게 따로 있다면, 정말 그렇다면, 거꾸로 인간만이 할 수 있는 일도 따로 있지 않을까 하고…… 그게 결코 하느님을 능가할 만한 일은 못되더라도, 하느님도 부러워할 만한 몸짓들이 인간 사이에 존재하는 게 아닐까 하고요."

작가 누나가 조심스레 물었다.

"왜 그런 생각을 했니?"

나는 그냥 작게 웃었다. 그러곤 속으로 어머니와 아버지를 생각했다. 어리고 철없고 어여쁜 내 부모. 몇십년 후, 나와 같은 얼굴을 가지게 될 내 부모를.

인터뷰는 한 시간가량 더 진행됐다. 작가 누나는 나와 어머니에게 번갈아 이것저것을 물어본 뒤, 수첩을 덮으며 마지막 질문을 했다.

"아름이는 꼭 해보고 싶은 게 뭐야?"

나는 잠시 고민하다 생각난 듯 대답했다.

"부모님이 처음 만난 장소에 가보는 거요."

"그래? 그게 어딘데?"

"지금은 없어졌어요. 물에 잠겨서."

그러자 그 방에 있던 같은 고장 출신 두 명이 자기들도 모르게 동시에 고개를 끄덕거렸다.

인터뷰가 끝난 뒤, 승찬 아저씨와 작가 누나의 표정은 한결 밝아졌다. 우리는 짧고 따뜻한 인사를 나눈 뒤 집앞에서 헤어졌다. 그런데 아저씨의 SUV가 다른 차들에 포위돼 꼼짝할 수 없게 된 바람에 난처한 상황이 벌어지고 말았다. 우리집은 다세대주택이 밀집된 골목 안쪽에 있어 평소에도 차 댈 데가 마땅치 않았다. 골목 폭이 하도 좁아 들어오는 차와 나가는 차 사이에 자주 실랑이가 벌어졌고, 한밤중에도 자리다툼이 나기 일쑤였다. 조금 전까지 온화한 표정으로 우리와 말을 섞고 눈을 맞춘 승찬 아저씨의 얼굴은 일순 경직됐다. 차주에게 연락할 방법도 없는데다, 다음 스케줄 장소로 빨리 이동해야 하는 사정 때문이었다. 더 당황한 건 어머니였다. 어머니는 그게 자기 잘못인 양 미안해하며 어쩔 줄 몰라했다. 평소 어머니답지 않은 모습이었다. 아저씨가 애써 괜찮다고 해도 별 수 없었다. 작별 시간이 어정쩡하게 지연되자, 어머니는 나더러 먼저 집에 가 있으라 했다. 나는 승찬 아저씨와 작가 누나에게 꾸벅 인사한 뒤 방으로 들어왔다. 그러곤 여느 때처럼 벽을 등지고 앉아 소설책을 읽었다.

"2744! 차 좀 빼주세요!"

승찬 아저씨의 목소리가 쩌렁쩌렁 들려왔다.

"3579! 계세요?"

작가 누나도 옆에서 거들었다. 하지만 별 소득은 없었다. 곧이어 집앞에서 시끄러운 경적소리가 들려왔다. 참다못한 승찬 아저씨가 자기 차에 올라타 클랙슨을 눌러댄 거였다. 그것은 한동안 아주 길게, 신경질적으로 울려댔다. 창밖으로 고개를 내민 몇몇 이웃이 그만 좀 하라 항의했다. 하지만 그뒤에도 클랙슨 소리는 계속됐다. 상황은 한 이십분쯤 지나 차 주인이 나타나면서 정리됐다. 사실 특별할 것 없는, 어디서나 쉽게 일어날 수 있는 소동이었다. 문제는 그가 등장하기 전, 어머니가 자리를 뜬 틈에 일어났다. 어머니가 급한 마음에 다른 골목을 살피러 간 사이, 승찬 아저씨와 작가 누나는 우리집 처마 밑에서 잠시 담배를 태웠다. 그러곤 오늘 한 인터뷰에 대해 이런저런 소회를 나눴다. 내 방 쇠창살 아래로 승찬 아저씨의 담배연기가 스며왔다. 나는 방에 앉아 소설책을 읽으며 그들의 얘기를 듣는 둥 마는 둥 하고 있었다. 그러다 문득, 작가 누나가 목소리를 낮춰 말하는 소리가 귀에 들어왔다.

"저, 피디님."

"응?"

"저 아이도…… 성욕이 있을까요?"

승찬 아저씨는 멈칫하다 무심하게 답했다.

"그런 걸 왜 물어?"

'요즘 애들은 이렇게 다 대범한가?'싶으면서도 촌스럽게 정색하지 않으려는 노력이 드러난 말투였다.

"아프다고는 하지만, 그래도 열일곱인데, 어떨까 싶어서요."

"글쎄…… 애 엄마 말로는 2차성징이 없었다고 하니까, 아마 성욕도 없지 않을까?"

작가 누나가 물었다.

"그런 게 없을 수도 있을까요, 사람이……?"

승찬 아저씨가 바닥에 꽁초를 비벼껐다. 창살 너머로 아저씨의 빨간색 컨버스 운동화가 보였다.

"나도 모르겠네, 어떨지. 그래도 보통 애들이랑은 좀 다르지 않겠어?"

작가 누나가 말없이 끄덕이는 모습이 절로 그려졌다.

"저, 그런데 피디님."

"왜, 또?"

"아, 아니에요."

"왜? 뭔데 그래?"

"저, 이런 말 하면 벌받을 것 같은데, 정말 이렇게 말하면 안되는 거 아는데요,"

"………"

"저 아이 말하는 모양새를 보니까,"

"응."

작가 누나가 가까스로 흥분을 누르며 입을 뗐다.

"이번 회, 대박날 것 같아요."

2

같은 꿈을 반복해서 꿀 때가 있다. 그럴 땐 보통 나쁜 일과 연결되기 마련이라는데, 내 경우엔 행복했던 경험과 관련이 깊다. 바야흐로 십년 전. 내가 일곱살, 아버지가 스물네살일 때의 일이다. 아버지는 내 손을 잡고 병원 정문을 나서고 있었다. 나를 병원에 데리고 가는 건 어머니와 아버지가 오랫동안 번갈아 해온 일 중 하나였다. 하지만 그즈음엔 아버지가 어머니 모르게 하는 일이 하나 있었다. 집에 가기 전, 나를 데리고 오락실에 가는 거였다. 돌이켜봄, 아버지가 게임을 그리 좋아한 것 같지는 않다. 중고생들이 바글거리는 어둡고 더러운 장소를 편안해한 것 같지도 않다. 그런데도 아버지는 꼭 치러야 할 세금을 납부하듯 꼬박꼬박 오락실에 들렀다. 그러고는 등받이도 없는 불편한 의자에 앉아 한 시간씩 전자오락에 몰두했다. 주로 '갤러그'나 '스트리트 파이터'와 같은 철 지난 전투물이었다. 아버지는 그 안에서 적의 기함을 처부수고, 엄청난 양의 폭탄을 퍼붓고, 에너지를 충전하고, 점프하고, 포복하고, 공중 제비를 돌았다. 아버지가 이단옆차기를 하거나 주먹을 뻗을 때는 펑펑, 쾅, 뿅뿅—하는 전자음이 났다. 예나 지금이나 담배는 피우지 않았지만, 초조할 때 한쪽 발을 떠는 습관은 변함이 없었다. 아버지는 '와' '헉' '아이씨' 등의 탄성을 지르며 흥분하곤 했다. 처음에는 나도 아버지를 따라 '보글보글'이나 '테트리스'를 했다. 하지만 얼마 안돼 내가 오락에 별 소질과 흥미가 없다는 걸 깨달았다. 나는 주로 아버지 옆에 죽치고 앉아 몸을 배배 꼬거나 동전 심부름을 했다. 어느 때는 혼자 간이노래방에 들어가 헤드쎄트를 쓴 채 유행가를 불렀다. 하지만 그것도 몇번 하다보니 금방 질렸다. 지루할 땐 골이 나 빨리 집에 가자며 아버지의 소매를 잡아끌었다. 하지만 아버지는 이 판만 깨고 가자며 자꾸 시간을 끌었다. 그러고는 내 주머니에 오백원이고 천원이고 용돈을 찔러줬다. 그때마다 나는 온갖 섬광이 얼비치는 아버지의 옆얼굴을 멍하니 바라봤다. 구부정한 자세에 손가락질 하나는 현란했지만 눈빛엔 생기가 보이지 않았다. 가끔은 귀가시간이 터무니없이 늦어졌지만, 병원이라는 데가 워낙 기다리는 게 일인지라 어머니도 별 의심을 하진 않는 것 같았다. 그리고 그런 일은 일년쯤 지속됐다. 왜 시작됐고, 어쩌다 끝나게 되었는지는 아버지도 모르는 듯했다.

그리고 또 언제였을까? 아버지가 내 곁에 있으면서도 어쩐지 여기가 아닌 다른 곳에 있는 것 같은 기분이 들었던 것은. 아마도 그건 딱 한번, 어머니가 집을 나갔을 때가 아니었나 싶다. 고작 일주일이었지만, 어머니의 가출은 우리에게 큰 상처를 남겼다. 하지만 우리는 지금까지 그 일이 일어나지 않은 척한다. 누구도 그때 일을 먼저 입에 올리지 않고, 질문도 해명도 회상도 하지 않는다. 어쩌면 하도 어렸을 때 일이라, 내가 잊어버렸을 거라 생각해서인지도 모른다. 하지만 결국 그때 얘길 먼저 꺼낸 것은 어머니였다. 몇달 전 내가 병상에 누워 있을 때였다. 죽을 고비야 그동안에도 수도 없이 넘겨왔지만, 그날은 분위기가 달랐다. 심박 곡선이 몹시 불안정했던데다, 실제로 나와 같은 병을 앓는 환자 중 내 나이를 넘기는 사람은 거의 없기 때문이었다. 어머니와 아버지는 밤새 내 곁에서 상황을 지켜봤다. 나 역시 이게 마지막일 듯해 무슨 말이든 해야 할 것 같았지만, 산소마스크를 끼고 있어 여의치 않았다. 죽음에 대해 그렇게 많이 상상해왔는데, 내 앞의 그것은 너무나 감각적이고 물리적이기만 했다. 기관들의 기능에 집중하느라 생각할 여유가 없었다. 고통이 생각을 갉아먹고 있었다. 한 숨, 한 숨 힘겹게 이어나가는 나를 보고 그날밤 결국 어머니가 울음을 터뜨렸다. 그러고는 새삼 자기가 가출했던 얘길 꺼내며 잘못했다고, 미안하다고 거듭 사과했다.

"아름아, 미안해. 엄마가 잘못했어. 미안해, 정말 미안해……"

나는 속눈썹 없는 눈꺼풀을 천천히 깜빡이며 어머니 얘길 듣고 있었다. 산소마스크 위로 뿌연 김이 서렸다.

"엄마, 나는……"

나는 오랜 세월 가슴으로 만지고 또 만졌던 말을 어머니께 했다. 어머니를 위로하기 위해서도, 내 맘이 편하자고 하는 말도 아니었다. 그건 그냥 내가 믿는 그대로를 전해드린 거였다.

"응? 뭐라고?"

어머니가 상체를 바싹 기울였다. 옆에선 아버지가 어머니의 어깨를 붙들고 있었다. 나는 목소리가 잘 나오지 않았지만 더듬더듬 힘주어 입을 뗐다. 하지만 어머니에겐 여전히 잘 전달되지 않는 듯했다. 그때 내가 가까스로 전하려 한 말은 이랬다.

"누군가가 다른 사람을 사랑할 때, 그 사랑을 알아보는 기준이 있어요."

어머니의 두 눈은 퉁퉁 부어 있었다.

"그건 그 사람이 도망치려 한다는 거예요."

"………"

"엄마, 나는…… 엄마가 나한테서 도망치려 했다는 걸 알아서, 그 사랑이 진짜인 걸 알아요."

어머니가 내 입술에 귀를 갖다댔지만 소용없었다. 나는 입을 여는 대신 어머니의 손을 잡는 걸로 인사를 대신했다. 그러곤 곧 긴 잠에 빠져들었고, 다음날, 놀랍게도 살아 있었다.

그리고 다시, 십년 전 봄으로 돌아가자면 이렇다. 아버지와 나는 조제실과 수납실이 있는 병원 로비를 막 빠져나오고 있었다. 현관 앞에서 아버지는 일곱 장이 넘는 병원 영수증을 주머니에 구겨넣은 채, 면도도 안한 푸석한 얼굴로 갓 맑은 하늘을 올려다봤다. 아버지의 턱 아래론 살비듬이 하얗게 일어나 있었다.

"갈까?"

"네."

아버지가 내 걸음 속도에 맞춰 천천히 발을 떼었다. 나는 오늘도 오락실에서 족히 한 시간은 있어야겠구나 싶은 마음에 울적해하며 아버지를 따랐다. 아닌게아니라 그즈음 아버지는 조금 변해 있었다. 마법사가 나오는 동화책을 보던 중 내가 '아빠, 보이는 게 다가 아니야?'라고 묻자 '아니, 보이는 것만 믿기도 힘든 세상이다'라고 답할 정도였으니 말이다. 그런데 그날, 뜻밖의 풍경이 아버지의 걸음을 멈추게 했다. 마치 튀밥처럼, 멀리서, 한 무리의 아이들이 눈앞에 나타났다 사라지고, 다시 나타나길 반복했던 거다. 우리는 한동안 저게 뭔가 싶어 눈을 끔벅거렸다. 아버지와 나는 호기심을 억누르며 언덕 아래로 내려갔다. 그러자 곧 푸른 잔디밭 위로 알록달록한 놀이기구들이 펼쳐져 있는 모습이 보였다. 그중에는 고무에 공기를 넣어 만든 푹신한 미끄럼틀도 있고, 위아래로 움직이는 스프링 목마와 다트 판자도 있었다. 가정의 달을 맞아 병원에서 아이들을 위한 이벤트를 마련한 모양이었다. 기구들 중 단연 인기가 높은 건 일명 '방방이'라 불리는 트램펄린이었다. 동그랗고 커다란 철제 테두리에 검은색 천을 스프링으로 연결해 만든 거였다. 우리는 잠시 그 앞에 멈춰 아이들을 바라봤다. 아이들은 하늘로 오르내릴 때마다 까르르까르르 미친 듯이 청명하게 웃어댔다. 비상이 신나 그리고, 추락이 웃겨 그러는 것 같았다. 그리고 그중에는 환자복을 입은 아이들도 여럿 섞여 있었다. 순간 내 머릿속을 지나간 생각은 단 하나였다.

'하고 싶다!'

하지만 마음만 그럴 뿐 쉽게 용기가 나지 않았다. 먼저 말을 꺼낸 건 아버지였다.

"아름아, 우리도 저거 할까?"

나는 삼초쯤 고민하다 고개를 마구 끄덕였다.

그리고 점프—

한번 더 점프—

아, 나는 지금도 그 느낌을 잊을 수 없다. 퉁— 하고 내가 튀어오르면 퉁— 하고 아버지가 뛰어오르고, 다시 퉁— 하고 아버지가 날아오르면, 퉁— 하고 내가 따라 오르던 봄날의 호흡. 만일 인생의 가장 환한 장면이란 게 따로 있다면, 바로 그런 순간이지 않을까? 시원하고 개운한 바람. 펄떡이는 심장. 발밑의 탄력. 넘어지며 웃고, 웃으면서 자빠지던 우리의 활력. 기구 주위로 아이들이 둥 그렇게 모여 입을 벌린 채 우리를 올려다봤다. 나는 아무래도 좋았다. 아버지와 나는 그날 참으로 오랜만에 얼굴이 벌게져라 크게 웃었다. 그리고 그날은, 아버지가 그해 들어 처음으로 오락실에 들르지 않고 곧장 집으로 향한 날이었다.

그리하여 지금도 내가 반복해서 꾸는 꿈은 이거다. 나이를 먹지 않은 내가, 그때로 돌아가 아버지와 텀블링을 하는 것. 그 위에서 춤을 추고 노래하는 것. 그것은 시간이 지날수록 조금씩 바뀌며 여러가지 변주를 만들어낸다. 이를테면 퉁— 하고 내가 뛰어오른 뒤 아버지가 돼 내려오고, 퉁— 하고 아버지가 날아오른 뒤 내가 되어 내려오는 것. 혹은 이럴 때도 있다. 내가 한 번씩 점프할 때마다 점점 젊어지는 것. 팔십이었다가 육십이었다가 열일곱이 되는 것. 더도 말고 덜도 말고 진짜 내 나이가 되는 것. 그래서 한번도 보지 못한 내 얼굴을 보는 것. 하지만 꿈속 그림은 너무 아스라해, 나는 내 얼굴을 자세히 살펴볼 수 없다. 만져보고, 확인하고 싶은데, 꿈속 카메라가 점점 뒤로 멀어져 원경으로 빠진다. 하지만 나는 내가 젊어졌다는 것을 안다. 그리고 그 사실을 알자마자 잠에서 깬다.

3

촬영 하루 전, 우리 식구는 거실에 누워 다 같이 마스크팩을 했다. 시중에 흔히 있는 천원짜리 팩으로 보습 기능이 있는 거였다. 부모님의 마음이 편치 않을까봐 내가 먼저 하자고 졸라댄 거였다. 수분 시트는 아버지에게 딱 맞았고, 어머니에게는 조금 컸고, 내 얼굴은 다 덮고도 남았다. 아버지는 한 손에 손거울을 들고, 다른 손으로 시트 주름을 꼼꼼히 펴냈다. 나는 분위기를 풀어보려 능청스러운 말투로 물었다.

"근데 우리 이런 거 해도 괜찮을까요? 좀 초췌해 보여야 하는 거 아녜요?"

어머니가 덧붙였다.

"맞아, 내가 집 치운다고 하니까 작가 아가씨가 그냥 놔두라고

하더라. 그게 더 좋다고. 아직 시집을 안 가서 그런가 여자 맘을 모
르나봐."

"아, 그러고 보니 생각나는 거 있다! 나도『안네의 일기』보면서
가장 인상적이었던 게, 안네 엄마가 게슈타포 들이닥치기 전에 급
하게 집 청소 하는 거였어요. 독일군들이 집을 뒤지다가도 '이 집
안주인은 살림을 참 잘했군' 생각해주길 바란 거예요."

어머니가 짧게 탄식했다.

"어머."

"그러니까 너도……"

아버지가 끼어들었다.

"더 초라해 보여야 한다거나 없어 보여야 한다거나 하는 낡아빠
진 생각은 버려. 사람들은 똑같이 안된 처지라도 곱상한 사람에게
더 끌리기 마련이거든. 접때 티브이에서 무슨 실험하는 거 보니까,
짐승들도 다 예쁜 아가씨한테 가더라."

나는 그게 무슨 말도 안되는 소린가 싶었지만, 풀이 죽은 척 조
그맣게 중얼거렸다.

"하지만 전 이미 미남이 아닌걸요."

아버지가 웃으면서 대꾸했다.

"괜찮아, 내가 미남이니까."

촬영은 크게 세 곳에서 이뤄졌다. 집과 병원, 그리고 놀이터에서
였다. 그중 첫번째로 녹화가 이뤄진 곳은 우리집이었다. 「이웃에게
희망을」은 시청률이 낮은 공익적 성격이 강한 프로그램 중 하나였

다. 재미보단 명분을 중요시 여기는, 다시 말해 평소 관행대로만 해도 본전을 건지는 방송이란 거였다. 하지만 승찬 아저씨는 이번 기획에 꽤 공을 들였다. 어머니와의 친분 때문일 수도 있고, 프로듀서 특유의 동물적인 직감 때문인 듯도 했다. 승찬 아저씨가 적당한 자리를 찾고 작가 누나가 주의사항을 일러주는 사이, 부모님은 카메라 뒤에서 줄곧 근심어린 눈으로 나를 지켜봤다.

"여기서 합시다."

아까부터 계속 '각이 안 나온다'고 투덜대던 촬영감독을 달래, 승찬 아저씨가 내 방 한쪽에 사람들을 모았다. 우리집에서 볕이 가장 잘 드는 곳으로, 가위로 오린 듯 네모난 햇빛이 시간대에 따라 모양을 달리하며 몸을 뉘는 곳이었다.

"이제 곧 시작할 건데, 준비됐니?"

"그럼요."

"음, 여긴 실내니까 썬글라스 벗을까?"

문지방 너머로 부모님이 머뭇대는 모습이 보였다.

"근데 조명이 너무 세서 눈을 잘 못 뜨겠는데요?"

"처음에는 다 그래. 조금 있다보면 익숙해질 거야. 시청자들과 눈을 맞춰야 더 편안한 인상을 줄 수 있고."

나는 알았다고 끄덕인 뒤 썬글라스를 벗어 책상 한쪽에 놔두었다. 그러곤 허리를 꼿꼿이 편 뒤 카메라를 똑바로 쳐다봤다. 처음으로 내 맨얼굴을 보게 된 승찬 아저씨는 흠칫하다 재빨리 표정을 숨기며 프로답게 말했다.

"혹시 모자도 벗을 수 있니?"

"저어……"

그때까지 가만있던 아버지가 가까스로 끼어들었다.

"모자는 그냥 두면 안될까요?"

승찬 아저씨가 살짝 난감한 표정을 짓자 작가 누나가 재빨리 설명했다.

"그러면 화면에 얼굴이 잘 안 나와서요."

아버지는 고개를 끄덕이며 덧붙였다.

"그런데 우리 애가 모자 벗는 걸 좋아하지 않아서요."

승찬 아저씨가 차분하게 말을 받았다.

"네, 저희도 이해합니다. 하지만 이게 방송이라, 어느정도 얼굴이 보이는 게 좋아요. 사람들은 자기가 누굴 돕고 있는지 알고 싶어하거든요."

아버지는 녹화 내내 내가 상처받지 않을지 염려하는 듯했다. 밤새 미남이고 어쩌고 하던 호방함은 간데없고, 초조해하는 기색이 역력했다. 말은 안해도 어머니 역시 긴장하고 있는 게 분명했다. 두 사람 다 이런 식으로 병원비를 마련하는 게 옳은지 끝내 확신하지 못하는 눈치였다. 하지만 내가 걱정하는 부분은 따로 있었다. 혹 시청자들이 내 모습에 거부감을 느끼면 어떡하나 하는 거였다. 나는 내가 너무 괜찮아 보여서도, 지나치게 혐오감을 줘서도 안된단 걸 알았다. 사람들이 직시할 수 있을 정도의 불행, 기부 프로그램을 움직이는 건 그런 것이어야 한다고 생각했다. 하지만 승찬 아저씨의 말도 맞았다. 사람들은 자기가 누굴 돕고 있는지 알고 싶어할 거다. 그리고 그건 곧 세상엔 공짜가 없다는 뜻이기도 했다. 나는 부모님께 괜찮다는 눈인사를 건넨 뒤, 한 손을 들어 가볍게 모자를 벗었다.

승찬 아저씨는 오늘따라 왠지 근사해 보였다. 컷! 컷! 명쾌하게 외치는 모습도 그랬고, 뭔가 결정하기 전 근심에 잠긴 옆얼굴도 그랬다. 그리고 그건 어머니도 이미 의식하고 있는 듯했다. 어머니의 동공은 빛에 놀란 조리개처럼, 순간순간 크게 벌어졌다 다시 움츠러들었다. 반면 그 '빛' 곁에 선 부모님의 얼굴은 평소보다 더 늙어 보였다. 서른넷. 정말 한창 나이라고, 열일곱 난 자식을 두기엔 여전히 지나치게 젊은 나이라고 믿어왔는데, 옷 때문인지 표정 때문인지 동갑내기 피디 아저씨보다 예닐곱 살은 더 많아 보였다. 어머니는 승찬 아저씨를 자꾸 흘끔거렸다. 그리고, 그러느라, 아버지가 그런 자신의 모습을 지켜보고 있단 걸 알아채지 못하는 것 같았다.

카메라맨 아저씨는 습관적으로 '그림'이란 단어를 자주 썼다. '그림이 잘 안 나온다'라든가 '그림 괜찮네'라는 표현이 그것이었다. 처음엔 좀 거슬렸지만, 듣다보니 그냥 업계 용어려니 싶어 무감각해졌다. 질문 순서는 지난번과 비슷했다. 나는 담담하게 인터뷰에 응했고, 나도 모르게 침울해질 때면, 스태프들이 다른 일을 하는 사이 방바닥에 비친 네모난 햇빛을 한 손으로 만졌다 놓았다 하며 시간을 보냈다. 어머니는 자기가 말주변이 없다 생각했는지 묻는 말에 짧게 대답했다. 하지만 작가 누나의 요구에 부응하려 노력하는 모습도 보였다. 작가 누나는 꼭 힘들었던 얘기만 할 필요는 없다고, 되도록 편안하게 다양한 말씀을 들려주시면 좋다고 했다. 그런 게 오히려 아름이네 사연을 생생하고 풍부하게 해줄 거라고.

"그래요?"

"네, 그러다 뜻밖에 좋은 게 나오기도 하거든요."

"에고, 뭘 말하나……"

"아름이가 어렸을 때 재밌는 일화가 있으면 말씀해주세요."

어머니는 잠시 고민하다 '아' 하고 운을 뗐다.

"아름이가 다섯살 때, 방 안에서 만화영화를 보다 놀란 얼굴로 제게 뛰어온 적이 있어요. 그러더니 숨넘어갈 듯 '엄마, 백설공주가, 백설공주가……' 하고 호들갑을 떨더라고요."

"네."

"그래서 얘가 독살 장면에 충격을 받았나 하고 '어, 왜?' 하고 물었더니 '사과를…… 사과를……' 하고 계속 헐떡거리는 거예요."

"아."

"그래서 또 '어, 사과를?' 하고 다그쳤더니,"

"네."

"'백설공주가 있지, 사과를 안 깎아 먹어' 하더라고요. 그때 하도 어이가 없어서 한참 웃었던 기억이 나요."

촬영장 분위기는 다소 부드러워졌다. 승찬 아저씨의 얼굴에도 얼핏 미소가 스쳤다. 어쩌면 자기 자식 생각이 나서였는지도 몰랐다. 맞아, 아이들은 다 그렇지, 아이들은 정말 뛰어난 바보들이지 하고. 이미 잘 알고 있다는 표정이었다.

"그리고 또 없나요?"

작가 누나의 격려에 어머니가 눈을 굴렸다.

"아, 그리고 이런 적도 있어요. 한 날 티브이를 보는데 웬 박사님이 과자가 몸에 해롭다는 얘길 했어요. 그걸 빤히 쳐다보다가 아름이가 '엄마, 과자 먹으면 죽어?' 하고 묻더라고요. 그즈음 애가 쓸데없는 질문을 하도 많이 해, 귀찮아서 그냥 '응, 죽어' 하고 대꾸해 버렸는데, 다음날 아름이가 놀러 나갔다 울상이 돼서 돌아온 거예요. 그래서 애를 붙잡고 '아름아, 왜 그래? 누가 때렸어?' 물었더니, 애가 글쎄 '엄마, 애들이 자꾸 나 죽으라고 과자 줘. 으앙' 하고 울어버리더라고요."

나는 '하아' 하고 웃었다. 나도 처음 듣는 이야기였다. 인간만큼 자기 얘기 듣길 좋아하는 동물도 없다던데, 이런 이야기라면 정말 몇날 며칠이고 들을 수 있을 것 같았다. 하지만 분위기는 일순 어색해졌다. 아마 '죽는다'는 표현이 나와서 그런 듯했다. 사람들은 아직 웃을지 말지 결정하지 못한 눈치였다. 거기서 웃고 있는 사람은 나뿐이었다. 어머니가 난처한 듯 물었다.

"저어…… 안 웃긴가요?"

작가 누나가 얼른 대답했다.

"아니에요. 웃겨요, 어머님. 웃깁니다."

카메라 렌즈 앞에서 가장 서투른 사람은 아버지였다. 무슨 말을 하든 시작부터 더듬댔고, 전혀 엉뚱한 말을 해 주위를 당황시켰다.

"아버님, 전에 여러가지 일을 하셨다고……"

"예."

"주로 어떤 일들이었나요?"

"어려선 주로 조끼 입는 일들을 했습니다."

"네?"

"왜 주유소 조끼, 편의점 조끼, 택배 조끼, 중국집 조끼 그런 거요."

"아……"

작가 누나가 대본을 한번 확인한 뒤 물었다.

"지금은 이삿짐쎈터에 계신다고 들었는데, 그러면 생활이 무척 어려우시겠어요?"

그때까지 어물대던 아버지는 자존심이 상했는지 차갑게 말했다.

"그래도 먹고살 정도는 됩니다."

"컷!"

승찬 아저씨가 흐름을 끊었다. 그러곤 한 손으로 뒷덜미를 만지며 나무라는 건지 부탁하는 건지 모를 말투로 얘기했다.

"그렇게 말씀하시면 안되죠, 아버님."

아버지가 얼굴을 찡그렸다. 저나 나나 같은 또래인데 누구더러 아버님이라고 하나 못마땅한 기색이었다.

"사실이 그런데요."

당당한 대꾸에, 작가 누나가 눈치껏 끼어들었다.

"예, 아버님더러 거짓말을 하라는 게 아니고요, 그러니까 생활하긴 괜찮아도 병원비를 대기에는 부담이 되지 않느냐 그런 뜻이었어요."

승찬 아저씨가 눈썹을 치켜올리며 고개를 끄덕였다. 아버지는 '그럼 뭐' 하는 표정으로 딴청을 피웠다. 작가 누나가 겨우 다시 말을 이었다.

"아버님은 아름이를 키우는 동안 언제 가장 힘드셨어요?"

아버지의 얼굴에 살짝 악의적인 기운이 서렸다.

"오늘요."

"컷!"

승찬 아저씨가 양손으로 관자놀이를 눌렀다.

"대수씨, 좀 진지하게 말씀해주실 수 없으세요?"

아버지가 정색하며 맞섰다.

"말한다고 사람들이 알 것 같아요? 어차피 이해도 못할 말을 해선 뭐합니까?"

승찬 아저씨가 단호하게 말했다.

"하셔야 해요."

"………"

"하시라고요. 그 이해도 못할 말."

그러곤 주위가 썰렁해지자 큰 소리로 외쳤다.

"담배 한대 태우고 갑시다."

그리고 얼마간 작은 신경전이 벌어졌다. 내 방 창문 위, 그러니까 예전에도 승찬 아저씨가 작가 누나와 담배를 태웠던 바로 그 자리에서였다. 쇠창살 너머로 승찬 아저씨의 컨버스 운동화가 보였다. 지난번과 달리 색상이 빨강에서 초록으로 바뀌어 있었다. 그리고 그 옆으로, 번데기처럼 구겨진 아버지의 낡은 구두가 보였다. 승찬 아저씨는 예의바르게, 그러나 또 노골적으로 아버지를 채근했다.

아버지가 껄렁하게 반항하는 기척도 들렸다. 소곤소곤 표 안 나게 싸우는 거였지만, 긴장감이 내 방까지 전해져왔다. 그사이 어머니는 스태프들을 챙기며 주위를 살폈다. 하지만 어머니도 밖의 일이 신경쓰이는 듯했다. 승찬 아저씨는 '게시판에 사연을 올리는 사람들이 많다' '해외동포들도 연락을 해온다' '뽑히기도 사실 굉장히 어렵다'는 식의 말을 늘어놨다. 나는 아버지가 승찬 아저씨를 때리지나 않을지 걱정됐다. 하지만 이번에도 시합에서 진 건 아버지였다. 문득 '입원' 어쩌고 하는 승찬 아저씨의 한마디가 내 방까지 들려왔기 때문이다.

"그래도 정 불편하시다면…… 지금이라도 촬영을 접겠습니다."

그뒤에 아버지의 침묵이 이어졌다. 사실, 나를 낳은 이후, 누굴 제대로 이겨본 적 없는 아버지였다.

촬영이 재개됐다. 작가 누나는 물을 한모금 마시며 차분하게 말을 이었다.

"어머님 말씀으론 정확한 병명을 안 게 네살 때라고 하시던데요?"

"네."

작가 누나가 아버지의 눈치를 살폈다. 아버지는 아까보다 기가 빠져 보였다.

"괜찮다면 그때 얘기를 좀 해주시겠어요?"

"언제요?"

"아름이가 아프단 걸 처음 알게 되셨을 때요."

아버지는 잠시 생각에 잠겼다. 그러곤 오랜 침묵으로 사람들을 긴장시키더니, 속으로 뭔가 결정한 듯 천천히 입을 뗐다.

"아, 그날 일이라면 지금도 기억이 납니다."

작가 누나가 다소 기대 어린 목소리로 추임새를 넣었다.

"네."

"봄이었는데, 골목에서 추어탕 냄새가 나더라고요."

승찬 아저씨 낯빛에 살짝 불안한 기운이 스쳤다. 하지만 아버지는 조금 전과 달리 차분히 말을 이어나갔다.

"예, 그날요. 그렇게 큰 병원은 처음 가보는 거라 애 엄마도 저도 잔뜩 긴장했었어요. 초행길은 그 자체로 엄청 피곤하잖아요. 길도 모르고, 병원 구조도 복잡하고, 사람도 많고 차도 많고 시끄럽고. 그래도 동네 병원서 일년 돼도 모르던 걸 서울서 알았어요. 알고도 믿지 못했죠. 그래서 처음엔 별 느낌이 없었어요."

"그러셨어요?"

"네, 내가 뭘 느껴야 할지 모르겠더라고요. 아름인 옆에서 계속 침 흘리며 종알거리고. 일단 제일 먼저 든 생각은 점심때가 됐으니 애 밥을 먹여야겠다는 거였어요."

작가 누나가 고개를 끄덕였다.

"예, 계속하세요."

"애 엄마랑 병원을 나와서 밥집을 찾다, 그냥 근처에 있는 추어탕집에 갔어요. 신을 벗고 들어가는 데였는데, 우리가 좀 늦게 왔는지 손님이 거의 없더라고요. 근데 옆에 어린 아기랑 젊은 부부 한 쌍이 있었어요. 애가 기는 걸 보니까 한살쯤 된 거 같았는데, 이쁘더라고요, 통통해가지고."

"………."

"예전엔 어린애들 보면 그냥 애구나 했는데, 낳고 보니까, 저만큼 키우는 데 얼마나 씻기고 입히고 먹였을지, 얼마나 혼났을지가 다 보이더라고요. 아가씨도 시집가면 아마 그럴 거예요."

작가 누나가 조그맣게 웃었다.

"네."

"부모 얼굴을 보니까 애한테 홀딱 빠져 있더라고요. 멀찍이서 애한테 자꾸 컵 굴리고, 애가 컵을 밀어내면 다시 주워 또르르르 굴리고. 그렇게 계속 장난치며 웃더라고요."

나는 아버지가 왜 내 얘기는 않고 딴 아이 얘기만 자꾸 하는지 궁금했다. 그러면서도 내심 생각보다 아버지가 말을 잘한다는 사실에 감탄했다.

'어른이었구나, 우리 아버지……'

승찬 아저씨도 그때서야 조금 안심하는 것 같았다. 아버지는 계속 말을 이었다.

"아름 엄마랑 저는 검사결과도 있고 해서, 별말 없이 음식만 기다리고 있었거든요. 아름이는 수족관에 코를 박고 있고. 평소처럼 쓸데없는 질문 막 해대고. 근데 자꾸 신경쓰여, 옆에가. 이상하더라고."

"왜요? 아버님?"

"그게, 우리도 나중에 알았는데, 그 부부가 말을 못하더라고요. 한참 뒤 둘이 수화하는 거 보고 나서야 알았어요."

"아……"

"그리고 그때 알았어. 애 아버지가 왜 자꾸 애한테 컵을 굴렸는지."

카메라 주위로 잠시 침묵이 흘렀다. 작가 누나가 적극적으로 질문하기 시작했다.

"왜 그런 것 같으셨는데요……?"

"말을 걸고 싶었던 거지. 얼마나 부르고 싶겠어, 자기 애 이름을. 내가 그 농아 부부였대도 불러보고 싶었을 것 같아요. 살면서 한 번이라도, 소리내서 말이에요. 그때그때 반응해주고. 얘기도 하고. 애기 땐 더하지. 안 그렇겠어요? 애들은 자기 이름 듣고 자라는데."

작가 누나는 긍정하듯 희미한 미소를 지어 보였다.

"그러다 곧 주문한 음식이 나왔어요. 우리 식구는 묵묵히 밥을 먹었고요. 그리고…… 그게 다예요."

"네?"

"아름이 병을 처음 안 날, 어땠냐고 물어봤잖아요. 그때 생각하면 이상하게 다른 건 잘 모르겠고, 그냥 우리 옆에서 조용히 병 굴리던 남자 모습이 떠올라요. 우리가 더 낫다는 안도감도 아니고, 무슨 동질감 같은 것도 아니었는데, 지워지지가 않더라고요. 어쨌든 지금 제가 드릴 수 있는 말은 그게 답니다."

작가 누나는 좀 당황한 듯했다.

"아버님 말씀은……"

아버지는 서둘러 말을 잘랐다.

"근데 이거 편집하면 안되나요?"

"왜요, 아버님?"

"아니, 그냥 내가 생각하기에도 쓸데없는 말 같아서……"

복병은 또 있었다. 언제 들어왔는지 카메라 뒤 문지방에서 장씨 할아버지가 알찐대고 있었다. 할아버지는 방송국 기기들이 신기했는지 참견하고 싶어 죽겠다는 표정으로 계속 기회를 엿봤다. 곁에서 어머니가 인상을 찌푸리고 눈치를 줘도 소용없었다. 그리고 결국 아무도 관심을 주지 않자, 폭탄선언하듯 큰 소리로 외쳤다.

"아름이 쟤는 내가 잘 압니다."

순간 사람들이 모두 장씨 할아버지를 바라봤다. 부모님은 어이가 없다는 얼굴을 하고 있었다. 내 아이에 대해 안다고? 당신이? 뭘? 얼마 뒤, 승찬 아저씨는 짬을 내 장씨 할아버지 쪽으로 카메라를 돌렸다. 잘만 하면 편집해 좋은 쏘스로 이어붙일 수 있겠단 계산인 듯했다. 작가 누나가 경우바르게 물었다.

"이웃집 할아버지 되시죠? 평소 아름이는 어떤 아이인가요?"

장씨 할아버지가 비장하게 말했다.

"아름이 쟤는 아주 나쁜 아이입니다."

"네?"

우리는 한번 더 장씨 할아버지를 쳐다봤다.

"왜요?"

"쟤는 저를 무슨 동네 형 대하듯 하거든요. 집에서 아주 버릇없이 키운 게 틀림없습니다. 지가 무슨 진짜 내 또래인 줄 알아요."

작가 누나가 예의상, 진짜 예의상 한번 더 물었다. 대충 받아주고

어서 끝내려는 것 같았다.

"아름이가 정말 할아버지를 형처럼 대하나요?"

할아버지가 어이없고 기가 막힌 표정으로 답했다.

"네."

"그럼 할아버지는 아름이를 뭐라고 생각하시는데요?"

그러자 장씨 할아버지는 새삼 기어들어가는 목소리로, 쑥스러워하며 한마디했다.

"친구요……"

나머지 일정은 순조로웠다. 놀이터에서의 촬영도 집에서 한 것과 크게 다르지 않았다. 배경의 단조로움을 피하기 위해 공간을 안배한 것뿐이었다. 공중화장실 뒤에서 담배를 태우던 중학생들 몇몇이 카메라를 보자 슬금슬금 자리를 피했다. 촬영감독 아저씨가 '쯧쯧' 하고 혀를 차는 모습이 보였다. 내가 벤치에 앉아 조명을 받는 동안, 어머니는 자양강장제를 사와 스태프들에게 돌렸다. 몇몇이들이 길을 가다 멈춰 우리를 쳐다봤다. 평소에도 자주 있는 일이었다. 나는 끝까지 카메라 조명에 적응하지 못했다. 너무 환해 공격적인 느낌이 들었고, 사람을 자꾸 불안하게 만들었다. 나는 금방 피로해졌다. 눈은 진작부터 욱신거렸는데, 덩달아 머리가 깨질 듯이 아파왔다. 하지만 내색하지 않으려 애썼다. 하루면 된다고, 이제 다됐다고. 그 하루로 아낄 수 있는 부모님의 몇년치 노동을 꼽아봤다. 병원에선 의사 선생님들의 소견을 묻고, 내가 검사받는 장면 몇개를 찍었다. 방송은 이주 뒤 화요일 여섯시에 나갈 거라고 했다. 원래는 한 달쯤 기다려야 하는데, 승찬 아저씨가 손을 썼다고 했다. 우리는 높은 언덕에 있는 대학병원 정문 앞에서 헤어졌다. 야트막한 구릉 너머로 벌써 해가 지고 있었다. 문득 걸음을 멈추고 봐도 될 만큼 멋진 노을이었다. 승용차에 오르기 전, 승찬 아저씨는 부모님과 짤막한 인사를 나눴다. 그리고 내 쪽으로 허리를 숙여 다정하게 말했다.

"아름아."

"네?"

"오늘 잘했어."

나는 대답 대신 '저어' 하고 어물대다, 그전부터 묻고 싶었던 얘길 꺼냈다.

"아저씨."

"응?"

"사람들이 낫지 않는 병에도 돈을 내려 할까요?"

승찬 아저씨는 잠시 아무 말이 없었다. 어머니는 내가 노골적으로 돈 얘기를 꺼내자 당황한 눈치였다.

"솔직하게?"

"솔직하게."

작가 누나는 이미 차에 올라탄 채 멀찍이서 우릴 보고 있었다.

"분명 낫는 쪽을 더 좋아하겠지. 자기 행동이 세상을 좋은 쪽으로 변화시켰다고 믿고 싶어할 테니까. 결과는 두고 봐야 알 테지만, 그래도 중요한 건 사람들이 너를 좋아하게 만드는 거야. 그리고 오늘 너는 그걸 했어."

"………"

알고 있었다. 내가 오늘 그걸 했다는 걸. 실은 승찬 아저씨보다 훨씬 더 잘 알고 있었다. 왜냐하면 내가 그걸 원했기 때문이다. 무심한 척, 쿨한 척 대답하는 와중에도 나는 내가 괜찮은 아이란 걸 보여주려 애썼다. 보이는 게 다가 아니라고. 가끔은 얼굴이 홧홧해질 정도로 관념적인 말들을 해가며, 마치 소개팅에 나가 좋아하지도 않는 여자 앞에서 한껏 말재주를 부리는 사내처럼 말이다.

"대답이 됐니?"

"네."

승찬 아저씨가 방긋 웃으며 내게 손을 내밀었다.

"아름아."

"네?"

"또 보자."

나는 망설이다 아저씨의 손을 잡았다. 누군가와 사적으로 또 보자는 약속을 해보는 건 참으로 오랜만이었다. 승찬 아저씨의 차에 올라탄 작가 누나가 손을 흔들고 있었다. 나는 어정쩡하게 한 손을 들어 인사에 응했다.

"에고, 이별이 길다. 그치?"

뒤에서 아버지가 내 어깨를 잡았다. 이윽고 방송국 차량과 승찬 아저씨의 차가 시야에서 멀어졌다. 우리는 같은 자리에 서, 그들이 완전히 사라질 때까지 지켜봤다. 그러곤 번화가까지 걸어나와 집에 가는 버스를 탔다. 퇴근시간대라 버스 안엔 빈자리가 많지 않았다. 우리는 서로 띄엄띄엄 떨어져 앉아야 했다. 어머니와 아버지,

그리고 나는 의자에 노곤해진 몸을 기댄 채, 덜컹이는 창밖을 바라봤다. 하지만 그렇게 집으로 가는 내내, 저물녘 도심을 보며 서로 무슨 생각을 했는지는 끝내 알 수 없었다.

4

"아름아 뭐 하니?"

어머니가 문 사이로 고개를 디밀었다.

'헉, 깜짝이야.'

나는 짜증을 냈다.

"엄마! 노크!"

어머니는 '아차' 하다, 도리어 큰소리를 냈다.

"노크는 무슨 노크. 지금 방송 시작하는데, 안 봐?"

"벌써 할 때 됐어요?"

"응, 광고하고 있어. 빨리 나와."

나도 방송국 웹싸이트에 들어가 예고편을 봤었다. 설렘과 어색함, 신기함과 민망함이 섞여 복잡한 마음이 들었지만, 사실 동영상을 보고 제일 먼저 든 생각은 이거였다.

'아! 나는 저거보단 훨씬 괜찮게 생겼는데……'

카메라에 비친 내 모습이 실제보다 못해 억울하고 섭섭한 거였다. 연예인들도 실제로 보면 두 배는 더 예쁘고 멋있다는데, 아마 이런 경우를 두고 하는 말인 듯했다. 그러니 일반인들은 오죽할까. 더구나 방송 한번에 이리 심란한 기분이라니, 연예인이 되려면 자기를 보통 좋아하지 않고선 힘들겠구나 싶은 마음도 들었다. 문밖에 선 어머니가 '근데' 하고 덧붙였다.

"왜 그렇게 놀라? 뭐 이상한 거 보고 있었던 거 아냐?"

나는 부루퉁히 꿍얼댔다.

"내가 뭐 아빤 줄 아나……"

어머니가 눈을 동그랗게 뜨고 다그쳤다.

"아빠? 아빠가 그래?"

나는 그렇긴 뭐가 그러냐며, 곧 나갈 테니 얼른 문 닫으라 핀잔을 줬다. 어머니는 끝까지 의심을 거두지 못한 얼굴로 자리를 떴다. 나는 인터넷 뉴스 창을 닫고, 방송국 홈페이지에 들어가 동영상을 한번 더 돌려봤다.

'실제 나이 17세. 신체 나이 80세. 누구보다 빨리 자라, 누구보다 아픈 아이 아름. 각종 합병증에 시달리면서도 웃음을 잃지 않는 아름에게 어느 날 시련이 닥쳐오는데……'

다시 봐도 낯선 영상이었다. 17. 80. 합병증. 웃음…… 하나하나 짚어보면 다 맞는 말인데, 그게 그렇게 알뜰하게 배열된 걸 보니 사실이 사실 같지 않았다.

'괜히 하자고 한 걸까?'

막상 완성된 영상이 전파를 타고 전국에 송출될 생각을 하니 걱정스러웠다. 내가 모르는 이들에게 나를 보여준다는 게 언짢기도 했다. 정확한 건 본방송이 끝난 후에 알게 될 터였다.

방송은 정확히 여섯시에 시작됐다. 우리는 거실에 앉아 멀뚱히 티브이를 바라봤다. 영화관람이라도 하는 양 숨을 죽인 채였다. 화면 위로 광고 몇개가 지나갔다.

"엄마, 쥐포 없어?"

실없는 말에, 바로 핀잔이 돌아왔다.

"축구 보냐?"

아버지는 여느 때처럼 한쪽 팔에 턱을 괴고 눕는 대신 내무실의 이등병마냥 정좌로 앉아 있었다. 나는 어머니와 아버지 사이에 오도카니 앉아 두 눈을 끔벅였다. 잠시 후, '이웃에게 희망을'이란 글자가 오케스트라 음악과 함께 브라운관 위로 떠올랐다. '아무렴, 인생은 드라마지, 그렇고말고' 주장하는 듯한 느낌의 웅장한 협주곡이었다. 프로그램 제목 뒤로, 하트 모양의 연둣빛 새싹이 둥글게 돌아났다. 이윽고 낭창하게 들려오는 성우의 목소리.

"이웃에게 희망을!"

순간 나는 '으음' 하고 낮게 신음했지만, 재빨리 스스로를 타일렀다.

'뭘 바란 거야, 바보야. 불평하지 마.'

짧은 사이. 곧이어 내 모습이 나타났다. 해질녘 병원 앞에서 붉게 물든 구름을 배경으로 상체를 클로즈업해 찍은 거였다. 얼굴 아래론 '한아름, 17세'라는 자막이 짧게 떴다. 앵글 밖, 작가 누나의 목소리가 조그맣게 들려왔다.

"뭐가 되고 싶어요, 아름인?"

승찬 아저씨는 처음부터 음악도, 설명도 없이 바로 훅을 날리는 전략을 취한 듯했다. 우선 질문으로 시청자를 집중하게 만든 뒤, 이야기를 풀어나가려는 모양이었다. 작가 누나의 질문은 고스란히 자막처리돼 화면 아래 떴다. 순간 티브이 속의 내가 알 듯 말 듯한 미소를 지었다. 그러곤 망설이다 천천히 입을 뗐다.

"저는······"

나머지 말이 전해지려는 찰나, 경쾌한 피아노 반주와 함께 곧바로 다음 장면이 이어졌다. 내 대답은 중간이나 마지막에 끼운 모양이었다. 우리 동네를 원경으로 잡은 화면 위로 '누구보다 키 큰 아이, 아름'이란 소제목이 드러났다. 곧이어 내가 책을 읽는 장면이 이어졌다. 그러곤 작가 누나와 나눈 짧은 대화가 나왔다. 일전에 사전 인터뷰 때 나온 말들이었다.

"아름이는 올해 열일곱살이다. 독서와 농담, 팥빙수를 좋아하고 콩이 들어간 밥과 추위, 유원지를 싫어한다. 하지만 아름이가 무엇보다도 좋아하는 건 엄마, 아빠다. 아름이의 바람은 내년에 열여덟살 생일을 맞는 것. 얼핏 보면 평범한 꿈이지만, 아름이에겐 오래전부터 혼자 감당해온 아픔이 있다."

이어서 어머니의 왼쪽 얼굴이 비쳤다.

"세살 때 애가 자꾸 열이 나고 설사를 했어요. 병원에선 그냥 감기라 하고, 배탈이라 하고……"

아버지의 얼굴은 어머니와 반대로 카메라 오른쪽에서 잡혀 있었다.

"내가 뭘 느껴야 할지 모르겠더라고요. 일단 제일 먼저 든 생각은…… 점심때가 됐으니 애 밥을 먹여야겠다는 거였어요."

이어서 내 어릴 때 사진이 한 장, 한 장 슬로우모션으로 지나갔다. 돌잡이 때 명주실을 잡고 배시시 웃고 있는 얼굴, 커다란 기저귀를 찬 채 엉덩이를 번쩍 들고 카메라를 돌아보는 모습, 대야 속에 담기기 전 엄마 손 위에서 눈을 질끈 감고 있는 사진 등이었다. 어느 집 앨범에나 있는 보통의 풍경들. 하지만 그뒤에 나온 사진들은 좀 달랐다. 내 몸이 갓 태어났을 때로 다시 돌아가듯 급격히 쪼그라들고 있었기 때문이다. 마치 한 사람이 순식간에 폭삭 늙는 과정을 보여주는 것 같았다.

"남들보다 네 배에서 열 배까지 빠른 성장속도를 보이게 되죠. 외모만 그런 게 아니라 뼈와 장기의 노화도 동반되고요. 하지만 아름이가 가장 힘든 부분은……"

'어? 김숙진 원장님이다!'

나는 소아청소년과 진료실에 있는 선생님을 보고 반색했다. 티브이로 보니 괜히 신기한 게 알은체를 하고 싶었다. 선생님의 말씀과 함께 내가 MRI 기계에 들어가는 모습이 오버랩됐다.

"아마 정서적인 부분일 겁니다."

그리고 뒤이어, 이런저런 검사 장면과 함께 차분한 내레이션이 이어졌다.

"조로증은 아이들에게 조기 노화현상이 나타나는 치명적이고 희귀한 질환이다. 지금까지 세계에 보고된 것만 백 건 정도. 한국에서도 사례를 찾아보기 힘들다. 하루를 십년처럼 살고 있는 아름이는 현재 심장마비와 각종 합병증의 위험을 안고 있다. 최근에는 황반변성으로 한쪽 시력마저 잃은 상태다. 병원에서는 입원을 하루속히 권하지만 현재 아름이네 형편으론 쉽지가 않은데."

"오랫동안 치료받으면서 무슨 생각을 했니?"

"그게…… 음, 혼자라는 생각요."

"그래?"

"아니요, 부모님이 저를 외롭게 두셨다는 뜻이 아니고, 아플 때는 그냥 그런 기분이 들어요. 철저하게 혼자라는. 고통은 사랑만큼 쉽게 나눌 수 있는 게 아니라는. 더욱이 그게 육체적 고통이라면 그런 것 같아요."

"하느님을 원망한 적은 없니?"

"솔직하게 말해도 돼요?"

"그럼."

"사실 저는 아직도 잘 모르겠어요."

"뭐를?"

"완전한 존재가 어떻게 불완전한 존재를 이해할 수 있는지……
그건 정말 어려운 일 같거든요."

"………"

"그래서 아직 기도를 못했어요. 이해하실 수 없을 것 같아서."

그런 뒤 나는 겸연쩍은 듯 말을 보탰다.

"하느님은 감기도 안 걸리실 텐데. 그죠?"

그리고 다시 성우의 목소리.

"조로증의 원인은 아직 알려지지 않았다."

질문은 사연 사이사이, 드문드문, 적절하게 안배됐다. 문맥과 리듬에 신경쓴 승찬 아저씨의 노력이 엿보이는 편집이었다.

"또래 아이들이 가장 부러울 때는 언제야?"

"많죠! 정말 많은데…… 음, 가장 최근에는 티브이에서 무슨 가요 프로그램을 봤을 때예요."

"가요 프로그램이면, 아이돌 말이니?"

"아니요, 비슷한 건데, 가수가 될 사람을 뽑는 경연대회 같은 거였어요."

"그래?"

"네, 근데 그 오디션에 제 또래 애들이 오십만명 넘게 응시했대요. 뭔가 되고 싶어하는 애들이 그렇게 많다는 데 좀 놀랐어요."

"부러웠구나? 꿈을 이룬 아이들이."

"아니요, 그 반대예요."

"반대라니?"

"제 눈에 자꾸 걸렸던 건 거기서 떨어진 친구들이었어요. 결과를 알고 시험장 문을 열고 나오는데, 대부분 울음을 터뜨리며 부모 품에 안기더라고요. 진짜 어린애들처럼. 세상의 상처를 다 받은 것 같은 얼굴로요. 근데 그 순간 그애들이 무지무지 부러운 거예요. 그애들의 실패가."

"왜 그런 생각을 했니?"

"그애들, 앞으로도 그러고 살겠죠? 거절당하고 실망하고, 수치를 느끼고. 그러면서 또 이것저것을 해보고."

"아마 그렇겠지?"

"그 느낌이 정말 궁금했어요. 어, 그러니까…… 저는…… 뭔가 실패할 기회조차 없었거든요."

"………"

"실패해보고 싶었어요. 실망하고, 그러고, 나도 그렇게 크게 울어보고 싶었어요."

그뒤로는 예상대로 부모님의 인터뷰, 의사들의 소견, 어릴 때 일화 등이 번갈아 소개됐다. 그사이엔 '그래도 제가 누나보다 오래 살았을걸요?'라는 농담과, 지난번 작가 누나를 당황하게 만든 '빨리 늙는 기분'과 같은 얘기도 들어가 있었다. 모니터 상단에는 방송 내내 조그맣게 ARS 번호가 붙박여 있었다. 기부는 전화뿐 아니라 온라인으로 일반후원금도 모금하고 있으며, 신용카드 포인트로도 가능하다고 했다. 방송은 어느새 막바지를 향해가고 있었다. 어머니와 아버지는 시계를 보며 조금 얼빠진 표정을 지었다. 자기들한테 그렇게 많은 말을 시켜놓고, 본방에서 겨우 몇마디 인용해놓은 게 어리둥절한 눈치였다. 심지어는 조금 섭섭해하는 것도 같았다. 하지만 초반에 건너뛴 부분이 다시 재생되자 두 사람은 다시 방송에 집중했다. 녹화 당시 부모님도 못 봤던 장면이었다.

"그래서 뭐가 되고 싶어요, 아름인?"

"저는……"

한참 뜸을 들이다 나는 수줍게 입을 열었다.

"세상에서 제일 웃기는 자식이 되고 싶어요."

"……좀더 설명해줄래?"

"누가 그러는데 자식이 부모를 기쁘게 해줄 수 있는 방법엔 여러 가지가 있대요."

"응, 그렇지."

"건강한 것. 형제간에 의좋은 것. 공부를 잘하는 것. 운동을 잘하는 것. 친구들에게 인기가 많은 것. 좋은 직장에 들어가는 것. 결혼해서 아기를 낳는 것. 부모보다 오래 사는 것…… 많잖아요? 그런데 가만 생각해보니 그중에 제가 할 수 있는 게 아무것도 없더라고요."

"………"

"그래서 한참을 고민하다 생각해냈어요. 그럼 나는 세상에서 제일 재밌는 자식이 되자고."

"그래?"

"네."

카메라는 얼마간 그렇게 가만 웃고 있는 내 얼굴을 비췄다. 그러곤 잠깐 그 상태로 멈추더니 곧바로 엔딩 크레디트가 올랐다. 프로듀서 채승찬, 글·구성 박나래…… 내레이션, 촬영, 음향 스태프 등의 이름이 줄을 이었다. 끝으로 방송사 로고가 보일 때까지 우리는 아무 말도 하지 않았다. 셋 다 처음 겪는 일이라, 정신을 추스르는 데 시간이 필요했던 거다. 그런데 때마침 현관에서 '쿵쿵쿵쿵' 하는 소리가 났다. 난데없고 성마른 소리였다. 우리 가족은 모두 깜짝 놀라 그쪽을 바라봤다. 문밖에선 여전히 다급한 노크소리가 들려오고 있었다. 아버지가 경계하듯 소리쳤다.

"누구세요?"

"날세."

"누구요?"

"나야. 옆집 장씨."

아버지는 우릴 보고 어깨를 으쓱한 뒤, 현관문을 딸깍 열었다. 장씨 할아버지는 다짜고짜 거실로 들어서며 숨을 헐떡였다. 그러고는 충격을 받은 듯한 태도로 내게 물었다.

"아름아, 방송 봤니?"

나는 얼떨떨한 얼굴로 답했다.

"네."

장씨 할아버지는 자리에 털썩 주저앉으며 재차 물었다.

"정말? 정말 봤어?"

어머니가 미간을 찌푸리며 물었다.

"왜 그러세요 할아버지?"

그러자 장씨 할아버지는 머리를 감싸안은 채 절망적인 표정으로 중얼거렸다.

"내가 안 나와……"

5

입원 후 내 몸은 급속도로 나빠졌다. 이젠 마음놓고 아파도 된다고 몸이 허락한 듯했다. 다행히 아직 중환자실에 갈 정도는 아니었다. 우리는 삼인용 병실에 머물며 물리치료와 약물치료를 받았다. 늘 해온 거고, 하지 않고는 별 수 없는 일이었다. 짐은 책과 노트북, 간단한 옷가지가 전부였다. 필요한 책은 아버지가 구립도서관에서 빌려다줬다. 안과 선생님은 내게 되도록 먼 곳을 보고, 컴퓨터를 오래 하거나 책을 오래 들여다보는 일은 피하라 했다. 하지만 그건 병원에서의 삶이 얼마나 지루한지 모르고 하는 말이었다. 사실 나는 식구들 몰래 그전보다 책을 더 많이 봤다. 지금 봐두지 않으면 앞으로도 읽기 힘들 거란 생각에 욕심을 부리지 않을 수가 없었다.

이따금 아버지는 물었다.

"아름아, 뭐 읽어?"

나는 조글조글한 입술을 오물대며 떠들었다.

"그냥 에쎄이예요, 아빠. 이 작가는 서른여덟에 둘째를 낳았는데, 분만실 앞에서 손을 꼽고 있었대요."

"왜?"

"그러니까 이분은 아기가 태어나는 순간, 병원 복도에서, 둘째가 대학을 졸업할 때까지 앞으로 이십오년을 더 벌어야 하는구나, 육십대 중반까지 죽으라고 일을 해야 하는구나, 생각하셨다나봐요. 혼자."

그러자 아버지는 한동안 말을 안하더니, 처음으로 내게 이런 질문을 했다.

"누가 쓴 거니?"

또 어느날은 어머니가 물었다.

"아름아, 뭐 읽니?"

나는 책장을 쥔 손을 달달 떨며 어머니에게 말했다.

"시집이에요, 엄마. 여기 이 작가가 쓴 세번째 책이에요."

어머니가 책 쪽으로 고개를 디밀었다.

"엄마, 있죠, 근데 여기 세상에서 가장 무서운 사람에 대한 얘기가 나와요."

"그래? 그게 누군데?"

나는 비실비실 웃으며 뜸을 들였다.

"그러게요?"

어머니가 물었다.

"에이, 누군데 그래?"

"엄마, 이 사람이 그러는데 세상에서 제일 무서운 사람은요……
사라질 것 같은 사람이래요."

어머니는 잠시 말을 잇지 못했다. 그러곤 한없이 슬픈 얼굴로 내
게 말했다.

"아름아."

"네?"

"그 책 읽지 마라."

그리고 어느날엔 간호사 누나가 물었다.

"아름아, 뭘 보니?"

나는 우쭐해져 말했다.

"그냥 책이에요. 수기 같기도 하고 교양서 같기도 하고 짬뽕된
거예요."

간호사 누나가 링거액을 확인했다. 그녀의 몸짓에는 적어도 어
떤 일을 천번 이상 반복해온 사람의 능숙함이 배어 있었다.

"눈 안 아파?"

"응, 괜찮아요. 그런데 누나."

"응?"

"이 사람이 그러는데 여드름은 청소년들이 지적, 육체적으로 부
모 자격을 갖출 때까지 몇년 동안 그의 주변에서 잠재적으로 배우

자들을 내쫓는 역할을 한대요."

간호사 누나가 의학적 지식에 흥미를 보이며 반응했다.

"음, 그럴듯한데?"

"누나도 여드름 나봤어요?"

간호사 누나가 차트에 뭐라 적으며 예의 사무적인 목소리로 대꾸했다.

"그럼. 미칠 뻔했지."

"그래서 누나도 사춘기 때 잠재적 배우자들을 쫓아내는 데 성공했어요?"

그녀는 추억에 잠긴 표정을 짓다, 어딘가 매혹적인 미소를 보이며 내게 답했다.

"그랬음 의대 갔지."

「이웃에게 희망을」을 통해 모인 성금은 생각보다 많았다. 정말, 예상하지 못한 액수였다. 나는 부모님의 소원대로 병원에 머물 수 있게 되었다. 어머니 또한 식당일을 관두고 간호에 집중할 수 있었다. 그게 방송이 우리 삶에 가져다준 가장 큰 변화였다. 하지만 개인적으로 내게 특별한 의미를 갖는 일은 따로 있었다. 그건 다름아닌 '그 아이'를 만나게 된 거였다.

「누구보다 키 큰 아이, 아름」이 방영된 날, 나는 밤새 방송국 싸이트를 뒤적였다. 이래저래 심란하기도 하고, 사람들 반응이 궁금해서였다. '재밌는 얘기가 있으면 잘 기억해뒀다 부모님께 들려줘야지' 하는 마음도 없지 않았다. 홈페이지 상단엔 다시보기, 미리보기, 시청자 소감, 사연 신청 등의 메뉴가 나열돼 있었다. 나는 시청자 소감란에 들어가 게시물을 살폈다. 게시판엔 벌써 여러개의 글이 올라와 있었다. 나는 그중 가장 최근에 오른 사연을 클릭했다. '방송 잘 봤습니다'라는 평범한 제목의 글이었다. 마우스를 쥔 손이 조금 떨렸다. 어쩌면 우리가 공식적으로 받아보는 첫번째 '편지'일지도 모른다는 생각에서였다. 물론 그전에 나도 온라인 채팅이나 커뮤니티 활동을 했었다. 어떤 클럽에서는 꽤 인기있는 회원이기도 했다. 하지만 그들은 모두 내가 어떤 사람인지 몰랐다. 한밤중 자기와 신나게 대화를 나누고 있는 상대가 세계적으로도 보기 드문 희귀병에 걸린 소년이라고 상상할 이도 없겠거니와, 내 쪽에서 먼저 밝힌 적도 없었기 때문이다.

'하지만 이 사람들은 안다……'

알고 쓴 편지다……라고 생각하니 읽기도 전에 떨리는 마음이 들었다. 나는 숨죽인 채 첫번째 편지의 봉인을 뜯었다.

'이번주에 방송된 「누구보다 키 큰 아이, 아름」편 잘 보았습니다.'

나는 긴장한 채 다음 문장을 읽었다.

'거기 오프닝에 나온 음악, 제목이 뭔가요?'

'……?'

잠시 모니터를 바라봤다. 그러곤 헛기침을 한 뒤 재빨리 다음 목록으로 넘어갔다. 아이디 '푸른하늘'의 '문의드립니다'라는 글이었다.

'지난달에「미소 천사, 정희」편을 인상깊게 본 시청자입니다. 방송을 보고 안타까운 마음에 기부를 했습니다. 그런데 이번에 고지서를 보니, 저는 분명 천원으로 알고 전화를 건 건데, 이천원이 결제돼 있더군요. 전산오류인가요? 기분이 좋지 않았습니다. 설명 부탁드립니다. 참고로 제가 천원이 아까워서 이러는 건 아닙니다.'

 "………"

 그뒤에도 마찬가지였다. 나는 '아, 게시판에는 정말 별별 말이 다 올라오는구나' 하는 사실을 새삼 깨달았다. 개중에는 지난 방송을 보고 '왜 외국인을 돕느냐'라는 항의도 있었고, 'H병원 레지던트 너무 훈남인 것 같아요'라는 반응도 있었다. '내레이터가 미혼모인 걸로 아는데, 공영방송에서 그런 여자를 써도 되냐'라는 훈계도, '여기 게시판 넘 예뻐요'라는 여담도 있었다. 그리고 몇번의 클릭 끝에, 나는 우리 가족을 향해 쓴 격려의 메씨지를 발견할 수 있었다. '한아름군 힘내세요' '가슴이 아팠습니다' '사랑스런 아이, 아름' '돕고 싶습니다'와 같은 제목의 글들이었다.

 '제가 이 글을 쓰는 이유는 용기를 잃지 마시란 얘길 드리기 위해서입니다. 아름군도, 부모님도 그동안 얼마나 힘드셨나요. 제가 오년간 항암치료를 받아봐서 아름군 마음이 조금 이해가 됩니다. 아무리 가족이라지만 하지 못하는 말이 많다는 것도 압니다. 할 수 없는 말도, 해선 안되는 말도 있지요. 아름이는 나이에 비해 정말 씩씩하더군요. 하지만 아름이도 아마 저처럼 악을 쓰며 세상에 저주를 퍼붓고 싶을 때가 있었겠지요. 괜찮다면, 아름군, 그러고 싶을 땐 부디 그래주세요. 웃다 지친 사람은 더 약해집니다. 제가 무슨 말을 하는지 모르겠습니다. 감정이 북받쳐서 글을 올렸습니다. 힘 내주세요. 응원하겠습니다.'

'아름이형! 저는 안산 사는 열두살 지홍이라고 해요. 오늘 방송을 보고 부모님이 그러셨어요. 아이들이 걸음마를 뗄 때, 초등학교에 들어갈 때, 졸업할 때, 박수쳐주는 건 다 이유가 있는 거라고요. 자라는 건 놀랍고 어려운 일이래요. 그러니 형은 남들보다 빨리 자라느라 얼마나 힘드셨겠어요? 아름이형! 저는 오늘 처음 제 돼지 저금통을 깼어요. 얼마 안되지만 이 돈은 병원비가 아닌 형 비상금으로 써주지 않을래요? 그러면 제가 기쁠 거예요.'

'서울 사는 대학생입니다. 아름이가 하는 말들이 왜 제 마음을 흔드는지 생각해봤습니다. 무례한 말씀입니다만, 그건 아마 아름이에게도 영혼이 있다는 사실을 확인해서였던 것 같아요. 마치 예전에는 그것이 존재하지 않기라도 했던 양. 부끄러운 밤입니다.'

'두 아이의 엄마입니다. 아이를 낳은 후 제 삶은 많이 변했습니다. 세상을 바라보는 시선도 달라졌고요. 세상엔 정말 경험해보지 않곤 알 수 없는 것들이 있는 것 같습니다. 저는 서른 넘어 첫애를 가졌는데, 출산이 두려웠습니다. 부모가 되는 즉시, 제 삶이 평범해지고 말 것 같았으니까요. 이십대만 해도 제가 뭔가 더 특별한 사람이 될 거란 기대 속에 살았는데, 이제 나는 그냥 '엄마'밖에 될 수 없겠구나, 그걸로 끝이겠구나 싶어 불안했습니다. 나는 그렇게 시시하게 살 사람이 아닌데 하고요. 하지만 첫애를 보고 나서, 제가 스스로를 무척 자랑스러워한다는 걸 느낄 수 있었습니다. 좋지 않게 헤어진 예전 애인들에게조차 순수하게 자랑하고 싶은 마음이 들었으니까요. 아마 아름이 부모님도 그러셨겠지요? 어느날 저처럼 엄마가 된 아름이 어머님, 그리고 아버님. 방송을 보니 두 분이 아름이를 얼마나 잘 키우셨는지 알 것 같습니다. 아름이 말대로 공부 잘하는 아이, 운동 잘하는 아이는 부모를 기쁘게 하지만, 부모 입장에서는 자식을 선하게 키우는 것만큼 어려운 게 없지요. 힘내시란 말씀은 쉽게 못 드리겠습니다. 하지만 대단한 일을 하셨다고, 이 말만은 꼭 전해드리고 싶어요.'

여러 글을 읽는 동안, 나도 모르게 눈동자가 흔들렸다. 이해라는 말, 예전에는 나도 참 싫었는데, 얼굴도 모르는 사람들이 먼 곳에서 건네주는 따뜻한 악수가 먹먹했다. 터무니없단 걸 알면서도, 또 번번이 저항하면서도, 우리는 이해라는 단어의 모서리에 가까스로 매달려 살 수밖에 없는 존재라는 생각이 들었다. 그런데 어쩌자고 인간은 이렇게 이해를 바라는 존재로 태어나버리게 된 걸까? 그리고 왜 그토록 자기가 느낀 무언가를 전하려 애쓰는 걸까? 공짜가 없는 이 세상에, 가끔은 교환이 아니라 손해를 바라고, 그러면서 기뻐하는 사람들은 또 왜 존재하는 걸까. 나는 몇개의 글을 더 훑어봤다. 그리고 그러는 동안 내가 조금은 덜 외로워하고 있다는 느낌을 받았다. 한참 뒤, 나는 마지막으로 '대단하다'는 제목의 게시물을 클릭했다. 그리고 그 내용은 다음과 같았다.

'대단하다. 나라면 자살했을 텐데……ㅋㅋㅋ'

그애의 편지가 도착한 건 이틀 뒤였다. 메일 제목은 'Antifreeze'. 그래서 나는 처음에 그게 스팸메일인 줄 알았다. 그런데 혹시나 하고 열어본 페이지에, 그 아이가 있었다. 발신시간은 하루 전, 자정 께로 표기돼 있었다.

아름에게

안녕? 나는 이서하라고 해. 열일곱. 너랑 같은 나이야.

그리고 나도 너처럼 머리카락이 없지. 그렇게 된 지 한참 됐어.

엊그제 '이웃에게 희망을'을 보고 편지를 써.

네 주소는 방송국을 통해 알았어. 혹시 기분이 나빴다면 미안해.

제작진이 처음엔 안 가르쳐주려고 하는 걸, 설득해서 받아냈어.

아마 나도 아픈 아이라는 걸 알고 알려준 것 같아.

네게 이 글을 쓰는 이유는 전해주고픈 말이 있어서야.

그날, 너는 네가 완전한 노인도 완전한 아이도 아니라 힘들다고 했지?

너무 빨리 먹은 시간들이 네 속에 가득 구겨져 있다고.

네가 작가 언니를 향해 '그래도 제가 더 오래 살았을걸요?'라고 말했을 때 웃었어.

너만큼은 아니어도, 일분이 영원처럼 느껴지는 시간들에 대해, 나도 조금은 알고 있거든.

그리고 괜찮다면, 네 속 시간들에 대해 내가 다른 이름을 붙여주고 싶었어.

처음으로 떠오른 단어는 한라산!

음, 뭐, 백두산도 괜찮고 그냥 높은 산이면 돼.

예전에 지리시간에 그런 얘길 들었거든.

그 산들은 너무 높아서, 고도별로 다른 꽃이 핀다고.

같은 시간, 한공간 안에서는 절대 살 수 없는 식물들이 공존한다고 말이야.

그곳에는 사계가 함께 있어, 여름에도 겨울이 있고, 가을에도 봄이 있대. 무슨 비유나 상징이 아니라 실제로 말이야.

그래서 내 멋대로 그렇게 정했어.

남들은 너를 '조로'라고 부르지만, 나는 그냥 너를 '산'이라고 부르겠다고.

아, 그리고 음악 하나.

맞아, 선물.

⋯⋯행운을 빌어.

메일 하단에 'Antifreeze, 검정치마'라는 글자가 보였다. 나는 바로 첨부파일을 열어보았다. 노트북 위로 음악 재생 프로그램이 떴다. 소리의 운동에 따라 추상적인 그림이 춤을 추는 플레이어였다.

그리고 짧은 사이.

노래가 노래가 되기 전의, 음악이 음악이려 할 때의, 조용한 '기미'가 숨을 조였다. 그리고 그건 내가 음악을 들을 때 가장 사랑하는 순간이었다. 이어서 경쾌한 드럼 소리와 함께 키보드 연주가 시작됐다. 몽환적이지 않으면서도, 어딘가 '이곳보단 조금 먼 데'를 상상하게 만드는 멜로디였다. 쿵쿵 짝, 쿵쿵 짝. 드럼 박자에 맞춰 내 심장도 덩달아 두근대는 것이 느껴졌다.

"우린 오래전부터 어쩔 수 없는 거였어. 우주 속을 홀로 떠돌며 많이 외로워하다가"

나는 노트북과 연결된 스피커 볼륨을 좀더 올렸다. 그런 뒤 꼼짝 않고 앉아 「Antifreeze」를 들었다.

"어느 순간 태양과 달이 겹치게 될 때면"

쿵쿵 짝, 쿵쿵 짝……

"모든 것을 이해할 수 있을 거야."

쿵쿵 짝, 쿵쿵 짝, 쿵쿵쿵쿵 짝짝짝……

"하늘에선 비만 내렸어 뼛속까지 다 젖었어

얼마 있다 비가 그쳤어 대신 눈이 내리더니

영화서도 볼 수 없던 눈보라가 불 때

너는 내가 처음 봤던 눈동자야

낯익은 거리들이 거울처럼 반짝여도

니가 건네주는 커피 위에 살얼음이 떠도
우리 둘은 얼어붙지 않을 거야 바닷속의 모래까지 녹일 거야
춤을 추며 절망이랑 싸울 거야 얼어붙은 아스팔트 도시 위로

숨이 막힐 거같이 차가웠던 공기 속에
너의 체온이 내게 스며들어오고 있어
우리 둘은 얼어붙지 않을 거야 바닷속의 모래까지 녹일 거야
춤을 추며 절망이랑 싸울 거야 얼어붙은 아스팔트 도시 위로

너와 나의 세대가 마지막이면 어떡해
또다른 빙하기가 찾아오면 어떡해
긴 세월에 변하지 않을 그런 사랑은 없겠지만
그 사랑을 기다려줄 그런 사람을 찾는 거야
우-우-우-우 우-우-우-우-우"

　파일 속 목소리는 헐겁고 다정했다. 따뜻한 곡조가 아닌데도, 그
런 느낌이 들었다. 가볍게 비행하던 여러개의 음은 '우-우-우-우 ―'
하는 활주로를 따라 안정감있게 착륙했다. 첫 음이 시작되기 전의
고요와는 또 다른, 마지막 음이 사라진 뒤의 정적이 주위에 내려앉
았다. 만질 수도 잡을 수도 없는 것들이 뭔가를 움직이게 만든다는
게 이상했다. 마음이 어떻게 그걸 알고 제 모양새랑 가장 닮은 음
을 찾아가려 한다는 것도…… 나는 노래를 몇번 더 돌려 들었다.
가사도 근사하고, 보컬 형의 목소리도 담담하니 딱 내가 좋아하는

스타일이었다. 아니, 사실 나는 편지를 여는 순간부터 이미 이 노래를 좋아하기로 마음먹고 있었는지도 몰랐다. 그애가 「남행열차」나 「차표 한 장」을 보내왔다 하더라도 마찬가지였을 거다. 나는 모니터 속 메일을 꼼꼼하게 다시 읽어보았다. '안녕? 나는 이서하라고 해. 열일곱. 너랑 같은 나이야.' '네 속 시간들에 대해 내가 다른 이름을 붙여주고 싶었어.' '여름에도 겨울이 있고, 가을에도 봄이 있대.' 그 아이의 목소리가 내 속에서 메아리처 자꾸 울렸다. 그래서 그애 말대로 내가 정말 산이라도 된 기분이었다.

'같은 나이야, 같은 나이야…… 봄이 있대, 봄이 있대……'

내 또래의 여자아이에게 그런 메씨지를 받아본 건 태어나 처음이었다. 남자아이였음, 그랬으면 달랐을까? 아마 달랐을 거다. 부끄럽지만 사실 그랬다. 그 아이는 왠지 여느 여자애들과는 달라 보였다. 그렇다고 내가 십대 소녀들에 대해 잘 안다는 말은 아니지만. 그 아이의 글에선 어떤 특별하고 친숙한 '시간성'이 느껴졌다. 아울러 그건 열일곱의 시간도, 스무살의 시간도 아니었다. 그건 '혼자 오래 있어본 사람의 시간'이었다.

'그나저나 이 아이는 어쩌다 이런 조숙한 시선을 갖게 된 걸까?'

나는 그 아이의 문장을 눈으로 만지며 고민했다. 그러자 곧 단순하고 명료한 답이, 수면 위로 내려앉는 낙엽처럼 내 가슴에 떨어졌다.

'아팠으니까.'

어느 작가의 말대로, 아픈 사람은 다 늙은 사람이니까.

'그런데 무슨 병을 앓고 있는 걸까? 머리카락이 없다는 걸로 봐

서 가벼운 병은 아닌 것 같은데……'

나는 편지를 다시 읽었다. 그러곤 그애가 쓴 문장과 호흡 사이에 숨겨진 의미와 암시를 찾으려 애썼다. 다시 보고 또 봐, 몇구절은 외워버릴 정도였다.

답장을 보내진 않았다. 막상 책상 앞에 앉으니 겁이 났다. 앞으로 무슨 일이 일어날지 모른다는 생각 때문에. 어쩌면 내가 이 아이를 좋아하게 될지도 모른다는 예감 때문에. 그리고 어떤 한 사람을 좋아하게 된 탓에, 이 세상도 덩달아 좋아지면 어쩌나 하는 걱정 때문에. 그리고 무엇보다도 내겐…… 자격이 없어 보였다. 나는 '이서하에게'라는 말을 썼다 지웠다. '안녕, 나는 아름이야'라는 문장도 썼다 지웠다. 그러다 결국 아무것도 못하고 자리에 누웠다.

'잊어버리자.'

사실 시청자 게시판에 오른 글도 말하자면 다 편지라고 할 수 있는 것들이었다. 그러니까 이번에도 그저 감사하며 지나가자고, 스스로를 끊임없이 타일렀다. 하지만 머릿속에선 그애 생각이 떠나지 않았다.

'남들은 너를 조로라고 부르지만, 나는 너를 산이라고 부를래.'

적어도 이런 문장을 쓰는 아이가 나쁜 아이일 것 같지는 않았다. 어쩌면 그 아이도 친구가 필요한지도 몰랐다. 그 생각을 하자 다시 심장 한쪽이 심하게 떨려왔다. 하지만 널을 뛰는 가슴과 달리, 내 머리는 나더러 자꾸 차분해지라 권하고 있었다. 어느 사려 깊은 사람이 보낸 응원의 메일일 뿐이라고. 사실 너는 이 아이에 대해 아무엇도 모르지 않느냐고. 아픈 사람이 다 선한 건 아니라고. 너도 잘 알겠지만, 아픈 아이들만큼 자기중심적이고 영악한 존재도 없지 않으냐고 말이다. 그러자 그때부터 별별 부정적인 생각이 다 들기 시작했다.

'이 아이, 모든 연애의 시작엔 반드시 음악이 있다는 걸, 벌써부터 어떻게 알아차린 걸까? 혹시 좀 노는 애는 아니었을까? 아니면 단순히 남과 다르고 싶어 불행을 애호하게 된, 허영심 강한 소녀이지는 않을까. 그래, 특별해지고 싶어서, 나를 이용하려는 건지도 몰라. 나를 통해, 그래도 자기 삶은 괜찮은 편이라고 위안받고 싶은 건지도. ……그나저나 연애라니, 나는 또 왜 이렇게 혼자 멀리 가고 있단 말인가?'

그리고 그날 꿈을 하나 꿨는데, 평소에도 종종 반복해서 꾸는 바로 그 꿈이었다. 하늘은 푸르고 잔디는 싱싱했다. 끝없이 펼쳐진 언덕 위에 엄청나게 큰 트램펄린 하나가 놓여 있었다. 그리고 그 한가운데 내가 있었다. 나는 기구 위에서 깡충대며 놀고 있었다. 어쩌면 심장질환 때문에 숨이 가빠, 꿈속에서도 내가 운동중이라 착각하고 있는지 몰랐다. 나는 퉁— 하고 뛰어오른 뒤 시원하게 웃고, 다시 퉁— 하고 날아오른 뒤 눈을 감았다. 공중에 머무는 시간은 꽤 길었다. 짧은 정지화면마냥, 몸이 떴을 때의 시간이 느리게 흘러갔다. 그런데 그 풍경 위로 느닷없이 배경음악이 깔렸다. 어디서 들려오는 건지 모를 기타와 피아노, 드럼 소리도 연이어 울려퍼졌다. 나는 반주에 맞춰 계속 폴짝거렸다. 그러곤 하늘 높이 솟을 때마다 만세 자세를 취하며, 큰 소리로 노래를 불렀다.

"춤을 추며 절망이랑 싸울 거야!"

나는 방방 뜨며 신이 나서 소리를 질렀다.

"우리 둘은 얼어붙지 않을 거야."

쿵쿵 짝 쿵쿵 짝……

"춤을 추며 절망이랑 싸울 거야!"

쿵쿵 짝 쿵쿵 짝……

"바닷속의 모래까지 녹일 거야."

그렇게 몇번이고.

"몇번이고?"

지나가는 바람이 되물으면,

"몇번이고."

오고 있는 바람이 대답할 때까지 말이다.

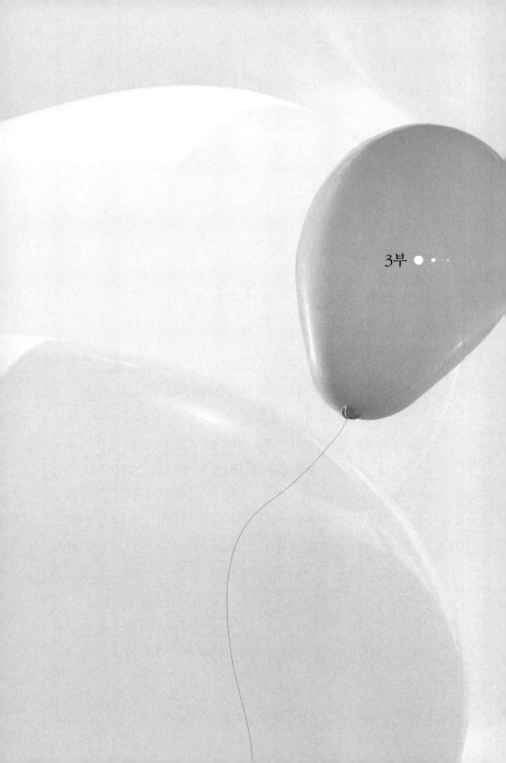

3부 ● · ·

1

어딜 가나 바람소리가 들렸다. 어디서나 바람이 불었기 때문이다. 초록을 자빠뜨린 주황. 주황을 넘어뜨린 빨강. 바람은 조금씩 여름의 색을 벗기며 땅밑의 심을 앗아가고 있었다. 그쯤 되면 바람이 얼굴에 느껴지고 풍향계가 움직이기 시작한다는 2계급 남실바람이었다. 0계급은 고요, 1계급은 실바람, 그다음은 산들, 건들, 흔들…… 고요에서 싹쓸바람까지 모두 열세 계급이 있다는 것 같은데…… 잡지를 보다 '풍향계가 움직이기 시작'이라는 말이 좋아 어딘가 적어두었던 기억이 난다.

이곳 병원에도 가을이 왔다. 하늘을 양쪽에서 잡아당긴 듯 팽팽해진 공기가 가슴팍을 바쁘게 들락거렸다. 신의 입김이란 게 있다면 딱 이 정도 온도이지 않을까 싶을 만큼 차고 맑은 기운이었다. 그리고 그 신의 폐활량에 맞춰 내 속 낱말카드도 조그맣게 흩날렸다. 이것은 눈〔雪〕. 저것은 밤〔夜〕. 저쪽에 나무. 발밑엔 땅. 당신은 당신…… 귀가 닳고 사위어 어지러이 뒹구는 말들이었다.

볕이 좋을 땐 자판기 커피를 뽑아 벤치로 가 놀았다. 종이컵 주위로 퍼지는 향과 김이 그윽한데다, 그러고 있으면 어쩐지 어른이 된 기분이 들어서였다. 커피는 마시는 시늉만 하고 입에 대지 않았다. 조금만 혀에 대도 심장이 쿵쾅대는 게 누군가 쫓아오는 기척이 들려서였다. 심장내과 환자 중엔 겉보기엔 멀쩡해도 갑자기 쓰러지는 사람이 많았다. 그래서 간호사 누나들이 'A형 캐릭터'라 부르는 신경과민 환자가 흔했고, 반대로 대책없이 대범하거나 무던한 사람도 적지 않았다. 내 경우엔 ABR, 그러니까 '절대안정'을 취해야 하는 상황이었다. 하지만 나는 틈이 날 때마다 병원 곳곳을 쏘다녔다. 하염없이 안정만 취하고 앉아 있다가는 정말이지 어느 순간 미치고 펄쩍 뛰는 '절대불안정' 상태가 될 것 같아서였다. 어머니는 간이침대에서 쪽잠을 청하고 있었다. 요즘 들어 부쩍 잠이 많아진 게, 예전보다 더욱 피로를 느끼는 눈치였다. 날씨는 제법 선선했다. 겉으로는 아닌 척했지만, 나무도 겨울을 나기 위한 준비에 여념이 없어 보였다. 가지 끝이 각오와 오기로 탱탱한 게, 단단한 몸통에 수액 대신 집중력을 꽉 채워놓은 인상이었다. 바람이 불자, 나무 아래로 얼룩덜룩 해그림자가 너울댔다. 그쯤 되면 잔물결이 일고 나뭇가지가 흔들린다는 3계급 산들바람이었다. 바람은 함부로 제 이름을 부르지 못하게 하며 시시각각 몸을 바꿔 딴 데로 달아났다. 혹은 누군가 그 이름을 부를 때까지만 그 이름이고자 했다. 나는 내 숨 모양이 궁금해 허공에 대고 '하아' 입김을 불어보았다. 그것은 현상액에 담긴 필름처럼 아스라이 형체를 드러낸 뒤 사라졌다. 희고, 가볍고, 부질없는 게 나의 내계와 외계가 만나 짧은 인사를 한 뒤 헤어지는 모습 같았다. 혹은 추운 계절에만 잠깐씩 모습을 드러내는 영혼의 형상 같았다. 나는 가을의 그 풍격(風格)이 좋아 자꾸만 '하아' '하아' 날숨을 내뱉었다.

환자복을 입은 사람 몇몇이 카디건을 걸친 채 해바라기를 하고 있었다. 화단 앞 인공연못 주위론 잠자리떼가 어지러이 날아다녔다. 저쪽에선 웬 아저씨가 언성을 높이며 누군가와 통화중이었고, 상복을 입은 아주머니는 휴지통 옆에 쪼그리고 앉아 담배를 피워댔다. 건너편 남자는 병원에서 준 종이뭉치를 든 채 절망적인 표정을 짓고 있었다. 한쪽에서는 딱 봐도 대체요법 외판원으로 보이는 이들이 상황버섯이며 헛개나무, 자기장판이 든 가방을 든 채 주위를 기웃거렸다. 여느 병원이고 드물지 않게 볼 수 있는 광경이었다. 하지만 이곳의 진짜 모습은 단단한 벽 너머, 저 콘크리트 안에 있었다. 조금만 참으라는 부모 앞에서 '내가 얼마나 아픈지 엄마가 알아? 엄마가 아냐고?' 고함치는 소년이라든가, 눈뜨면 다시 시작되는 고통에 잠을 자기 싫다고 떼쓰는 아기, 누렇게 뜬 얼굴로 바퀴 달린 침대에 누워 택배처럼 어디론가 실려가는 할머니, 바나나우유, 체리주스, 복숭아에이드 빛깔의 소변들, 대변주머니, 간성혼

수…… 그런 것들이 모두 저 안에 있었다. 정해진 구역을 벗어나면 안되는 특별한 인종들처럼 옹기종기 의좋게 모여 있었다. 병 앞에서, 사람들은 놀라고 부정하고 화내며 슬퍼했다. 그리고 그 감정들은 일상적으로 억눌린 채 병원 주위를 건조하게 맴돌았다. 뭔가 반응하는 즉시 그것이 진짜 사실이 되어버릴까 다들 걱정하고 있는지도 몰랐다. 언젠가 나는 간호사 누나에게 물었다.

"누나는 병원에서 오래 일했죠?"

"응."

"그럼 환자들 볼 때마다 무슨 생각 해요?"

그녀가 내 혈압 수치를 확인하며 답했다.

"아무 생각 안해."

"………"

"그럴 시간이 없는걸."

그녀는 그때그때 닥치는 일들을 처리하는 것만으로도 정신이 없다고 중얼댄 뒤, 뭔가 겸연쩍은 마음이 들었는지 덧붙였다.

"그래도 분명히 깨달은 건 하나 있지."

그녀가 결과지에서 눈을 떼지 않은 채 중얼댔다.

"돈이 참 중요하구나 하는 거……"

어디선가 까르르 박꽃 같은 웃음이 터져나왔다. 돌아보니 젊은 레지던트 하나가 간호사들에게 농담을 걸고 있었다. 나는 내 속 단어장에서 '추파'라는 낱말을 꺼내 만져보았다. 가을 추, 물결 파. 가을 물결.

'예쁘구나, 너. 예쁜 단어였구나……'

그런데 이성의 관심을 끌기 위해 보내는 눈빛을 추파라고 하다니, 하고많은 말 중에 왜? 그러자 곧 그런 것도 모르느냐는 듯 바람이 나를 보고 속삭였다.

　'가을 다음엔 바로 겨울이니까.'

　불모와 가사(假死)의 계절이 코앞이니까, 가을이야말로 추파가 다급해지는 시절이라고…… 귓가를 뱅뱅 돈 뒤 사라졌다. 나는 오래전 추파를 추파라 부르기로 결정한 사람들을 떠올리며 가만 웃었다. '아! 만권의 책을 읽어도, 천수의 삶을 누려도, 인간이 끝끝내 멈출 수 없는 것이 추파겠구나' 싶어 흐뭇하기도 했다. 그리고 그런 생각을 하고 있으니, 이 세상이 무탈하게 돌아가고 있는 것만 같은 기분이 들었다.

　어디선가 잠자리 한 마리가 날아와 무릎 위에 앉았다. 나는 숨죽인 채 녀석을 뚫어져라 바라봤다. 한쪽 눈이 거의 안 보여, 초점을 맞출 때는 오른쪽 눈을 아예 감아버리는 게 나았다. 한 개의 눈을 가진 나와 만 개의 눈을 가진 그가 서로 응시했다. 기이한 긴장감이 돌았다. 두 존재가 아닌, 두 시간이 마주하는 느낌이었다. 그것도 수백만년 전의 시공과 현재가 대면하는 듯한. 실바람에 잠자리의 날개가 미세하게 흔들렸다. 날개 위로 무지갯빛 기운이 자글대다 잠잠해졌다. 잠자리는 곧 사뿐 날아올라 벤치 끝 팔걸이에 앉았다. 두 쌍의 투명한 날개 위에 새겨진 규칙적이고 기하학적인 무늬가 햇살 아래 빛났다. 그 속엔 녀석이 원시생물이었을 때부터 간직해온 정교한 수학체계가 깃들어 있을 터였다. 아마 우리 몸에도 같

은 식(式)이 들어 있겠지…… 그러면 애초에 그 수(數)를 만든 존재
는 누구였을까. 그리고 나를 만든 그분께선 어째서, 그리고 어디서
그 셈을 틀리셨을까……

바깥에 오래 있으니 근육이 위축됐다. 오른쪽 가슴 위로 중심정
맥관이 호흡을 따라 가쁘게 오르내렸다. 나는 '조금만 더 있자' 중
얼대며 혼자만의 시간에 집중했다. 그러곤 머리 위로 두서없는 문
장을 떠올렸다. 사실 이곳까지 굳이 산책을 나온 건, 그애에게 건
넬 말을 궁리하기 위해서였다. 메일을 받은 지 일주일이 지났지만,
아직 답신을 보내지 않은 상태였다. 일단 회신을 해야겠다고 마음
먹기까지의 시간이 오래 걸렸고, 쓴다 해도 뭐라 하나 몰라서였다.
물론 답장을 쓰지 못한 보다 근본적인 이유는 따로 있었다. 그리고
나는 그 까닭을 잘 알고 있었다. 그건, 내가 그 편지를 '잘 쓰려' 한
다는 거였다.

'하지만 표가 나서는 안돼……'

나는 그애에게 때이른 만족을 주고 싶지 않았다. 끄덕이고 안도
한 뒤 자족해 돌아서버리게 하고 싶지 않았다. 하지만 동시에 그애
가 바란 것 이상으로 그애를 기쁘게 해주고 싶었다. 만족이 임계점
을 넘으면 만족이 아니라 감탄이 되니까. '아!' 하는 순간의 탄성이
만들어내는 반향을 타고, 그 반향이 일으키는 가을 물결을 타고, 그
애가 내게 쓸려오길 바랐다.

'하지만 어떻게?'

그러자 지금까지 쓴 형편없는 메모들이 떠올랐다. 힘이 잔뜩 들

어간 게 생각만 해도 얼굴이 홧홧해지는 내용들이었다. 관념적이고 현학적인데다 도통 무슨 말인지 알아들을 수 없는. 종종 인터넷 커뮤니티에서 발견하고, 보는 즉시 '어우' 손사래쳤던 글들을 내가 쓰고 있었다. 그것도 문체가 제각각인 게 어느 것은 도도한 초등학생이 쓴 산문 같고, 또 어떤 것은 인문대 복학생이 쓴 잡문 같았다. 이건 뭐 공작도 아니고, 수컷들 깃털 자랑하듯 구애하는 모양새라니. 가장 평범한 소년이 되어 가장 평범한 고민을 하고 있는 스스로가 낯설고 불편했다.

'역시…… 연애를 글로 배워서 그런가?'

누군가 일본 애니메이션을 보고 일본어를 독학한 친구에게 '네 말 속엔 노인과 야쿠자와 여고생의 말투가 다 섞여 있다'고 촌평한 걸 듣고 깔깔댔었는데, 지금 내 모습이 딱 그거 같았다. 그것은 다시 말해, 내 안에 여러가지 욕망이 섞여 있다는 뜻이기도 했다. 하지만 그러지 않고, 그걸 다 빼고, 어떻게 나를 설명한단 말인가? 그래도 정말 괜찮단 말인가? 나는 수심에 잠겨 먼 곳을 바라봤다. 그리고 그 수심이 마음에 든 나머지 놓아주려 하지 않았다.

"이서하……"

사물의 이름을 처음 배우듯 발음하는 세 글자였다. 그러자 한밤중 아무도 모르게, 소나무 가지에 얹혀 있다 제 무게를 이기지 못하고 툭— 떨어지는 눈덩이처럼 가슴속에 조용한 기적이 일었다. 고요라는 이름의 바람이 따로 있기나 한 듯. 쩌렁쩌렁 적막이 울려퍼졌다. 그래서 이번에는 바람의 열세 계급 중 0계급에 속한다는 '고요'라는 단어를 읊어보았다. 그것은 곧 세상에서 가장 조용한 기척이 되어, 세상에서 가장 멀리 가는 동그라미를 만들어냈다. 신기한 일이었다. 0계급은 아무것도 할 수 없는 줄 알았는데, 0계급이 무언가 하고 있었다.

'일단 첫문장을 써야 해, 첫문장을…… 그런 뒤 무슨 일이 벌어지는지 두고 보자고.'

나는 허공에다 대고 '안녕'이란 말을 써보았다. 하지만 왠지 마음에 들지 않아 소매 끝으로 쓱쓱 지웠다. '잘 지내니'라는 말도, '반가워'라는 말도 마찬가지였다. 한 소년의 팔십 먹은 폐와 심장, 혈관을 타고 바깥으로 흘러나온 한숨이 대기를 흐렸다. 나는 김 서린 창문에 대고 글씨를 쓰듯, 뿌옇게 변한 찰나의 공기 속에 다시 그애 이름을 적어넣었다. 그러자 하늘 위로 생뚱맞은 문장이 영화 자막처럼 돋아났다.

'풍향계가 움직이기 시작……'

어디선가 삐걱 하고 낡은 풍판(風板)이 돌아가는 소리가 났다. 나는 머리 위로 지나가는 활자를 한 자 한 자 따라읽었다. 그러곤 그 문장이 흘러가는 곳을 향해 고개를 돌렸을 때, 그곳에는…… 나이 많은 플라타너스 한 그루가 서 있었다. 수천장의 잎사귀를 나부끼며 고독하고 풍요롭게. 한 나무가 다른 나무에게로, 그 나무가 또 건너 나무에게로. 쉼없이, 은근하게. 그리고 봄 추파는 사람만 보내는 게 아닌 모양이었다.

나무에게서 시선을 돌려 정면을 바라봤다. 동시에 한 손에 휴대

전화를 든 채 걸어가는 남자와 눈이 마주쳤다. 남자는 잠시 흠칫거리더니, 이내 놀란 기색을 감추고 아무 일 없었다는 듯 걸음을 재촉했다. 나는 내 앞을 지나가는 남자의 뒷모습을 바라보며 마음속으로 천천히 하나, 둘, 셋을 세었다. 그리고 내가 '다섯'이란 숫자를 힘주어 외치자, 손잡이가 돌아가듯 남자의 고개가 다시 한번 내 쪽을 향했다. 나는 재빨리 머리를 숙여 발끝을 바라보았다. 그리고 다시 숫자를 세었다. 하나, 둘, 셋…… 열까지 세고 고개를 들었을 때, 팔걸이에 앉아 있던 잠자리는 더이상 보이지 않았다.

2

이따금 장씨 할아버지 생각이 났다. 동네에서 가장 가깝게 지냈고, 유일하게 그애 얘기를 알고 있는 분이라 그랬다. 특히 오만 가지 생각에 머리가 헝클어질 때면 장씨 할아버지의 대책없고 명쾌한 한마디가 그리워지곤 했다.

입원 하루 전, 엄마 몰래 장씨 할아버지를 뵈었다. 그래도 유일한 동네 친구한테 짧게나마 작별인사를 하고 싶어서였다. 그날 저녁, 나는 현관 앞에서 할아버지댁 불빛을 확인한 뒤 까치발을 한 채 초인종을 눌렀다. 그런데 막상 문을 연 건 장씨 할아버지가 아니라 그의 아버지, 그러니까 큰 장씨 할아버지였다. 나는 괜히 기가 죽어 조그맣게 말했다.

"저어, 혹시 안에 장씨 할아버지 계신가요?"

큰 장씨 할아버지가 까다로운 눈으로 나를 훑었다.

"덕수, 아픈데."

속으로 '아! 할아버지 이름이 덕수였구나' 하고 조금 놀랐다. 같이 늙어가는 처지에, 노인들은 이름이 없을 거라 생각한 게 죄송해서였다.

"어디가 아프신데요?"

큰 장씨 할아버지가 엄한 얼굴로 나를 굽어봤다.

"신경쓰지 마라. 우리 나이엔 아픈 게 일이니까."

어쩐지 내가 빨리 가주길 바라는 눈치였다. 나는 우리 아버지가 큰 장씨 할아버지를 가리켜 치매 초기라고 말했던 걸 떠올렸다. 얼핏 봐선 아무 이상이 없어 보이시는데 뭐가 문제라는 건지 알 수 없었다. 다행히 저쪽에서 작은 장씨 할아버지가 담요를 뒤집어쓴 채 뛰어나오는 모습이 보였다. 감기에 걸렸는지 코 근처가 빨갰다. 작은 장씨 할아버지는 넓은 데를 놔두고 구태여 현관 기둥을 잡고선 자기 아버지 팔 아래로 얼굴을 들이밀며 소리쳤다.

"아빠! 나 안 아파!"

학교에 결석계를 내고도 놀고 싶어 안달하는 어린애 같은 말투였다. 언뜻 봐선 작은 장씨 할아버지가 치매에 걸렸다고 해도 믿을 만한 풍경이었다. 할아버지는 나를 보고 엄청 반가워했다. 내가 티브이에 나온 뒤로 노인정도 데려가고, 먼 데서도 손을 높이 들어 알은체를 하셔서 좀 민망하던 차였다.

"야, 너 웬일이야?"

"어, 인사드리러 왔어요. 저 내일 입원하거든요."

"그래? 그런 건 단둘이 얘기해야지."

"저기, 편찮으시다고……"

"응? 괜찮아. 잠깐인데 뭘. 옷 입고 올게. 기다려."

장씨 할아버지는 누가 말릴 틈도 없이 안으로 후다닥 뛰어들어 갔다. 큰 장씨 할아버지와 나 사이에 어색한 기운이 돌았다.

"할아버지?"

"응?"

"늦지 않을 테니까 걱정하지 마세요."

큰 장씨 할아버지는 별말 없이 고개를 끄덕이셨다. 그러고 얼마 있다 나를 물끄러미 바라보며 입을 떼셨다.

"근데……"

"………"

"누구세요?"

우리는 동네 초입에 있는 구멍가게로 향했다. 늙은 느티나무 아래 널따란 평상이 있는 곳이었다. 큰 장씨 할아버지는 이웃 사는 최씨 할머니에게 잠깐 봐달라고 말씀드린 뒤였다. 장씨 할아버지는 옆집 '할망구'가 분수도 모르고 자길 좋아하는데, 어떤 부탁이든 잘 들어줘서 참고 있다고 우쭐댔다. 최씨 할머니가 장씨 할아버지보다 족히 열살은 많으신데도 말이다. 구멍가게 주인아저씨는 여전히 드라마 삼매경에 빠져 있었다. 나는 아저씨가 보는 드라마를 좋아하진 않았지만, 그 프로그램이 방영중일 때 동네 전체가 쥐죽은 듯 고요해지는 풍경은 맘에 들었다. 세상 많은 사람들이 같은 시간, 어떤 이야기에 몰두하는 모습이 좋아서였다. 장씨 할아버지는 가게 안에 들어서자마자 큰 소리로 내게 마실 것을 고르라고 했다. '오늘은 내가 쏜다'라는 사실을 전세계에 알리고 싶은 모양이셨다.

구멍가게 아저씨는 깜짝 놀라며 자리에서 일어섰다. 나는 오렌지맛 탄산음료를, 할아버지는 자양강장제를 선택했다. 그런 뒤 가게 앞 평상에 나란히 앉아 음료수를 마셨다. 병 속에선 방울방울 기포가 올라오고, 저녁 어스름, 산동네에 내려앉은 파랑은 맑고 우아했다. 어디선가 아득히 동네 아이들 떠드는 소리가 들렸다. 또랑또랑한 목청으로 놀면서 구호를 외치고, 시비를 가리고, 함성을 지르는 게, 이 동네가 제대로 된 동네임을 알려주는 기운들이었다. 예로부터 톤이 높아 멀리 가는 까닭에, 집에서도 제 어미가 알아듣게끔 만들어진 소리들이었다.

"내일 가?"

"네."

"그럼 언제 와?"

매번 다시 볼 수 없을지도 모른다는 걸 알면서도, 할아버지가 한번 더 시치미를 떼어주며 물었다.

"음, 다시 좋아지면요."

"짐은 다 쌌고?"

"네."

"잘됐구나."

저쪽에서 오토바이 몇대가 엄청난 굉음을 내며 도로를 지나갔다. 딱 봐도 폭주족인 게 멀리서도 번쩍이는 불빛이 훤히 보일 정도였다. 장씨 할아버지가 바로 인상을 쓰며 투덜댔다.

"어우, 난 젊은 애들이 싫어."

나는 할아버지의 노골적인 반응에 방긋 웃었다.

"왜요?"

"짜증나잖아. 무식하지, 오만하지, 근데 또 자신만만하지…… 진짜 싫어."

할아버지가 혐오동물을 대하듯 몸서리쳤다.

"저기 복덕방 송씨 할아버지는 다르게 말하던데요?"

장씨 할아버지가 경계와 질투의 눈빛을 내비치며 물었다.

"뭐라는데?"

"노인들은 늘 젊은이들이 멍청하다고 탄식하지만 그건 잘못된 거래요."

"왜?"

"젊은이들이 칭송받아 마땅한 것은 몸뚱이, 그뿐이기 때문이래요."

할아버지는 곰곰 생각하더니 이내 으하하하 웃었다.

"맞아! 맞는 말이네. 그 양반이 소싯적에 글씨깨나 썼다더니 같은 말도 나랑 다르게 하는구먼."

나는 할아버지를 장난스럽게 흘겨봤다.

"할아버지도 소싯적에 글씨깨나 쓰셨다던데요?"

"누가 그래?"

"송씨 할아버지가요."

"쓸데없는 소리하고는……"

할아버지가 빨대로 쪽— 경망스러운 소리를 내며 딴청을 피웠다. 그러고는 화제를 돌리려는 듯 폭주족이 지나간 자리를 고개로 가리키며 물었다.

"죽고 싶어 환장한 것 같지 않니?"

"누구요? 저 형들요?"

"왜 저 지랄이라니?"

"음, 아마 멋있어 보이고 싶어서 그러는 거 아닐까요?"

할아버지는 의미심장한 미소를 지었다.

"아니, 나는 쟤들이 왜 저러는지 알아."

"왜 그런 건데요?"

"무서워서 그러는 거야, 죽는 게."

"……?"

"자랑하는 거야, 벌벌 떨면서. 살아 있다고 쟤는 거지. 내가 좀 놀아봐서 알아."

나는 할아버지가 하는 말이 알쏭달쏭했지만, 무슨 얘긴지 알겠다는 듯 고개를 끄덕였다.

"맞아, 최씨 할머니 손자도 만날 오토바이 타잖아요. 그래서 제가 저번에 물어봤거든요? 형! 형은 오토바이 탈 때 무슨 생각 해요? 하고."

"어."

"그랬더니 '아무 생각 안해' 그러더라고요."

"거봐라! 쯧쯧……"

"그래서 왜요? 하고 물었더니, 그 형이 비장하게 답하더라고요."

"뭐라고?"

"생각하면 죽으니까…… 하고."

"허, 참!"

"근데 할아버지도 진짜 저러고 노셨어요?"

"어."

"그럼 저 형들 욕하면 안되죠."

"왜 안돼? 쟤들도 우리 욕하는데."

"할아버지는 어른이잖아요."

"그러니까 해야지. 우린 더 심심하잖아. 오토바이도 못 타고."

"어휴."

얼마 뒤 장씨 할아버지가 나긋하게 내 이름을 불렀다.

"아름아."

"네?"

"넌 왜 네 또래 친구랑 안 노니?"

나는 내 사정을 빤히 아는 장씨 할아버지가 새삼 그런 질문을 하는 게 서운하고 서러워 할아버지를 빤히 쳐다봤다.

"그게……"

"친구 없어?"

나는 나도 모르게 얼굴이 빨개져 목소릴 높였다.

"아니요, 많아요. 최근에도 친구 하자고 연락온 아이들이 얼마나 많은데요. 근데 그냥…… 수준 안 맞아서 싫어요. 유치해요."

장씨 할아버지는 내 얼굴을 빤히 쳐다보다, 흡족한 듯 으하하하 웃었다.

"그래?"

"네."

"근데 어쩌냐, 지금 너 말하는 꼬락서니가 딱 네 나이대 애들 같은데."

"네?"

"유치하다구, 너. 열일곱살 같아."

"그러는 할아버지는 왜 딴 할아버지랑 안 노는데요?"

할아버지가 태연하게 답했다.

"몰라서 물어? 수준 안 맞잖아! 그 영감탱이들."

우리는 도란도란 담소를 나눴다. 평소보단 진지하고 깊은 얘기들이었다. 그즈음, 내 성격은 조금 바뀌어 있었다. 궁금한 게 있으면 그 자리에서 바로 물어보는 습관이 든 거였다. 지금이 아니면 다신 물어볼 수 없을지도 모른다는 생각에. 나는 조금 더 성급해지고 경솔해져도 좋을 것 같았다. 특히 상대가 장씨 할아버지 같은 분이라면 더할나위없이 좋았다. 그게 정답은 아니더라도, 누군가의 대답 속엔 누군가의 삶이 배어 있게 마련이고, 단지 그 이야기를 듣는 것만으로 당신들의 시간을 조금 나눠갖는 기분이었다.

"할아버지?"

"응?"

"할아버지는 할아버지가 언제 할아버지라고 느끼세요?"

"글쎄……"

장씨 할아버지가 가만 생각에 잠겼다.

"그게 말이지, 예전에는 나도 오륙십 먹은 양반들이 무지 나이 많은 이들처럼 느껴졌거든? 근데 막상 내가 그 나이가 되고 보니까 그치들이 그렇게 늙은 사람들이 아니었더라고."

"그래요?"

"응, 이상하게 들리겠지만 나는 아직도 내가 하나도 안 늙은 거 같아."

"아……"

"심지어 우리 아버지는 내가 아직도 자라고 있는 거 같다고 하는 걸."

"할아버지?"

"왜?"

"늙는 건 어떤 기분이에요?"

"뭐야 이 자식아?"

"저번에 작가 누나가 저한테 그렇게 묻더라고요. 그래서 뭐라고 어물어물 대꾸했는데, 제대로 대답을 못 한 것 같아요."

"별놈의 아가씨가 다 있구나."

"그죠?"

"한마디 쏴주지 그랬냐."

"뭐라고요?"

"니들 눈엔 우리가 다 늙은 사람으로 보이지?"

"………"

"-우리 눈엔 너희가 다 늙을 사람으로 보인다! 하고."

"하아, 괜찮다! 진짜 그럴걸!"

"할아버지?"

"왜? 또?"

"할아버진 소원이 뭐예요?"

장씨 할아버지는 턱을 치켜든 채 새치름히 말했다.

"……일주일만 아프다 가는 거."

"진짜요?"

"어…… 아니, 하루만 아프다 가는 거."

"정말요?"

"응? 아니, 아니, 잠깐만."

"어휴, 참. 그럼 뭐예요?"

"몰라, 아이씨, 그냥 죽을래."

장씨 할아버지가 화투판을 뒤엎듯 신경질을 냈다.

"할아버지 아직 젊으시잖아요. 보세요, 이 손도 저보다 훨씬 어리신걸요?"

"에이, 그래도 늙었지. 그러니까 아무도 나를 안 쓰는 거겠지. 더구나 지난번에 네가 준 책에는 그런 말도 있더라. 왜 그, 네가 나한테 환갑선물로 준 책 말이야."

"아!『우리는 언젠가 죽는다』요?"

"응, 그거 보고 우리 아버지가 완전 어이없어하며 너랑 놀지 말라 그랬어. 상놈의 후레자식이라고. 라이터로 책에다 불 지르려고 하셨어."

"어, 그거 그런 책 아닌데……"

"뭐가 아니야. 거기 그런 말도 나오더구먼. '죽음'보다 나쁜 건 '늙음'이다 어쩌고…… 나 참 기분 더러워서. 아름아, 근데 내가 왜 그렇게 기분나빴는지 아냐? 그게 사실이라 그랬어. 화딱지가 나서 작가 세숫대야나 좀 보려고 책표지를 봤거든? 근데 머리에 피도 안 마른 놈이 작가랍시고 떡하니 웃고 있더구나. 어우, 난 어린애들이 싫어."

"어? 그 책 쓴 아저씨 오십대인데요?"

"그러니까 어린애지."

"그래서 할아버진 소원이 뭔데요?"

"글쎄, 다시 젊어지는 거?"

"다시 젊어져서 뭘 할 건데요?"

"뭘 하긴, 어른을 무시해야지, 그 새끼처럼. 으하하."

"할아버지."

장씨 할아버지가 급기야 짜증을 냈다.

"왜? 또? 뭐? 뭐? 왜?"

"마지막으로 하나만 더 물어봐도 돼요?"

"휴우, 맘대로 해, 맘대로."

"할아버지 원래 이렇게 똑똑했어요?"

"뭐야 이놈아?"

"아니 전 그냥……"

"그래 이놈아, 네가 언제 나한테 진지하게 뭘 물어본 적이나 있었냐? 니들은 그게 문제야. 어른한테 질문을 안해요, 질문을!"

바람은 부드럽고, 웃고 떠들던 아이들이 저녁밥을 먹으러 들어간 골목은 조용했다. 우리는 한동안 말없이 그렇게 앉아 있었다. 이별을 한다고 찾아왔건만, 그다음에는 막상 뭘 어찌해야 할지 몰랐다. 나는 큰 장씨 할아버지의 병세에 대해 묻고 싶었다. 장씨 할아버지가 그동안 어떻게 살아오셨는지도 궁금했다. 하지만 내가 금방 떠난다고 해서 모든 것을 한꺼번에 가지려고 하거나 요구해서는 안될 것 같았다. 나는 그냥 내 얘기를 털어놓기로 했다.

"저기, 할아버지?"

"왜?"

"사실 저 어떤 여자애한테 편지를 받았어요."

순간 할아버지의 눈에서 광채가 났다.

"예쁘냐?"

나는 한숨을 쉬며 섭섭한 듯 웅얼거렸다.

"그게 중요해요?"

"야 인마, 당연하지. 남자는 좋아하는 여자 스타일이 평생 딱 두 가지뿐이야. 십대 예쁜 여자, 이십대 예쁜 여자, 삼십대 예쁜 여자, 사오십대도 예쁜 여자."

장씨 할아버지가 일일이 손가락을 꼽으며 설명했다.

"그럼 육십대는요?"

할아버지가 그럴 줄 알았다는 듯 씨익 웃었다.

"고운 여자."

나는 '아!' 하고 고개를 크게 주억거렸다.

"그래서 예뻐?"

"몰라요. 나처럼 머리카락이 없대요."

"음."

"근데 걔가 저한테 노래를 보내줬어요. 그리고 행운을 빈대요."

"음."

"근데 제가 처음 걔 메일을 받고 기분이 어땠는지 아세요?"

"뭐, 좋았겠지. 춤이라도 췄냐?"

순간 트램펄린 꿈을 꾼 게 떠올라 뜨끔했지만, 진지하게 말을 이었다.

"토할 것 같았어요."

"에?"

"제가 혈압이 오를 때 심장이 막 가빠지고 어지럽고 그러다 메슥거리면서 토할 것 같아지거든요. 길에서 소화전 붙들고 한참 꿇어앉아 있은 적도 있고. 근데 그때랑 비슷한 상태가 되더라고요."

할아버지가 가만 고개를 끄덕였다.

"답장했어?"

나는 맘에 없는 거짓말을 했다.

"그게 또 귀찮기도 하고."

"그렇지, 여자는 귀찮지."

"근데 또 궁금하기도 하고."

"그렇지, 여자는 궁금하지."

"그런데 있죠, 그애 편지를 읽는데 그런 생각이 들었어요. 그간 많은 말을 익혔는데, 살아가는 데 필요한 말은 이미 다 배웠다고 생각했는데, 새삼 새 말이 배우고 싶다고. 그애 때문인지 잘 모르겠지만, 자꾸 그런 마음이 들었어요."

그러자 묵묵히 내 얘길 듣고 있던 장씨 할아버지가 입을 열었다.

"야."

"네?"

"넌 뭐가 그렇게 복잡하냐, 어린노무 시키가."

할아버지가 덧붙였다.

"아름아, 내가 이 나이쯤 살아보니까 알게 된 게 있는데, 나도 소싯적에 아가씨들 만날 때는, 내가 앞장서서 길을 안내하고 있다고 믿었었거든?"

"네."

"그런데 그렇게 의기양양하게 한참 가다, 이상한 기분이 들어서 뒤를 돌아보니까, 그게 다 여자들이 이미 만들어놓은 길을 따라 걸어온 것뿐이더라."

"........."

"그러니까 쓸데없이 지도 같은 거 그리느라 힘 빼지 마라. 그거 다 헛수고야."

나는 자글자글한 할아버지의 옆얼굴을 가만 바라봤다. 그러곤 내가 도착해본 적 없는 세계의 지도를 그려보며 그애를 떠올렸다.

그러자 문득 무언가를 가지려고 하는 만큼, 가지지 않으려고 하는 것 또한 욕심일 수 있다는 생각이 들었다. 둘 중 하나를 선택했으면서 아무것도 안 가진 척하는 것도 기만일 수 있다고…… 나는 입술을 달싹이다 오랫동안 망설여온 얘기를 꺼냈다. 사실 집을 나설 때부터 운을 떼지 못해 계속 주저한 거였다.

"할아버지, 저 사실 부탁이 있어 왔어요."

"응? 뭔데?"

"꼭 들어주신다고 약속하세요. 그렇지 않으면 절대 얘기 안할 거예요."

"뭔데 그래?"

"할아버지?"

"응?"

"……저 술 사주세요."

할아버지는 눈을 둥그렇게 뜨고 내 얼굴을 바라봤다. 그러곤 뭔가 갈등하는 듯하다, 단호한 목소리로 답했다.

"예끼! 이 녀석! 쓸데없는 소리 하지 말고 얼른 들어가."

나는 한번 더 진심으로 부탁했다.

"한 번이면 돼요, 할아버지. 아주 조금만 마시고 아무한테도 얘기하지 않을게요, 네?"

"안돼, 인마."

"할아버지."

"글쎄 안된다니까!"

그러고는 평상에서 벌떡 일어나 휘적휘적 앞장서 걸어나갔다.

3

그애에게 편지를 썼다. 짧고 예의바르며 형식적인 답장이었다.

서하에게
보내준 편지, 그리고 음악 잘 받았어.
그리고 나를 산이라고 불러줘 고마워.
해발 140쎈티미터도 안되는, 세상에서 제일 낮은 산이지만
내 속에 어떤 꽃이 피는지 나도 잘 살펴볼게.
그럼 잘 지내.
안녕.

'보내기' 단추를 누르기 전, 모니터 속 문장을 몇번이나 확인했다.

해야 할 말은 한 건지, 안해도 될 말을 쓴 건 아닌지 보고 또 봤다.

'꽃에 관한 얘기는 뺄까?'

하지만 이미 아까운 문장을 많이 지운 뒤였다. '내가 아는 한 시인은 꽃이 피는 걸 '핀다'라고 안하고 '목숨을 터뜨린다'라고 했어. 근사하지?'라는 구절도 엄청 넣고 싶었는데 가까스로 참았다. 누가 봐도 명백한 구애, 명백한 노력처럼 보이는 표현은 안할 생각이었다. 그렇지만 여전히 어떤 여지 같은 것은 남기고 싶었다. 들키기 위해 숨어 있는 '틀린 그림'처럼. 부정이 아닌 시치미가, 긍정이 아닌 너스레가, 들꽃처럼 곳곳에 심겨 있길 바랐다.

'그런데 보통 십대 남자애들은 이런 때 어떤 문장을 쓸까?'

그냥 쿨하게 문자메씨지 한 통 보내고 마는 것은 아닐까. 아니, 그래도 다 그러진 않을 거야. 소년들이 얼마나 겁이 많은데. 그리고 그애들은 딴 걸 할 수 있잖아? 책가방을 들어준다든가, 같은 학원에 등록한다든가, 밴드부에 든다든가, 여자애가 보는 앞에서 덩크슛을 한다든가 하는…… 하지만 내가 할 수 있는 일은 이거니까…… 나는 이걸 잘해야 해. 나는 보내기 단추 위에 커서를 얹은 뒤, 깊이 숨을 골랐다. 그리고 막 단추를 누르려는데 갑자기 가슴속에 어두운 기운이 일었다. 내가 지금 뭘 하고 있나, 혹은 무얼 바라고 있나 울적한 마음이 들어서였다.

'하나, 둘, 셋……'

더도 말고 덜도 말고 다섯. 정확히 다섯을 세고 나면 다르게 보이던 세상과 그 속에서 마주친, 악의 없고 겁에 질린 얼굴들이 떠올랐다. 나는 태어나 자기 몸을 처음 보는 사람처럼 자판에 얹어진 두 손을 물끄러미 바라봤다. 작고, 쭈글쭈글하고, 보잘것없는 손이었다. 아울러 어떤 문장들을 쓰기엔 어울리지 않는 손이었다. 나는 지금까지 쓴 내용을 죄다 지우고 새 편지를 썼다.

이서하님께
보내주신 편지 잘 받았습니다.
힘내라고 하지 않고, 기운내라고 하지 않고,
행운을 빈다고 해주셔서 고맙습니다.
그쪽도 건강하세요.

차분한 마음으로 모니터를 바라봤다. 서운하고 울적한 감이 없진 않았지만, 해야 할 일을 했다는 생각이 들었다. 적어도 누군가의 호의를 무시한 무례한 사람이 되지는 않았으니까. 그러면 됐다 싶었다. 침을 한번 삼킨 뒤 보내기 단추를 눌렀다. 무거운 마음과 달리, 편지는 딸깍 소리를 내며 가볍게 날아갔다. 눈 깜짝할 사이에 일어난 일이었다. 그러자 이내 후회가 물밀듯이 밀려왔다.

'너무 무뚝뚝한 답장을 보낸 것은 아닐까? 그냥 그렇게, 딱 한번 주고받을 편지라면 조금 더 친절해도 됐을 텐데.'

재빨리 '발송 취소'를 누르려 했지만 그애와 내가 가입한 포털싸이트가 달라 가능하지 않았다. 나는 멍하니 '발송이 완료되었습니다'란 문구를 바라봤다.

"차라리 잘됐어."

어쩌면 이쯤에서 끝난 것이 다행인지 몰랐다. 하마터면…… 그러니까, 음, 하마터면…… 귀찮아질 뻔했잖아? 안 그래도 바빠 죽겠는데. 여자애들이 얼마나 피곤하고 성가시게 구는지 책에도 잘 나와 있잖아? 베르테르가 왜 자살했는데. 로미오는 또 왜 죽었는데. 메넬라오스는 심지어 전쟁까지 일으켰잖아? 정념은 민폐야. 어디서든 항상 문제를 일으키지. 잘했어, 한아름. 네가 지금 무얼 했는지 알아? 너는 지금 너를 구한 거야. 온갖 이유를 갖다대며 스스로를 타일렀다. 그러곤 그 아이와 더이상 연결되지 않을 거란 사실에 크게 안도했다.

하지만 일주일이 지나도록 그애에게서 정말로 답장이 오지 않자, 나는 몹시 낙담하고 말았다. 혹시나 하는 마음에 하루에도 몇번이나 편지함을 뒤지고, 수신 확인을 해본 뒤였다.
'그럼 그렇지……'
잠시나마 온갖 상상의 나래를 펼쳤던 자신이 부끄러워졌다.
'방송을 보고 잠깐 감상에 빠진 거야. 그리고 지금은 그게 사라진 거지.'
나는 이 상황이 별거 아니며 충분히 예상했던 일이라 생각하려 애썼다. 보라고, 네가 원한 대로 되지 않았느냐고, 세상에 '그쪽도 건강하세요' 따위의 얘길 듣고 답장을 쓸 여자애는 없다고, 괜한 성질을 부렸다. 그러곤 다시 '예전으로 돌아가자' 다짐했다.
'하지만 그 예전이, 과연 전과 같은 예전일까?'
새삼 허락 없이 다가와 마음을 흔들어놓은 그애가 원망스러웠다. 솔직히 그애가 잘못한 건 하나도 없는데, 시시한 연애편지 한

통에 기운이 쭉 빠지고 만 거다. 난생처음 겪은 그 보잘것없고 우스꽝스러운 정념을 추스르는 데는 꽤 오랜 시간이 걸렸다. 그리고 얼마 뒤, 내가 원래의 자리로 돌아왔을 때, 정말이지 가까스로 정신을 차렸을 때, 그애에게서 두번째 편지가 왔다.

아름이에게
네가 보낸 편지를 백번은 읽어봤어.
그리고 그걸 한번 더 읽었을 때,
네 마음을 조금 알 수 있었어.
'겁내고 있구나, 얘' 하고 말이야.
미안. 멋대로 말해서.

너만큼은 아니지만 나도 편지를 쓸 때 용기가 필요했어.
네 연락처를 알려고 방송국에 세 번이나 연락했다고.
방송을 보면서 나는 네가 무언가를 뛰어넘었다고 생각했어.
평범한 사람들이 보기에는 아무것도 아닌 자리지만,
난 알아.
네가 그것을 얼마나 힘들고 외롭게 뛰어넘었는지.

행운이란 말이 맘에 들었다니 기뻐.
미국 영화를 보면, 사람들이 헤어질 때 종종
'Good bye'라 안하고 'Good Luck'이라 하잖아.
나는 그게 늘 근사해 보였어.

기운내라고 시키는 게 아니라 행운이 있기를 비는 인사.

괜찮다면 또 편지해도 될까?
하고 싶은 말이 많아. 듣고 싶은 말도.
아, 그리고 다음에는 너도 말 놓기!

그럼 한번 더 행운을!

……이상한 예감이 들었다. 그게 뭔지 잘 모르지만, 뭔가 시작되려 하고 있었다. 나는 내가 도망치려 했던 '시작'이 다시 내 앞에 놓여 있다는 사실에 설렘과 두려움을 느꼈다. 하지만 여전히 스스로를 지켜야겠다는 마음도 강하게 들었다. 갑자기 머릿속에 '하느님께서 갑자기 이렇게 잘해주시는 이유는 내게서 뭔가 빼앗아가실 것이 남아 있기 때문이 아닐까?' 하는 불안이 엄습했다. 하지만 그게 선물인지 시험인지 확인할 수 있는 사람은 나밖에 없었다. 그리고 그러기 위해선 일단 내 쪽에서 한번 더 신호를 보내야 했다. 며칠 뒤, 나는 결국 그애에게 두번째 답신을 보냈다. 편지 한 통쯤 더 쓴다고 세상이 무너지지는 않을뿐더러, 나 역시 끄떡하지 않으리란 자신을 갖고서였다.

서하에게
편지, 고마워.
내가 뛰어넘은 자릴, 네가 알 거라고 생각하진 않지만

그걸 헤아려준 마음은 잘 받을게.

그리고 나 겁먹지 않았어.

원래 겁 같은 거 잘 안 먹어.

심장이 나빠서.

네가 어디가 아픈지 모르지만

빨리 낫길 바랄게.

이건 진심이야.

그리고 괜찮다면 또 편지해도 돼.

그럼 안녕.

세번째 편지는 보다 빨리 도착했다. 그리고 나는 그 사실이 아주
마음에 들었다.

아름에게

'괜찮다면 또 편지해도 돼.'

이 부분을 읽고 한참 웃었어.

너 정말 새침한 아이구나?

나한테는 괜찮지만 혹시 나중에 다른 여자아이를 만나게 되면

그렇게 얘기하면 안돼. 알았지? ^^

방송을 보며 느낀 건데 너는 속이 깊고

네 감정을 재미있게 표현하는 거 같아.

실은, 나 우리나라 십대 남자애들은 다 뇌가 없다고 생각했었거든.

아니, 사실 이십대도 그래.

오늘도 병원 까페에서 문제집을 풀고 있는데,

옆에 멀끔한 인상의 대학생 오빠 셋이서 잘 교육받은 말투로

완전 바보 같은 대화를 하고 있더라.

그것도 일부러 시간을 내서 말이야. ㅋㅋ

그런데 나, 그런 생각이 들었어.

'똑같이 되고 싶다……'

웃기지?

근데 정말 그랬어.

똑같이 한심해지고, 똑같은 실수를 하고, 똑같은 착각을 하고 싶다,

그들과 똑같이 자랄 수만 있다면, 하고 말이야.

근데 아마 힘들 거야.

총명함을 숨기는 건 무지를 숨기는 것보다 더 어려운 일이니까.
그치?

그리고 난 좀 많이 똑똑한 축에 드는 여자애니까. ^^;;

어쨌든 너의 글, 너의 말, 그리고 생각들이 특별하단 얘길 해주고
싶었어.

그럼 또 쓸게.

안녕.

"아름아, 뭐 해?"

어머니가 사물함에 세면도구를 챙겨넣으며 물었다.

"벌써 다 씻었어요?"

나는 나도 모르게 얼굴을 붉히며 주춤거렸다.

"뭘 보는데 그렇게 웃어."

"별거 아녜요."

어머니가 콧잔등과 볼에 로션을 찍어바르다 말고 나를 멀뚱히 처다봤다. 그냥 습관적으로 물어본 거였는데, 내가 너무 정색하는 게 이상한 모양이었다.

"뭐야? 뭔데 그리 예쁘게 웃어?"

"아무것도 아니라니까요. 아이참, 저리 가세요."

내가 필사적으로 노트북을 가리자 어머니도 지지 않고 몸싸움을 시도했다. 그러고는 얼마 있다, 얼굴에 하얀 크림을 묻힌 채 나를 흘겨봤다.

"우리 아름이 다 컸구나?"

"에?"

"괜찮아, 엄마도 어렸을 때 그랬어. 아빠도 그랬고."

어디서 '좋은 부모 되기, 사춘기편'이라도 읽고 왔나. 교양있는 말투를 가장하는 게 꼭 초짜 연극배우 같았다. 나는 기가 막혀서 한숨을 쉬었다.

"엄마."

"응?"

"엄마는 야한 사진 볼 때 웃어요?"

우리는 거의 이틀에 한 번꼴로 편지를 주고받았다. 그중에는 한두 줄짜리 단문도 있고, 스크롤을 한참 내려야 할 만큼 긴 얘기도 있었다. 심할 때는 하루에 세 통의 메일이 오갔다. 내가 오전에 보내면 그애가 오후에 답신을 주고, 다시 내가 저녁때 소식을 전하는 식이었다.

아름에게

가끔 나는 잠을 설쳐.

새벽에 깨어나는 것. 마뜩잖은 순간이지.

그런데 요즘은 그렇게 눈이 떠질 때, 어쩌면 너도 깨어 있을 거란 생각을 해.

내가 티브이에서 본 그 큰 눈을 깜빡이며 어둠을 응시하고 있을 거라고.

그리고 그 생각을 하면 이상하게 마음이 좀 누그러져.

중3 때 담임선생님은 나를 무척 아껴주셨어.

그래서 아이들이 떠들거나 숙제를 안해오면 항상 '이서하 좀 봐라' 그러셨지.

아픈데도 얼마나 성실하고 의젓하냐고.

그런데 어느 순간 나는 그 말이 참 듣기 싫어지더라.

친구들이 힘을 내는 건 좋아.

반성하고, 공부하고, 모든 일에 감사하게 되는 것도 좋아.

하지만 그러기 위해서 내가 왜 아파야 하나, 이해할 수 없었거든.

선생님은 나를 사랑하셨지만,

아마 다른 아이들을 더 사랑하셨나봐.

지금 하느님이 그러는 것처럼.

그럼 또 쓸게.

좋은 하루!

서하에게

한밤중, 나도 잠에서 깰 때가 있어.

그 시간에 다른 일을 하지는 못해.

옆 침대에 있는 아저씨 성격이 엄청 예민한데다,

그 건너편 할아버지 잠귀는 그보다 세 배는 더 밝거든.

그럴 때 나는 오래전부터 내가 그려왔던 이야기를 생각해.

그건 불 없이도 할 수 있는 일 중 하나니까.

불 없을 때 잘되는 일이기도 하고.

마치 옛날 사람들이 아이를 만들 때 그랬던 것처럼.

오전엔 과학잡지를 읽었어.

거기 보니까 우주에서 사람이 터져 죽는 건,

우리 내계의 힘이 외계의 힘보다 커서 그런 거라더라.

그리고 나는 네게 이 얘기를 해줘야겠다고 생각했어.

그러니까 우리 모두는 대부분 우리 바깥보다 힘이 센 존재들일지
도 모른다고.

오늘은 여기까지.

안녕.

아름에게

요 며칠 아빠랑 절에 있었어.

아빠가 요새 대체요법에 관심이 많거든.

근데 거기 스님이 나더러 도라지꽃같이 생겼다고 하더라.

내가 묵은 숙소 근처에 강이 하나 있어.

아주 센 물소리를 가진 강이지.

아빠 말로는 그걸 화이트 노이즈라고 한대.

백색소음.

사람 몸에 좋은 소리라나봐.

한밤중 문을 열면 그런 게 쏟아져나와.

그리고 내 바로 가까이서

무언가 그렇게 성실하고 활달하게 꿈틀대고 있다는 사실에 마음
이 놓여.

나는 예전에 '행복'이란 단어를 쓰면 멍청해지는 기분이었어.

그런데 요즘에는 그것도 용기란 생각이 들더라.

그래서 나는 그걸 가지려고 해.

하느님이 그걸 선뜻 내줄지는 모르겠지만

일단 내가 그러기로 정했어.

그리고 내가 그걸 정말 갖게 되면

너에게도 조금 나눠줄게.

기대해.

안녕.

서하에게

날이 춥다.

히터를 종일 틀어놔도, 세상에 지구의 의지를 이길 수 있는 것은 없나봐.

그렇지만 추위 앞에선, 모두가 똑같아지는 느낌이 좋기도 해.

그래서 난 이 바람을 똑바로 쳐다보지.

어느 때는 눈이 시려 고개를 돌리지 않으면 안되지만.

그래도 가끔은 추위에게 으름장을 놓아야 해.

그래, 나는 약해,

하지만 네가 생각하는 것만큼은 아니지, 하고.

한밤중, 외롭게 깨지 말고, 네가 숙면했으면 좋겠어.

그리고 그걸 온몸으로 돕는 빛과 바람,

나무들의 지지가 있었으면 좋겠어.

아무것도 하지 않는 것 같으면서 늘 무언가를 하고 있는 백색소음도.

안녕.

아름에게

다시 입원했어.

시골에서 풀 같은 거 먹으며 견디다보니까

무슨 콜라처럼 진통제가 그리워지더라.

아버지도 내 발버둥을 보기 힘드셨던 모양이야.

어쨌든 지금 여기 와 있어.

그럼 또 소식 전할게.

오늘도 좋은 하루!

서하에게

'발버둥'이란 말과 '좋은 하루'라는 말이 함께 적힌 편지를 보니까 이상하다.

그럴 때 너는 어떻게 견딜까.

'콜라처럼 진통제가 그리워지더라'라고 말하면 좀 괜찮아지는 걸까?

나는 종교가 없지만 가끔은 기도하고 싶어질 때가 있어.

네가 말한 '발버둥'의 순간에는 특히 말이야.

그러면 사람들은 곧바로 내게 '누구에게?'라고 묻지.

그러면 나는 세상에서 가장 쌀쌀맞은 얼굴로 '아무에게나'라고 대답해.

그래, 아무에게나.

내 기도에 제일 먼저 답해주는 신이 있다면

그분에게 하고 말이야.

만일 내가 그 신을 만나게 되면 네 안부를 꼭 전할게.

그러니까 너의 오늘도, 반드시 좋은 하루여야 한다는 것, 기억해 주었음 좋겠어.

또 쓸게, 잘 자.

항상 진지한 편지가 오간 건 아니었다. 우리는 서로의 휴대전화 번호를 몰라, 문자로 할 법한 시시한 얘기도 이메일을 통해 나누곤 했다. 하지만 그것은 또 그것대로 기쁨을 주었다.

아름에게

오늘은 흥미로운 얘기 하나.

이곳에는 간병인 할머니가 세 분 계셔.

같은 회사 소속이라 서로 잘 아는 눈치고.

침대에 누워, 이분들 수다 떠는 걸 듣고 있으면

시간 가는 줄 모를 때가 있어.

너도 잘 아는 풍경이지? ^^

그런데 오늘 아침에, 우리 병실로 다른 간병인 아줌마가 놀러 오셨어.

그러고는 자기 환자 얘길 하더라?

맡고 있는 할아버지를 목욕시켜야 하는데,

이 양반이 알몸을 보이고 싶지 않다고 며칠째 거부하셨대.

근데 오늘은 먼저 씻겠다고 하셔서 웬일인가 하고 욕실에 들어가 보니

이 할아버지가 글쎄 검정색 비닐봉지로 만든 팬티를 입고 앉아 계셨다지 뭐니.

한쪽 팔에 깁스까지 하신 분이 가위랑 테이프를 이용해 손수 만든 거였대.

진짜 엄청난 집중력과 노력이 필요했을 거 같지 않니?

그걸 들은 다른 할머니들은 '꼴에 사내라고' 하며 깔깔대셨고.

나도 돌아누워 방긋거렸어.

그 할아버지 자존심이 맘에 들어서.

그럼 재밌는 일이 생기면 또 말해줄게.

즐거운 하루 보내. 안녕.

서하에게

그럼 나도 재밌는 얘기 하나.

우리 병원에 어떤 아저씨 한 분이 계셨는데, 근 몇달을 왔다갔다 하셨어.

우리 아빠처럼 병원에서 샤워도 하고, 접수대 의자에 앉아 티브이도 보고,

다른 보호자가 건네는 음료수나 과자도 받아먹으면서.

그 아저씨, 누가 물으면 '아무개 보호자요' 하고 태연하게 굴었다고 해.

그런데 그 '아무개'가 몇번이나 바뀌었다나봐.

201호였다가, 406호였다가, 703호 보호자인 식으로.

그런데 그 사람, 최근 노숙자로 밝혀졌어.

물론 지금은 이곳에 없지.

하지만 어딘가 다른 병원에서 또 쪽잠을 자고 계실지도 몰라.

어쩌면 너도 한번쯤은 스쳐갔던 사람일지도 모르고.

그러니 혹시 그 비슷한 누군가를 만난다면,

네가 내 대신 안부를 전해주라.

귓속말로 조용히

'들키지 마세요' 하고.

아름에게

ㅋㅋ 어제 네 편지 보고 웃었어.

오늘은 힘이 없어 이 말만 전해.

네가 기다릴까봐.

그럼 좋은 하루.

서하에게

누굴 웃기는 일이라면 나는 꽤 자신이 있어.

언제든지 얘기해.

　가슴 뛰는 날들이 이어졌다. 내가 말하고, 그애가 답하고, 다시 그애가 말하면 내가 답하는. 한 줄의 문장으로 하루를 버틸 수 있고, 한 번의 호흡으로도 가슴이 벅차오르는 하루. 딱히 뭐라 이름 부를 수 있는 사이는 아니라도, 그저 얘기를 나눌 친구가 있다는 게 좋았다. 평소에 왜 장씨 할아버지가 나한테 그렇게 또래를 사귀라고 했는지 알 것 같았다. 모든 것이 의미있고, 중요해지는 날들이었다. 그애가 하는 얘기, 그애가 쓰는 단어, 그애가 보낸 노래, 그애가 가른 여백, 그런 것이 전부 암시가 됐다. 나는 이 세계의 주석가가 되고, 번역가가 되고, 해석자가 되어 있었다. 상체를 기울여 뭔가 들여다보고 어루만지려 하고 있었다. 내 짐작이 맞았다. 나는 누군가를 좋아하게 된 탓에 이 세상도 덩달아 좋아져버렸다. 부모님은 밝아진 내 안색을 보고 병원 치료가 효과가 있는 모양이라며 기뻐하셨다. 하지만 나는 편지질에 빠져 있느라 엄마가 매일 이상한 약을 먹고 있단 사실도 눈치채지 못했다. 종합비타민이라 해서 그런 줄로만 알았는데, 엄마의 행동거지가 점점 둔해지고 안색도 나빠졌던 거다. 그래서 한 날, 나는 작정하고 아버지께 물었다.

"아빠, 엄마한테 무슨 안 좋은 일 있어요?"

"어? 왜?"

아버지가 당황하는 기색을 보였다.

"요즘 부쩍 푸석해 보이시는 게 혹시 저 때문에 그런가 해서요."

"응, 아니야. 니네 엄마 원래 피부 나빠. 그리고 네가 요새 통 말을 안 거니까, 관심받고 싶어서 그런가보지."

"아니에요, 그냥 제가 요새 좀 바빠서 그랬어요."

"바빠? 네가 뭐가 바빠?"

"아빠가 몰라서 그렇지 저도 나름 할일 되게 많다고요."

"그래?"

"그럼요."

그러자 아버지가 이내 음흉하게 웃었다.

"그래, 그런 것 같아서 아빠가 뭘 좀 가져왔지. 머릴 식힐 때 하라고."

"응? 뭔데요?"

"기다려봐. 집에 굉장한 게 왔어!"

아버지는 침대 밑에 감춰뒀던 종이가방을 꺼냈다. 그러고는 재빨리 리본 달린 상자를 들어 내 앞으로 내밀었다.

"짜잔!"

"………"

"안 좋아?"

"예? 뭐 그냥……"

"안 기뻐? 이게? 어떻게 그럴 수 있어? 이게 안 좋아?"

"아니요, 기뻐요. 아빠가 샀어요?"

"아니, 어떤 시청자가 보내준 거야. 너 주라고."

나는 아버지의 손에 든 상자를 멀뚱히 바라보았다. 겉면에 PSP라는 글자가 깔끔하게 박혀 있었다. 아버지는 종이가방에서 또다른 상자 하나를 꺼냈다. 거기에는 순진무구해 보이는 봉제인형이 그려져 있었다. 아마 게임 캐릭터인 듯했다.

"이건 아버지가 더 좋아할 만한 물건인데요?"

"……그지? 근데 너한테 온 거니까 네 거야."

"진짜요?"

아버지가 머뭇대며 대답했다.

"당연하지. 그러니까 일단 한번 해보고, 아니 두어 번 해보고, 그러고도 혹시 만에 하나라도 재미가 없으면 말이야."

"네."

"나 줘."

4

승찬 아저씨가 문병을 왔다. 아저씨 옆에는 처음 보는 아주머니가 서 있었다. 단정하고 고급스러운 차림에 수더분한 인상이셨다. 한눈에 나는 그분이 수미 아주머니라는 걸 알았다. 아주머니는 나를 보자마자 '어머, 네가 아름이구나?' 하고 반색했다. 그러고는 어머니에게 이런저런 안부를 물은 뒤, 두 사람만의 시간을 가지러 휴게실로 나갔다. 수미 아주머니는 우리 엄마를 보고 할 얘기가 많다고 했다. 우리 엄마 역시 듣고 싶은 얘기가 많다고 했다. 하지만 나는 두 사람의 대화가 오래가진 않을 거라 짐작했다. 어머니의 목소리가 평소보다 반음쯤 올라간 게 누가 봐도 살짝 어색한 사이처럼 보였기 때문이다. 병실에는 나와 아저씨 이렇게 둘만 남게 되었다. 승찬 아저씨는 침대 아래에 있는 보조의자에 앉았다. 나는 노트북을 옆에 두고 아저씨와 시선을 맞췄다.

"몸은 좀 어때?"

"나쁘지 않아요."

"방송 나가고 알아보는 사람은 없어? 누가 싸인해달라곤 안해?"

"뭐 가끔 있는데, 그보다는 편지가 많이 왔어요."

"그래? 방송국 게시판에도 글이 많이 올라왔어. 알고 있니?"

나는 내가 그 글들을 다 봤다는 사실이 부끄러워 괜히 딴청을 피웠다.

"그래요? 찾아봐야겠네요."

"근데 넌 바탕화면이 그게 뭐냐."

"뭐가요?"

"걸그룹도 많은데 웬 도라지꽃이니. 늙은이같이."

"왜요, 뭐가 어때서요?"

병실 안은 꽤 조용했다. 원래 점심시간이 지난 뒤엔 환자들이 산책을 나가거나 약에 취해 낮잠을 자는 통에 고즈넉할 때가 많았다.

"저…… 아저씨?"

"응?"

"아저씨는 공부도 잘하고 멋있었으니까, 여자친구도 많이 사귀어봤겠죠?"

승찬 아저씨가 살짝 난처한 기색을 보였다.

"어, 뭐 약간."

"그럼 아저씨는 여자에 대해 잘 알겠네요?"

아저씨가 씩 웃었다.

"그럴 리가."

"그래요?"

"그럼, 아저씨는 결혼까지 했는데 아직도 여자를 잘 모르겠어."

"음, 그렇구나. 실은 최근에 저도 궁금해서 인터넷 사전에서 '여자'라는 단어를 찾아봤어요. 그랬더니 '여성으로 태어난 사람' 하고 나오더라고요. 그래서 다시 '여성'이라고 쳤더니 '성의 측면에서 여자를 이르는 말' 하고 뜨는 거예요. 나 참, 어쩌라고."

"사전은 원래 동어반복적이야. 그래서 어떤 작가들은 자기만의 사전을 따로 쓰기도 하지."

"누가요?"

"시인들이 그렇지."

아저씨가 짧은 미소를 지었다. 그러자 문득 오래전 아저씨가 우리 엄마에게 선물했다는 시집 제목이 떠올랐다. 나는 우리 엄마를 대신해 뭘 좀 따져물어야겠다 싶었다.

"아저씨?"

"응?"

"아저씨 시 좋아해요?"

"응, 좋아했었지."

"그럼 『홀로서기』라는 시집도 읽어보셨어요?"

순간 아저씨는 멈칫했다. 하지만 얼굴 위로 알 수 없는 웃음이 슬쩍 번졌다. 열일곱살 소년의 도전 따위 쉽게 꺾을 수 있다고 자신하는 '어른'의 미소였다.

"그럼."

"그럼, 그거 갖고 여자 맘을 흔드는 일에 대해 어떻게 생각하세요? 작가분이 그러라고 쓴 시가 아니었을 텐데."

아저씨가 곰곰 생각에 잠겼다.

"그래, 그러라고 쓴 시는 아니었겠지."

"그죠?"

"음, 그래도 내 생각엔 그분도 기뻐하실 것 같아. 아마 자기 시가 꽤 좋은 일에 쓰였다고 생각하지 않을까?"

"………"

나는 묻고 싶은 말이 많았지만 그쯤에서 입을 다물었다. 잘못했다가는 내가 말릴 수도 있겠다는 예감이 들어서였다. 우리는 두서없이 이런저런 얘기를 나눴다. 나는 승찬 아저씨가 장씨 할아버지만큼은 아니어도 나랑 말이 좀 통하는 사람이란 걸 깨닫게 됐다. 그러자 새삼 그 아이에 대해 자랑하고 싶은 마음이 들었다. 내게 무슨 일이 일어났는지, 또 그 친구가 얼마나 근사한지 나만 알고 있는 게 억울하고 답답하던 차였다.

"저…… 근데 아저씨한테 고마운 거 있어요."

"응? 뭐?"

"메일주소 알려준 거. 이서하라고, 방송국에 세 번이나 연락했다 그러던데. 아저씨가 알려준 거 아니에요?"

"어? 나는 기억이 없는데. 우리 작가가 알려줬나보다. 이런…… 아저씨가 돌아가서 혼낼게."

"아녜요, 그러지 마세요. 덕분에 저 친구가 생겼는걸요."

"그래? 어떤 앤데?"

"음, 아직 저도 잘 모르지만, 그 여자애도 병원에 있대요. 저랑 동갑."

순간 승찬 아저씨의 눈이 번쩍였다.

"아파? 그애가 아프대?"

"네."

"근데 너랑 편지를 주고받고 있다 이거지?"

"네……"

아저씨는 눈을 굴리며 잠시 생각에 잠겼다. 그러곤 다시 유쾌하게 말을 돌렸다.

"이 녀석, 그래서 물어봤구나, 여자 어쩌구. 음흉하게시리."

"어? 아니에요. 그냥 심심해서 꺼낸 이야기예요. 근데 아저씨, 조금 전 제가 한 얘기 우리 엄마 아빠한테는 비밀이에요. 아저씨만 아셔야 해요, 알았죠?"

"흐흐, 알았어. 근데 이거 뭐니?"

승찬 아저씨가 사물함 아래 있는 종이상자를 가리켰다.

"아, 시청자가 보내준 거예요."

"포장도 안 뜯었네?"

"예, 고맙긴 한데 저 별로 게임 안 좋아해요."

"그래? 우리 아들은 만날 컴퓨터만 들여다봐서 걱정인데. 너 좀 보고 배웠으면 좋겠다."

손님들이 모두 돌아간 뒤, 다시 노트북을 켰다. 컴퓨터는 잉— 소리를 내며 천천히 돌아갔다. 컴퓨터가 부팅되는 사이 하릴없이 주위를 살폈다. 그러다 문득, 아저씨가 말한 상자에 시선이 꽂혔다. 상자 위에 그려진 봉제인형이 나를 보며 여전히 헤벌쭉 웃고 있었다. 두꺼운 털실로 짠 피부, 커다란 머리통, 배 한가운데 수술자국처럼 달린 지퍼, 얇은 팔다리를 가진 캐릭터였다. 나는 무심코 상자에 손을 뻗었다. 그러곤 설명서를 읽고 이것저것 만지기 시작했다.

게임의 이름은 '리틀 빅 플래닛(Little Big Planet)'이었다. 가이드 영상을 틀자, 작은 유리관 안에 우두커니 앉아 있는 봉제인형이 나왔다. 2D와 3D가 적절히 섞인 아기자기한 화면이었다. 봉제인형은 귀여운 듯 무섭고, 유쾌한 듯 슬픈 얼굴을 하고 있었다. 그리고 어둠속에서 단독조명을 받으며 이리저리 몸을 흔들어댔다. 곧이어 어린이 프로에나 나올 법한 여자 목소리가 명랑하게 들려왔다.

"리틀 빅 플래닛에서 당신은 작은 리빅이에요. 이게 당신이죠. 너무 작고 귀엽죠? 리틀 빅 플래닛에는 돌아다닐 곳이 많아요. 그러니 신나게 걸으며 시작해볼까요?"

여자는 차근차근 게임 키의 조작법과 규칙에 대해 설명했다.

"중력의 법칙을 거슬러 높이 뛰는 건 리틀 빅 플래닛에서 필수적인 능력이에요. ……이런 충고를 들어본 적이 있을 거예요. 모르는 곳에 함부로 가지 마라. 자기 것이 아닌 물건에 함부로 손대지 마라. 이 마법 같은 세계는 당신이 마음껏 돌아다니고 만져보도록 권장합니다."

'음, 흥미로운데?'

나는 여자가 일러주는 대로 이런저런 키를 눌러보았다. 내가 누른 버튼을 따라 리빅이 움찔 움직이자, 내 속에서 '찌릿' 하는 전기가 일었다. 나는 심상찮은 기분을 느끼며 화면에 집중했다. 그녀는 캐릭터를 꾸미는 방법에 대해서도 알려주었다.

"리틀 빅 플래닛에서 멋있고 매력적인 사람이 되고 싶다면 키트를 얻는 방법을 알아야 하고, 옷 입는 방법을 배워야 해요. 맨 위의 버튼을 누르면…… 신비한 마술과 비극도요. 오우! 이제 곧 리틀 빅 플래닛에서 유명인사가 되겠는걸요? 아니면 웃음거리가 되든 지요. 호호호호."

나는 침침한 눈을 비비며 모니터 속 봉제인형을 가만 바라보았다. 옷가지 하나, 머리카락 하나, 눈썹 하나 없이 발가벗은 인형이 나를 보고 자꾸 방싯거렸다.

5

우리 사이는 예전과 좀 달라져 있었다. 시간이 만든 문장과 리듬, 그리고 온도가 섞이고 삭혀져 화학작용을 일으킨 거였다. 나는 수시로 '보낸 편지함'을 열어 내가 쓴 글들을 읽어보았다. 그리고 다시 '받은 편지함'을 뒤져 그애가 준 메일을 그보다 더 자주 읽었다.

아름에게
어젠 새벽에 한참 동안 깨어 있었어.
더이상 잠이 오지 않아서.
그럴 땐 침대 모서리로 기어가 이어폰을 끼고 음악을 들어.
그러면 세상에 그 음악의 수신인과 발신인
이렇게 딱 둘만 존재하는 것 같은 기분이 들거든.

마음에 드는 고독이지.

우리는 이미 아주 많은 단어를 갖고 있지만

게다가 또 어떤 말이든 할 수 있지만

어느 때는 그것도 모자라 노래하고 또 듣게 되는가봐.

음악 갖고 하느님이 협상한 거지.

아무래도 말 가지곤 안되겠어요, 하느님.

우리를 왜 우리로부터 떨어지고 멀어지게 만든 거예요.

답답해서 참을 수가 없어요, 어떻게 좀 해주세요. 제발.

너도나도 항의하니까

미안하다, 이것 갖고 좀만 견뎌봐라,

음악을 선물하신 거지.

어때? 그럴듯하지 않아? ^^

그래서 못 이기는 척, 하느님의 사과를 받아들이는 척,

오늘도 나는 음악을 들어.

특히 오늘처럼 힘들었던 날에는 말이야.

아름아, 나는, 다시 태어난다면

건강을 절약하고, 건강에 집중하는 데 온 에너지를 쏟는 대신

건강을 낭비하고, 건강을 하대하며, 방탕하게 살아보고 싶어.

그리고 많은 사람 앞에서 아주 크게 웃으며 나의 행복을 자랑할

거야.

서하에게

안녕. 날이 차다.

앞으로 더 추워지겠지?

나는 따뜻한 날 태어나서 그런지 추위를 잘 타.

하지만 내가 누구건, 또 어디가 아프건

개인적인 사정 따위 절대로 봐주지 않는 바람이 기꺼울 때도 있지.

그럴 때면 어쩐지 나, 자존감을 지키고 싶어지니까.

어릴 때부터 한 단어가 맘에 걸리면

그걸 쥐고 오랫동안 만져보는 버릇이 있었어.

그걸로 나는 이야기를 짓거나, 엉뚱한 상상을 하곤 했지.

어느 때는 그 말이 가진 두께가 너무 얇고 초라해 쓸쓸했어.

세상에 그걸로 할 수 있는 것은 아무것도 없는 것 같아서.

하지만 요즘 나는 내가 말을 가져서,

내게 말이 있어서,

덜 아플 수 있는 게 아닐까 싶어.

나도 음악 하나 보내.

전에 준 「Antifreeze」에 대한 보답이야.

안녕.

　동봉한 음악은 일본의 한 청춘영화에 나오는 오리지널 싸운드트
랙이었다. 제목은 'Glide'. 교복을 입은 남자아이가 들판 한가운데

서 이어폰을 끼고 있는 예고편이 인상에 남아 영화를 찾아봤던 기억이 난다. 초록에 묻혀 뭔가 듣고 있는 그애 표정이 하도 아득해, 같은 곡을 찾아 들어봤던 것도. 아름다운 곡이었다. 가사는 일부러 첨부하지 않았다. 그애가 내게 그랬던 것처럼 그쪽이 먼저 해석하고, 번역하고, 발견할 수 있는 기회를 주고 싶어서였다. 상대에게 할일을 만들어주는 것, 그런 것도 배려와 놀이의 한 방식이라고. 자리를 양보하는 대신 빈자리에 같이 앉아 가자는 식으로 나는 내 몫까지 챙겼다.

I wanna be
난 되고 싶어
I wanna be
난 되고 싶어
I wanna be just like a melody
난 그냥 멜로디가 되고 싶어
just like a simple sound
단순한 소리같이
like in harmony
하모니처럼

I wanna be
난 되고 싶어
I wanna be

246

난 되고 싶어

I wanna be just like the sky

난 그냥 하늘이 되고 싶어

just fly so far away

멀리 날아올라

to another place

또다른 곳으로

to be away from all

모든 것에서 멀리 떨어져

to be one of everything

모든 것 가운데 하나가 되어

I wanna be

난 되고 싶어

I wanna be

난 되고 싶어

I wanna be just like the wind

난 그냥 바람이 되고 싶어

just flowing in the air

공기 속을 흐르며

through an open space

열린 공간을 통해서

I wanna be

난 되고 싶어

I wanna be

난 되고 싶어

I wanna be just like the sea

난 그냥 바다가 되고 싶어

just swaying in the water

물속을 흔들리며

so to be at ease

그렇게 편안하게

………

노래는 뭔가 '되고 싶다'는 데서 시작해, '되고 싶다'는 데서 끝났다. 쉽고 단순한 노래였다. 이어폰을 낀 채 그 아이의 입장에서 그 노래를 한번 더 들어보았다. 내 눈은 그 아이의 눈이 돼 가사를 보고, 내 귀는 그 아이의 달팽이관이 되어 음표를 더듬었다. 노래는 이퀄라이저 파동을 따라, 한 행성에서 쏘아올린 전파가 되어, 해독을 기다리는 꿈을 안고, 다른 행성으로 멀리멀리 퍼져나갔다. 외로운 여행이 될 터였다. 하지만 의미없는 여정은 아닐 터였다. 한 사람과 다른 사람 사이에 놓인 우주는 무시무시하게 어둡고 또 엄청나게 추울 테지만. 그래도 괜찮았다. 왜냐하면 우리는,

'얼어붙지 않을 거니까.'

아름에게

'Glide'

잘 듣고 있어.

나는 그렇게 힘을 빼고 부르는 노래들이 좋아.

그건 내게 힘이 없기 때문인지도 모르지.

그들의 흥얼거림을 듣고 있다보면

어쩐지 그 사람들, 인생을 많이 좋아하고 있다는 느낌이 들어.

박수치진 않아도 끄덕이는 느낌.

그래서 나도 숨 고르게 돼.

그런데 이 여자, 뭔가 되고 싶다는 얘길 어쩜 이리 쓸쓸하게 하는 걸까.

우리가 애초에 그것이 될 수 없었다는 걸 알고 있기나 한 듯.

어쨌든 하느님은 아름이 네 덕분에

오늘도 내가 당신의 실수를 눈감아드린 줄 아셔야 할 거야. ^^

또 쓸게, 잘 자.

그사이, 한 계절이 지나갔다. 우리가 주고받은 편지, 즐겨한 농담, 나눠들은 음악 속에서, 꽃이 지고 나무가 야위어갔다. 그리고 한 계절만 더 지나면 봄이 올 터였다. 그리고 또 여름, 가을…… 그렇게 피었다 사위어가는 것들의 기운을 먹고, 우리는 자신이 영원히 죽지 않을 거라 자만하게 되는 나이, 그 찰나의 정점 속으로 달려가게 될 터였다. 하루, 또 하루가 갔다. 나는 그전보다 그애에 대해 더 잘 알게 되었다. 하지만 이상하게도 아는 게 많아질수록 궁금한 게 더 늘어났다. 그애의 가치관이나 신조같이 거창한 건 아니었다. 그애의 혈액형, 신발 싸이즈, 생일, 좋아하는 색깔, 아끼는 물건, 싫어하는 과목 같은 게 알고 싶었다. 그러니까 저런 걸 누가 하나 싶던, 인터넷에 떠도는 '100문 100답' 같은 것 말이다. 한번은 그걸 복사해 그애에게 정말 보낼 뻔도 했다. 수없이 '그러지 말자' 결심했으면서, 어느날엔 포털싸이트에 그애 아이디를 검색해본 적도 있었다. 이메일 주소 하나로 그 사람에 관한 몇몇 정보를 구할 수 있다는 사실을 알고서였다. 하지만 검색창에 뜨는 것은 아무것도 없었다. 어느 쇼핑몰에서 뭘 샀다든가, 어떤 영화평을 남겼다든가, 소속된 커뮤니티는 어디라든가 하는 사소한 단서조차 없었다. 전화번호를 물어볼 엄두는 내지 못했다. 거리를 지키는 게 좋을 것 같았고, 그애에게 부담을 주고 싶지 않아서였다. 만나본다든가 손을 잡는다든가 하는 일은 꿈도 꾸지 않았다. 아니, 솔직히 말해 몇번 상상해본 적은 있었다. 실제 입맞춤은 어떤 느낌일까 궁금해, 내가 내 입술을 슬며시 빨아본 적도 있다. 하지만 그 정도론 도통 감이 오지 않았다. 그리고 그런 일은 내게 일어날 수도, 일어날 리도 없다는 걸 알았다. 하지만 딱 한번, 나도 욕심을 부려본 적이 있었다. 그 정도는 내게 허락되지 않을까 싶어서였다. 그러니까 내 소박한 바람은 오직 하나, 그애의 얼굴을 보는 것이었다. 그것이 실물이 아니라 사진이라도. 나는 그애에게 말했다. 나는 네가 쓰는 문장들이 좋다고. 소설보다 좋고, 영화보다 좋다고. 그러곤 다음 말을 덧붙였다.

'나는 언제부턴가 주위의 풍경과 사물들을 늘 마지막인 것처럼 보게 됐어. 그건 다시 말해 그것들을 늘 처음 보는 것처럼 본단 뜻이지. 어두운 얘기를 해서 미안. 그렇지만 요즘 네 글을 보고 그런 생각이 들었어. 눈멀기 전 봐둬야 할 것을 봐두자 생각했는데, 봐도 좋을 것을 보아 다행이라고. 그리고 오랫동안 망설이다 이 얘기를 해. 괜찮다면 네가 마음에 드는 사진 한 장을 보내줄 수 있겠니. 아프기 전 모습이나 어렸을 때 사진도 좋아. 네가 어떻게 받아들일지 모르겠지만 이 얘기를 하지 않으면 후회할 것 같아서 이렇게 무례한 부탁을 한다. 혹 거절한대도 절대 서운해하지 않을게.'

답장은 며칠째 오지 않았다. 그사이, 나는 전전반측하다 두 차례에 걸친 사과편지를 보냈다. 물론 그뒤로도 소식은 감감했다. 나는 머리통을 감싸안으며 '아아! 내가 왜 그랬을까' 자학했다. 욕심이 모든 걸 그르쳤다는 생각에 우울했다. 나는 며칠 동안 내가 보낸 편지에 묶여 있었다. 밥을 먹을 때도, 물리치료를 받을 때도, 변기에 앉아서도 그애 생각이 났다. 그리고 그때서야 나는 편지를 쓰는 일보단 답장을 기다리는 일이 훨씬 더 힘들다는 사실을 깨달았다. 발신은 혼자 할 수 있는 거지만, 수신은 그렇지가 못했다. 보내는 사람과 받는 사람, 적어도 그렇게 둘 이상이 있어야 하고, 받는 사람이 최소한 자기가 무얼 받았는지 알아차려야만 가능한 일이 바로 '소통'이었다. 가만히 있었으면 아무 일도 안 생겼을 것을, 말 그대로 내가 뭔가 '했기' 때문에 일어난 일이었다. 그것도 손이나 발이 아니라 '마음'을 사용해서 한 일…… 그게 또 '마음'이라, 처방할 약으로는 상대의 '마음'만한 것이 없는…… 나는 그애에게 혹 무슨 일이 생긴 건 아닌지 뒤척였다. 아무리 씩씩한 사람이라도 하루에도 몇번씩 절망과 희망 사이를 오가지 않으면 안되는 게 여기 규칙이니까. 어느 순간 근거없는 낙관 따위 발로 빵 걷어차버리고 싶어진 게 아닐까 걱정됐다. 하나를 놓고 나면, 모든 것을 놓고 싶어지니까. 그리고 그중에 나도 포함돼 있을까봐……

　그애는 내가 비관의 끝을 잡고 거의 탈진했을 즈음, 뒤늦은 안부를 전해왔다. 누가 보면 연애도사라 할 만큼 아슬아슬한 타이밍이었다. 나는 받은 편지함 목록에 뜬 그애 이름을 뚫어지게 노려봤다. 보는 순간 가슴이 철렁했지만, 단순히 반가움이라고 하기엔 복잡한 느낌이 들어서였다. 나는…… 그애에게 복수심을 느끼고 있었다. 예상하지 못한 감정이었다. 편지를 열어보기도 전에 나는 그애를 벌할 방법부터 찾고 있었다. 내가 느낀 것과 같은 것을 그애도 느끼기를. 내가 겪은 것과 같은 것을 그애도 경험하기를…… 치사하게 말이다. 그리하여 내가 택한 무시무시한 형벌은 겨우 이랬다. 나 지금 엄청 화났어. 너는 그걸 알아야 해. 그러니까 나는 이 편지를……
　'내일 읽을 거야.'

　메일을 읽고 싶은 마음을 참는 데는 거의 초인적인 힘이 필요했다. 만 하루 동안, 나는 노트북 근처에 얼씬대지 않으려 안간힘을 썼다. 일주일 내내 '뭐야? 이러니까 벌써 약자가 된 거 같잖아' 울적했는데, 이 잠깐의 사소하고 달콤한 권력을 손에서 놓고 싶지 않았다. '수신 확인'을 눌러봤을 때 '읽지 않음'이란 표시가 뜨는 걸 보고 그애가 느낄 실망과 초조 또한 놓치고 싶지 않았다. 그런 상상을 한다는 것 자체가 이미 게임에서 졌다는 걸 알려주는 신호인 줄도 모르고서 말이다. 하지만 그 기다림의 쾌락은 거의 고통에 가까운 거였다. 내가 벌하고 있는 건 결국 그애가 아니라 나 자신이었다. 그런데 또 이상한 건 내가 그 형벌을 즐기고 있다는 거였다. 하지만 아무래도 좋았다. 만일 이게 병이래도, 적어도 내가 겪은 그 어떤 병보다 나는 이걸 좋아할 준비가 되어 있었다. 어떤 병은 꼭 겪어봐야 살 수 있으니까. 감기나 홍역, 또는 놀다 생긴 찰과상처럼, 아프지 않고는 자랄 수 없다는 걸 알려주는 병도 있으니까. 다음날 아침, 나는 어머니가 자리를 뜨자마자 노트북을 열었다.

아름에게
답장이 늦어 미안해.
그사이 큰 수술을 받았어. 이번이 두번째야.
결과는 괜찮다고 하는데 믿을 만한 얘기인지 모르겠어.
우리 아버지, 전에도 엄마에게 자주 거짓말을 했거든.
나한테 이거 하지 마라, 저거 하지 마라, 잔소리는 엄청 하면서
자기는 만날 담배 피우고 술 마시고.
그리고 보면 사람은 시련을 통해 반드시 무언가를 배우지는 않는가봐.
그렇게 몸에 나쁜 걸 왜 하시나 싶다가도
담배 한 모금에 아버지가 진정되는 걸 보면,

가끔은 우리 몸이 죽음을 좋아하고 있다는 느낌도 들어.

심지어 여기 의사 선생님도 알아주는 골초야.

이상하지?

이상한 거투성인거 같아, 세상은.

사진, 망설였어.

하지만 나만 네 얼굴을 아는 건 불공평한 일이겠다 싶어.

나는 네 목소리도 알고, 표정도 알고, 심지어 네 부모님까지 봤
잖아.

그래서 부족하나마 이 사진을 보내.

내 딴에는 용기를 낸 거니까, 투정하지 않기다?

그럼 오늘도 네 눈에 봐야 할 것, 봐도 좋을 것들이 가득 차는 하
루가 되기를 바랄게.

안녕.

메일 하단의 그림 파일을 클릭했다. 큼지막한 사진 하나가 화면
위로 호로록 펼쳐졌다. 사진 속엔 단풍처럼 작고 귀여운 손이 클로
즈업돼 있었다. 푸른 하늘을 배경으로, 마치 해를 만지려는 듯, 팔
을 쭉 뻗은 모습이었다.

'손이 어리다……'

그림자 탓에 선명히 보이진 않았지만, 딱 봐도 '앳된' 손이 분명
했다. 사진의 상태는 그리 좋지 못했다. 화소가 떨어지는 구식 디지
털 카메라로 찍은 듯했다. 하지만 그 투박하고 오래된 질감이 오히

려 정다운 느낌을 주었다. 나는 그 아이의 한쪽 손을 한참 바라보
았다. 그러곤 어느 순간 모니터 위에 내 손을 가만히 갖다댔다. 그
러자 그 아이의 손과 내 손이 어렴풋이 포개졌다. 컴퓨터 열기 때
문인지 액정 위로 온기가 전해졌다.

6

우리 관계는 다시 예전으로 돌아갔다. 물론 그전만큼 서로 왕성하게 편지를 쓰진 않았지만, 대신 더 친밀하고 편안한 얘기를 나누게 되었다. 이를테면 그애가 편지 말미에 붙이는 사소하고 쓸데없는 '추신' 같은 것. 혹은 평소 통 관심없던 연예 가십이나 미용 얘기를 나누는 것도 좋았다. 진짜 우정이란 그런 데서부터 쌓이는 것이란 믿음이 있어서였다. 한 날 그애는 자기가 좋아하는 개그맨 얘기를 한껏 늘어놓더니 이런 추신을 붙여왔다.

'그러고 보니 네가 세상에서 제일 웃기는 자식이 되고 싶다고 했던 말, 기억난다. ㅋㅋ'

그래서 나도 최대한 가볍게 운을 맞췄다.

'그럼 너는 커서 뭐가 되고 싶은데?'

하지만 그렇게 묻고 나자 그애의 꿈이 진심으로 궁금해졌다. 답장이 온 건 이틀 뒤였다.

아름에게

두 가지 버전이 있어.

어른들의 말로는 '이중장부' ^^

먼저 아버지가 물어볼 때 나는 이렇게 답해.

나는 의사가 되고 싶어요.

그럼 우리 아빠 얼굴에 슬픔과 자랑스러움이 그윽하게 번지지.

나는 그런 식의 대답이 어른들을 기쁘게 한다는 걸 알아.

옆에 간병인 할머니가 물을 때는 또 이렇게 답해.

저는 변호사가 될까 해요.

그럼 그 할머니는 자기도 그게 좋은 직업이라는 것쯤은 이미 알고 있다는 듯이 고개를 끄덕하지.

아무렴, 꿈이란 그런 걸 가져야지, 하는 표정으로 말이야.

그밖에도 외교관, 기자, 선생님, 원예사 등 지어낼 수 있는 대답은 많아.

하지만 내가 나한테만 하는 답은 이거야.

'사실 나는 작가가 되고 싶어.'

으으, 막상 말하고 나니까 되게 창피하다.

그래도 뭐 어때, 꿈인데. 그치?

난 요즘도 글 잘 쓰는 사람이 제일 멋져 보이더라.

어쨌든 아무에게도 말하지 않은 거니까 너도 비밀 지켜줘야 해,

알았지?

　말하자면 그게 시작이었다. 어쩌면 그애에게 꿈이 뭐냐는 질문 따위 하지 말았어야 했다. 나는 그 편지를 받고 돌이킬 수 없는 실수를 저질러버렸다. 그애에게 나도 쓰고 있는 이야기가 있다고 냉큼 말해버린 거였다. 소설이라 하기도 아니라 하기도 뭣하지만, 부모님께 드리고 싶은 이야기가 있어 끼적여본 것이 있다고…… 내 딴에는 그냥 멋져 보이려고 한 말이었는데, 그 아이의 반응이 너무 진지했다. 서하는 처음부터 나를 특별하게 봤는데 자기 눈이 틀리지 않은 것 같다고 했다. 그리고 내가 쓰는 이야기가 정말 궁금하다고 했다. 그때서야 나는 내가 무슨 일을 벌였는지 깨닫고 황급히 컴퓨터를 뒤적였다. 하지만 내가 그애에게 자랑한 이야기는 이미 지운 지 오래였다. 혹시나 하는 마음에 휴지통을 뒤져봐도 마찬가지였다. 나는 그애에게 아직은 미완이라 보여주기가 어렵다고 둘러대며 내가 그런 말을 한 적이 있다는 사실이 잊히길 바랐다. 하지만 그애는 잊을 만하면 한번씩 내가 쓰는 이야기에 대해 물어왔다. 그래서 나는 울며 겨자 먹기로 새 소설을 쓰는 수밖에 없었다. 글 잘 쓰는 사람이 제일 멋지다는데, 어쩔 수 없었다.

7

작업한 내용을 노트북 하드디스크에 저장한 뒤 이메일로 전송했다. '내게 쓰기' 기능을 이용해 내가 나에게 편지를 보내는 거였다. 고물 노트북이 언제 망가질지 모르는데다, 지난번 모든 파일을 삭제한 뒤 얻은 뼈아픈 후회와 교훈이 있어서였다. 나는 틈이 날 때마다 '소설'이라 부르기에는 부끄럽지만 '소설' 비슷한 게 되었으면 좋겠는 무언가에 공을 들였다. 누군가에게 보여줄 원고라 생각하니 허투루 쓸 수 없었고, 일단 내 맘에도 들었으면 했다. 첫문단이 풀리자 다음 문단은 비교적 자연스럽게 이어졌다. 문장의 리듬감을 이용해 반복과 차이를 주었더니 글이 훨씬 부드러워졌다. 그리고 그 과정에서 뜻밖에도 나는 내가 그 아이나 부모님만을 위해서가 아니라, 나 자신을 위해 글을 쓰고 있다는 사실을 깨달았다.

서하에게

우리 엄마와 아빠는 산속에서 처음 만났다고 해.

열일곱, 그러니까 나와 같은 나이에.

당시 아버지는 학교에서 정학을 맞은 뒤 집에서 놀고 있었는데

(다행히 여름방학중이었거든)

마음이 어지러울 때면 근처 강가에서 수영을 하며 노셨다나봐.

아버지만 아는 비밀장소 같은 데가 있었다는데,

(지금은 물에 잠겨 사라지고 없대.)

우리 엄마와 아빠가 처음 만난 장소도 그곳이라고 해.

우리 엄마가 처음 거기 나타났을 때

(어떻게 등장했는지는 아직 비밀!)

아버지는 하늘에서 선녀가 내려온 줄 알았대.

그리고 나는 그런 아버지의 과장이 싫지가 않아.

내가 두 분의 사랑 안에서 태어나는 것도 좋지만

약간의 거짓말 안에서 태어나는 기분도 꽤 괜찮거든.

어쩐지 이 이야기 안에서 두 사람,

잘 만날 것 같은 예감이 들어.

그러니 조금만 더 기다려주지 않을래?

어른이 되는 시간이란 게

결국 실망에 익숙해지는 과정을 말하는 것이겠지만

글이란 게 그걸 꼭 안아주는 것은 아닐지라도

보다 '잘' 실망할 수 있게 만들어주는 무엇인지도 모르겠어.

언젠가 나도 네 글을 보고 싶어.

그럼 또 쓸게. 안녕.

승찬 아저씨로부터 전화가 온 것은 그즈음이었다. 병실 냉장고 위에 있는 공용전화로 연락이 온 것을, 간병인 할머니가 바꿔주었다. 다행히 어머니는 자리를 비우고 없었다. 나는 한창 원고를 매만지다가 연락을 받았다. 아저씨는 내게 간단한 안부를 물은 뒤 본론으로 들어갔다.

"아름아, 너 지금도 연락하니? 그 편지 줬단 아이랑."

"네."

"혹시 전화번호 알아?"

"아니요."

"그럼 그애 이메일 주소 좀 알려줄 수 있을까?"

"왜요?"

"그애한테 뭣 좀 물어보려고."

나는 불안한 마음을 억누르며 대꾸했다.

"무슨 일이신데요?"

승찬 아저씨가 애써 자상한 말투로 설명했다.

"방송국에서 회의를 했는데, 너랑 그 아이, 두 사람의 사연을 소개하면 어떨까 하는 의견이 나왔어."

"………"

"아름아?"

"………"

"여보세요?"

순간 아저씨의 '직업정신'에 화가 치밀었다. 하지만 가까스로 마음을 가라앉힌 뒤 예의에 어긋나지 않게 말했다.

"아마 안한다고 할 거예요. 전에도 저한테 그랬어요. 자기는 사람들한테 관심받는 거 싫어한다고. 그러니까 연락하지 않으시는 게 좋을 거예요."

그러곤 앞으로 승찬 아저씨에게 비밀 따위 절대 고백하지 않겠다고 결심했다.

"물론 아저씨도 그애가 싫다고 하면 안할 거야. 그렇지만 물어는 볼 수 있는 거잖아. 아름이 너도 그애 궁금하지 않아?"

"………"

"어쩌면 둘이 만나게 될지도 몰라. 아름이 너도 방송 해봐서 알겠지만 좋은 점도 많잖니. 그애에게 도움을 줄 수도 있고."

다른 말은 잘 들리지 않았다. 하지만 '만나게 될지도 몰라……' 한마디는 귓가를 어지러이 맴돌았다. 한동안 나는 아무 말도 하지 않았다. 그러다 결국 내 마음을 빙빙 돌려 아저씨께 전했다.

"그런데…… 서하가 화내면 어떻게 해요, 제가 함부로 주소 알려줬다고."

수화기 너머로 아저씨가 슬며시 안도하는 게 느껴졌다.

"아저씨가 잘 설명할게. 걱정하지 마."

그날밤, 그애에게서 뜻밖의 편지가 왔다. 평소보다 답신이 늦어 좀 이상하다 싶었는데, 문장 속 분위기가 예사롭지 않았다.

아름에게

오늘은 좀 다른 얘기를 해보려고 해.

우리 서로에게 궁금했던 걸 하나씩 물어보면 어떨까?

기회는 한 번. 그리고 누구도 화내지 않기.

네가 먼저 시작해.

별 얘기가 없는 걸로 봐서 아직 방송국 쪽 연락은 못 받은 모양이었다. 하지만 어쩐지 평소의 그애답지 않았다. 나는 새삼 단계를 건너뛰고 다가오는 그애 모습이 반가우면서도 불안했다. 하지만 그애가 정말 그걸 원한다면, 나도 묻고 싶은 것이 하나 있었다. 어쩌면 그애도 그걸 바라고 있는지 몰랐다. 나는 그애에게 한 줄짜리 답장을 보냈다.

서하에게

너는 어디가 아프니?

답장은 어느 때보다도 늦게 왔다.

아름에게

궁금했구나.

일부러 말 안 한 건 아닌데, 먼저 물어보게 해서 미안해.

나는 지금 아버지와 둘이 사는데, 어릴 때 어머니가 돌아가셨어.

꽤 오래전 일인데,

지금도 나는 엄마가 던진 실없는 농담이라든가

엄마가 즐겨 쓰던 섬유유연제 냄새,

또는 독특하게 빨래를 개던 습관 같은 것이 떠오르곤 해.

그리고 내가 그런 것들로부터 영원히 벗어날 수 없을 거라 생각해.

그중에서도 유독 기억나는 장면이 하나 있는데,

엄마와 밥을 먹으며 티브이를 보던 일상적인 풍경이야.

그때 우리는 '이웃에게 희망을'이란 프로그램을 보고 있었어.

근데 엄마가 숟가락으로 국을 뜨다 말고 갑자기 그런 말을 하더라?

저 사람들이 저렇게 된 데는 아무 이유도 없는 것 같지 않으냐고.

나는 영문을 모른 채 가만 고개를 끄덕였지.

그랬더니 엄마가 그렇다면 우리 식구한테도 아무 이유 없이, 또 근거 없이

저런 일이 생길 수도 있는 거 아니냐고 하더라.

자긴 그게 너무 불안하다고.

그즈음, 엄마는 아마 행복했던 모양이야.

겁이 많아진 걸 보면.

맞아, 그래서 출근하는 아버지를 보면 철렁해지기까지 한다고 했어.

저 사람에게 갑자기 무슨 일이 생기면 어떡하나

이유없이 가슴이 미어진다고도 하셨으니까.

물론 나를 보고도 그랬겠지.

우리 엄마 골수에서 암세포가 발견된 건 몇달 뒤였어.

엄마도 처음 알게 된 사실이었어.

물론 가장 나중에 안 사람은 나였고.

우리 엄만 결벽증이 심하셨는데

남들은 일년에 한번 살필까 말까 한 장롱 위의 먼지도 매일 닦는 수준이셨어.

엄마는 숨을 거두기 전에도 몇번이고 아버지한테 씻겨달라고 하고,

자기 몸에서 안 좋은 냄새가 나지 않느냐고 물었어.

어느 때는 거의 발광해서, 강박적으로 말이야.

어느날은 아버지가 참다못해 엄마한테 욕하듯이 소리를 질렀어.

난다고, 냄새. 그것도 아주 더럽게 난다고.

그러곤 자리에 털썩 주저앉아 울면서

알아, 알고 있으니까 내 옆에서 나쁜 냄새를 풍기며 계속 살아 줘……

그러셨지.

아름아, 내가 어디가 아프냐고 물었지?

나는 우리 엄마랑 같은 병에 걸렸어.

나는 그다음 편지를 오랫동안 공들여 썼다.

서하에게

오늘은 장대비가 내린다.

아마 더 추워지려나봐.

사방에서 땅 식는 소리가 들려.

한 계절이 지나면 우린 더 자라 있겠지?

네가 열여덟이 되면 내가 축하해줄게.

나는 거울을 잘 보지 않지만,

보지 않으려 해도,

다른 아이들의 얼굴에서 내 얼굴을 봐.

그 얼굴을 뭐라 설명해야 할지 모르겠지만

내가 가진 단어장에서는 돌연 이런 말이 튀어나오지.

'병원에서 나이 먹은 얼굴……'

그렇지만 내가 열여덟이 돼도 내가 축하해줄래.

어릴 땐 나도 내게 무슨 일이 생긴 건지 몰랐어.

안다 해도 별 소용은 없었지.

항상 성경책을 끼고 다니는 이웃 아주머니는 내게 이런 말을 하

셨어.

모든 고통에는 의미가 있다고.

하지만 그건 위로가 되지 않았지.

내게 필요한 건 의미가 아니었거든.

나는 그냥 내 나이가 필요했어.

그리고 지금도 그게 참 갖고 싶어.

예전에는 네가 나를 이용하려 드는 것이 아닐까 의심했었어.

누군가에게는 하느님이 필요하고

누군가에게는 거짓말이 필요하고

누군가에게는 진통제가 필요하듯

네겐 너보다 더 아픈 사람이 필요한 게 아닐까.

네 인사에 대꾸조차 안하려고 했었지.

하지만 지금은 생각이 바뀌었어.

만일 네게 그게 필요하다면

나는 그걸 주고 싶다고.

왜냐하면 나는 네가 좋고, 가진 것이 별로 없으니까.

예전에는 나도 잘 견디고 있다 믿었어.

씩씩하고 좋은 자식이 되려 노력했지.

그런데 아마 아니었나봐.

마음을 속였더니 단박에 몸이 알아채더라.

그다음엔 너도 알지?

문득 정신을 차려보니 내가 이상한 짓을 하고 있거나 낯선 곳에

가 있는 거.

이 얘긴 처음 하는 건데,

몇해 전, 나, 병실을 뛰쳐나간 적이 있어.

정말 아무 생각 없이 충동적으로.

그러지 않고는 미칠 것 같았거든.

환자복 차림에 아무것도 걸치지 않고 무작정 거리로 나섰어.

이른 아침이라 다행히 주위엔 아무도 없었어.

그때 나는 교외에 있는 신설병원에 있었거든.

아침 공기는 쌀쌀하고, 주위는 황량했어.

슬리퍼 바람에, 돈 한푼 없으면서

이곳이 아닌 아무데나 가자며 주위를 배회하고 있었지.

하지만 또 어디로 가야 할지를 몰라 길 잃은 어린아이 같은 표정을 짓고 있었어.

그런데 갑자기 저쪽에서 한 무리의 사람들이 나를 향해 우르르 달려오더라.

마치 밀물처럼, 한꺼번에.

나는 놀라 뒷걸음질쳤어. 자칫하다가는 깔려죽을지도 모르겠단 생각이 들었거든.

그런데 그 사람들, 하나같이 비슷한 차림을 하고 있었어.

민소매 티셔츠에 짧은 팬츠, 운동화……

그래 맞아. 그날 아침, 마라톤 대회가 있었던 거야.

현기증이 날 정도로 많은 사람들이 나를 스쳐지나갔어.

흑인, 백인, 동양인…… 건장한 체구와 근육을 자랑하는

다양한 인종들이 정말 순식간에 지나갔지.

그리고 다시 텅 빈 거리.

나 혼자였어.

그리고 아마 그때가 처음이었을 거야.

내가 땅바닥에 주저앉아 그렇게 오래 운 것은.

서하야

치료받는 거 많이 힘들지?

그동안 얼마나 아팠니.

그게 내가 아는 고통들이 아니었다면 얼마나 좋았을까.

넌 여자애라 나보다 힘든 부분이 많을 거야.

나는 내 얼굴을 하도 빨리 잃어, 그걸 가진 적이 있다는 사실조차
잊어버렸지만

너는 아프기 전 네 얼굴을 기억하고 있을 테니까.

가져본 걸 그리워하는 사람과

갖지 못한 걸 상상하는 사람 중

어느 쪽이 더 불행한지 모르겠어.

하지만 굳이 하나를 골라야 한다면 나는 전자일 거라고 생각해.

너에게 무슨 말을 해야 할지 모르겠어.

하지만 한 가지 떠오르는 문장은 있어.

서하야,

나는 네가 있어 기뻐.

이틀 뒤, 그애에게서 답장이 왔다. 지난번 어머니 얘기를 했을 때보단 다소 누그러진 말투였다. 하지만 그 담담함이 나는 좀 불안했다.

아름에게
'서하야'라고 쓴 부분을 오래도록 바라봤어.
알고 있니.
네가 나를 그렇게 불러준 건 이번이 처음이란 거.
너도 하기 어려운 이야기였을 텐데, 마음을 열어줘서 고마워.

그리고 우리, 서로에게 하나씩 질문하기로 한 거 잊지 않고 있지?
지난번에는 네 물음에 내가 답했으니까
이번에는 내 차례인 것 같아.
네가 기분나빠하지 않고 들어주었으면 좋겠어.
나는 늘 네가 하는 말을, 내가 하는 말인 양 듣고 있거든.

그래도 혹 불편하다면 굳이 답해주지 않아도 좋아.
정말로 서운해하지 않을게.
아름아,
너는…… 언제 살고 싶니?

서하에게
사실 좀 당황했어.

만일 다른 사람이 그랬다면 분명 거절했겠지만

네가 궁금해하는 거니까 대답해줄게.

그리고 나 화 안 났어.

음, 일단 생각나는 대로 말해볼게.

우리집엔 황토쌀독이 하나 있어.

이른 아침, 어머니는 밥을 하려고 거기서 쌀을 푸곤 했는데,

그때 나는 어렴풋이 부엌에서 새어나오는 독 뚜껑 닫히는 소리가

좋았어.

그 소리를 들으면 살고 싶어졌지.

상투적인 멜로영화 예고편, 그런 것을 봐도 살고 싶어지고.

아! 재미있는 오락 프로그램에서 내가 좋아하는 연예인이

재치있는 애드리브를 던질 때, 그때 나는 살고 싶어져.

동네 구멍가게의 무뚝뚝한 주인아저씨,

그 아저씨가 드라마를 보다 우는 것을 보고 살고 싶다 생각한 적

도 있어.

그리고 또 뭐가 있을까.

여러가지 색깔이 뒤섞인 저녁 구름. 그걸 보면 살고 싶어져.

처음 보는 예쁜 단어. 그걸 봐도 나는 살고 싶어지지.

다음은 막 떠오르는 대로 나열해볼게.

학교 운동장에 남은 축구화 자국, 밑줄이 많이 그어진 더러운 교

과서, 경기에서 진 뒤 우는 축구선수들, 버스에서 시끄럽게 떠드는

여자애들, 어머니의 빗에 낀 머리카락, 내 머리맡에서 아버지가 발

톱 깎는 소리, 한밤중 윗집 사람이 물 내리는 소리, 매년 반복되는 특징 없는 새해 덕담, 오후 두시 라디오 프로그램에 전화를 걸어 말도 안되는 성대모사를 하는 중년남자, 내 상상의 속도를 넘어서며 새롭게 쏟아져나오는 전자기기들, 한낮의 물리치료실에서 라디오를 통해 나른하게 들려오는 복음성가, 집에 쌓인 영수증……

와…… 정말 많다, 그지? 아마 밤새워도 모자랄걸? 나머지는 차차 알려줄게.

어쨌든 내 주위를 둘러싼 모든 게 나를 두근대게 해.
아, 그리고 하나 더 있다.
네가 보낸 편지.
그럼 또 쓸게.
잘 자.

그리고 그게 다였다. 그애는 어느날 말도 없이 연락을 뚝 끊어버렸다. 몇번이나 편지를 보내고 안부를 물어도 묵묵부답이었다. 나는 혹시 그애가 승찬 아저씨의 연락을 받고 내게서 완전히 떠나버린 것은 아닐까 걱정됐다. 혹은 그애에게 절대 일어나선 안되는 일이 생긴 것은 아닌지 불안했다. 그사이 내 속이 얼마나 까맣게 타들어갔는지, 내가 얼마나 깊은 슬픔에 빠져 살았는지, 그런 것은 얘기하지 않겠다. 어쩌면 내게 '언제 살고 싶어지느냐' 같은 이상한 질문을 던졌을 때 미리 알아차렸어야 했는지도 몰랐다. 혹은 내게 손바닥 사진을 보내줬을 때, 혹은 그전에라도 알 수 있는 기회는 얼마든지 있었는지 몰랐다. 그걸 내가 안 본 건지 못 본 건지 모르겠다. 그 아이가 나를 어떻게 생각한 건지, 내 마음은 또 어디로 흘러간 건지 그런 것도 잘 모르겠다. 하지만 얼마 뒤, 한 가지 분명하게 알게 된 사실이 있다. 나와 유일하게 비밀을 나눴던 아이, 태어나 처음으로 나를 설레게 한 아이, 나의 진짜 여름, 나의 초록, 나의 첫사랑, 혹은 마지막 사랑이었던 그 아이가, 실은 열일곱살 소녀가 아닌 남자였다는 것을, 그것도 서른여섯살이나 된 아저씨였다는 것을 말이다.

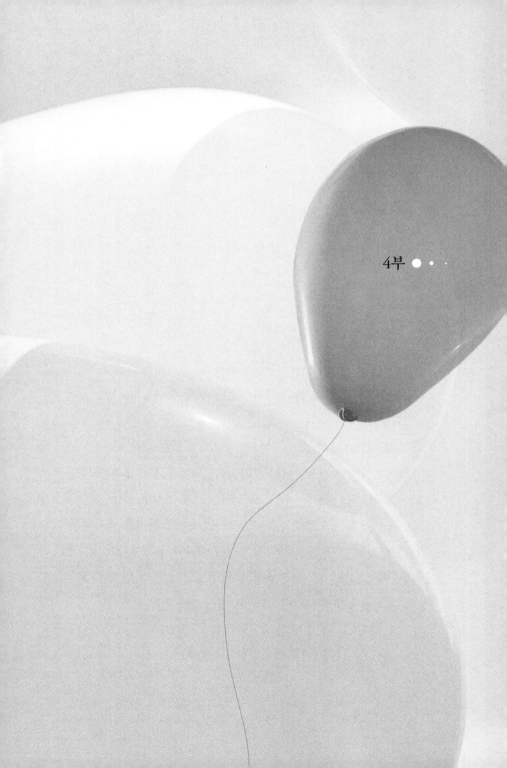

4부 ● ● ·

1

그애에게 메일을 보냈다. 메일에 쓴 문장은 하나였다.

'누구세요?'

답장은 없었다. 설명도, 사과도, 부정도 없었다. 한동안 나는 인터넷을 뒤지며 자신을 '이서하'라 말한 사람을 찾아내려 애썼다. '알아낸 뒤? 그다음은?' 하고 물으면 할말이 없지만, 우선은 그걸 찾는 게 중요하다 믿었다. 하지만 지난번과 마찬가지로 내가 밝혀낼 수 있는 건 아무것도 없었다. 그애는 현실에서뿐 아니라 온라인 세계에서도 쉽게 자기 모습을 드러내지 않았다. 며칠 뒤 나는 모든 것에 심드렁해지고 말았다. 그리고 어느 순간부터 노트북에 손을 대지 않았다. 단어장을 만지거나 음악을 듣는 일도 하지 않았다. 대신 내 관심은 다른 곳에 쏠렸다.

한 날, 어머니가 물었다.

"아름아, 뭐 하니?"

나는 신이 나서 종알댔다.

"엄마! 얘 이름이 리빅인데요, 이 버튼을 누르면 앞으로 나가고, 여기 이걸 누르면 위로 올라갈 수 있어요. 근데 은근 재밌어요. 내가 왜 여태 이거 할 생각을 못했나 몰라."

어머니가 내 쪽으로 상체를 기울였다.

"슈퍼마리오 같네?"

"응, 비슷해요."

"처음치고 잘하는데?"

"아, 이거요? 간단해요. 피하고, 달리고, 매달리기만 하면 돼요."

"그렇게?"

"네, 이 게임은 특히 물리엔진이 중요한데, 어딘가에 잘 매달려야 살 수 있어요."

어느날은 간호사 누나가 물었다.

"한아름군, 이거 먹고 하세요."

근처에서 바스락 약봉지 소리가 났다. 나는 간호사 누나와 눈도 마주치지 않고 게임기만 쳐다보며 답했다.

"거기 두고 가세요."

또다른 날엔 아버지가 말했다.

"아름아."

"………."

"인마, 아빠가 불렀음 대꾸해야지."

"………."

"야! 한아름!"

"아, 잠깐, 말 시키지 마요. 지금 되게 중요한 순간이란 말이에
요."

그 아이가 누군지 알게 된 건 승찬 아저씨를 통해서였다. 내가
PSP 게임에 빠지기 보름 전, 그러니까 그애에게서 갑자기 소식이
끊겨 잠 못 이룰 때의 일이었다. 나는 기대 반 걱정 반의 눈으로 아
저씨를 바라봤다. 내가 갖지 못한 어떤 걸, 아저씨는 갖고 계실지도
모른단 느낌이 들어서였다. 하지만 아저씨의 안색을 보는 순간, 아
저씨가 별로 좋은 소식을 가져오지 않았다는 걸 눈치챌 수 있었다.
하지만 그 와중에도 그 '나쁜 소식'을 어서 듣고 싶은 마음이 들었
다. 승찬 아저씨는 내게 해줄 말이 있다고 했다. 전화로 하려다 직
접 말해주는 게 좋을 것 같아 들른 거라고. 나는 불안함을 숨기고
태연하게 물었다.

"뭐래요?"

아저씨는 잠시 머뭇거렸다.

"싫다죠? ……에이, 그럴 줄 알았어. 그러게 제가 처음부터 연락
하지 말라고 했잖아요."

이윽고 승찬 아저씨가 어렵사리 입을 뗐다.

"아름아, 아저씨가 그 아이를 만나봤는데, 지금 많이 아파."

"………"

나는 멍하니 있다 한마디했다.

"얼마나요?"

"지금 중환자실에 있어. 그렇게 된 지 며칠 됐대."

"………"

"어쩌면 다시 네게 연락을 못할지도 몰라. 지금 스스로와 힘든 싸움을 하고 있다. 그애 엄마 말로는…… 가족들이 기도하고 있다 더라. 그리고 서하가 이번 일을 잘 이겨내면, 함께 외국에 갈 계획 이래."

"………"

아저씨가 자리를 뜨고 얼마 지나지 않아, 서둘러 침대에서 일어 났다. 승찬 아저씨가 병원을 떠나기 전에 반드시 물어볼 게 있어서 였다. '그애 엄마'라는 말이 나온 순간 나는 아저씨가 거짓말을 하 고 있다는 걸 알았다. 하지만 어머니가 병실로 들어오는 바람에 대 화가 끊길 수밖에 없었다. 나는 아저씨가 왜 내게 거짓말을 하는지 이해할 수 없었다. 그애를 정말 만나보긴 했는지, 그렇다면 무슨 얘 길 들은 건지, 짐작조차 되지 않았다. 나중에 전화로 여쭤볼까 하는 생각이 들지 않은 건 아니지만, 아저씨가 진실을 얘기하는지 아닌 지 판단하기 위해선 직접 얼굴을 봐야 할 것 같았다. 나는 우리 병 실과 가장 가까운 곳에 있는 엘리베이터를 향해 잰걸음으로 걸어 갔다. 일단 1층 로비까지 가보고, 거기에도 아저씨가 계시지 않으면 전화를 드려볼 생각이었다. 다행히 저쪽, 엘리베이터 앞에 선 아저씨의 모습이 보였다. 처음에는 엘리베이터를 기다리고 있나 했는데, 가만 보니 어머니와 이야기를 하고 있었다. 그런데…… 아저씨를 보는 어머니의 표정이 너무 안 좋았다. 나는 직감적으로 승찬 아저씨가 나와 한 약속을 깨고 그애 이야기를 털어놓고 있다는 걸 알았다. 아니, 어쩌면 어머니는 처음부터 모든 걸 알고 계셨는지도 몰랐다. 아무리 그래도 그렇지, 약속은 약속인데…… 엄청난 배신감이 들었다. 나는 근처에 있는 식판 수거함 뒤로 몸을 숨겼다. 승찬 아저씨가 또 뭐라 하나 좀더 들어보고 싶어서였다. 아저씨의 말투는 조금 전과 사뭇 달라져 있었다.

"요즘 참 정신나간 새끼들 많아."

나는 슬쩍 어머니의 표정을 살폈다. 어머니의 얼굴은 얼음장처럼 차갑게 굳어 있었다.

"뭐 하는 놈인데?"

"모르겠어. 지 말로는 씨나리오를 쓴다고 하는데, 제대로 쓴 건 하나도 없는 것 같더라고."

"씨나리오?"

"응, 무슨 영화를 준비하고 있었다나봐. 불치병 소녀와 소년의 사랑을 다룬……"

순간 어머니의 몸이 파르르 떨리는 게 보였다.

"그래서? 어떻게 했어? 경찰에 연락했어?"

"아니."

"왜?"

"………"

"너 왜 가만있는데? 사기죄로 고발해야 하는 거 아니야? 어떻게 좀 해봐. 응?"

어머니는 평소답지 않게 언성을 높였다. 금방이라도 울 것 같은 표정이었다.

"미라야."

승찬 아저씨가 어머니의 팔을 잡고 미안함과 답답함이 섞인 목소리로 말했다.

"네 말이 맞아. 거짓말은 나빠. 그렇다고 우리가 세상 모든 거짓말을 처벌할 수 있는 건 아니야."

'리틀 빅 플래닛' 속 세상은 아름답고 섬뜩했다. 여덟 개로 구성된 각각의 월드는 독특한 공간감을 갖고 있었다. 입체적인 듯 평면적이고 구체적인 듯 추상적인 게, 얇은 종이 위에 두꺼운 도화지를 오려붙여놓은 듯한 느낌이었다. 배경음악은 단조롭고 아기자기했다. 게임 속 캐릭터는 잔혹동화에 나오는 등장인물들처럼 우스꽝스럽고 으스스한 분위기를 풍겼다. 모두 기계처럼 움직이는데다, 한두 가지 표정밖에 짓지 않아 더욱 기괴한 느낌을 주었다. '리빅'은 그중에서도 가장 야릇한 분위기를 지닌 캐릭터였다. 얼핏 보면 귀엽고 천진한데 어디서 그런 서늘함이 이는지 알 수 없었다. 리빅은 장애물을 피하고 과제를 수행하며 여러 나라를 돌아다닌다. 중국에서 사리오 황제를 만나고, 램프를 훔쳐간 원숭이를 찾아 인도에 가고, 아프리카와 이집트에도 달려간다. 그것도 무기 하나 없이…… 그가 할 수 있는 건 오로지 달리고, 피하고, 뛰어오르는 것뿐이다. 나는 그 사실이 마음에 들었다.

게임 방식은 쉽고 단순했다. 무조건 앞으로 나아가기. '리틀 빅 플래닛'은 실패해도 다시 시작할 수 있었다. '리틀 빅 플래닛'의 세계에는 죽는 존재가 거의 없었다. 물론 리빅은 곧잘 불구덩이에 빠지고, 톱니바퀴에 깔리고, 용에게 쫓겼다. 하지만 어느 때고 내가 '계속하기'만 누르면 문제될 게 없었다. 나는 하루 중 대부분을 리빅과 함께 보냈다. 미션에 성공하면 스티커를 얻었다. 나는 그걸로 리빅에게 머리카락을 사주고, 안경을 씌우고, 새 피부를 선물했다.

의사 선생님은 내게 게임을 하지 말라고 했다. 요즘 들어 내 왼쪽 시력뿐 아니라 면역력 수치도 많이 떨어졌다고, 앞으로는 치료와 휴식에만 집중하라고 했다. 당연한 일이지만, 부모님은 내게서 당장 게임기를 빼앗으려 했다. 처음에는 내가 기운을 차리는 듯해 기뻐하셨다가, 도가 지나칠 정도로 게임에 몰두하는 걸 보자 겁이 나셨던 거다. 하지만 내가 다섯살 난 아이처럼 떼를 쓰고 밥을 안 먹자 결국 두 손을 들고 마셨다. 보다못해 타협안을 제시한 건 아버지였다. 난생처음 나를 때리려고까지 했던 아버지는 내게 딱 하루 게임기를 갖고 놀 수 있는 시간을 주겠다고 하셨다. 하지만 그 이상은 절대 안된다고. 선택은 네가 하라고 했다. 한번 하고 관둘지, 아니면 그냥 관둘지. 물론 내가 그 '하루'를 온전히 게임에 쏟아버리리라곤 예상하지 못한 눈치셨다.

모험은 8단계에서 끝났다. 나는 이미 5단계까지 도달한 상태였다. 난이도가 올라가자 한 단계를 끝내기까지 시간이 오래 걸렸다. 이 게임은 특히 사용자의 섬세한 손놀림이 중요한데, 나는 손에 힘도 별로 없는데다 움직임이 느려 애를 먹었다. 다행히 리빅은 내 지시에 따라 잘 움직여주었다. R1 버튼을 누르면 물건을 잡고, X 버튼을 누르면 위로 뛰었다. 천장에 매달려 열쇠를 획득하고, 긴 추의 반동을 이용해 절벽을 건너고, 황소떼가 오면 열심히 점프했다. 함정은 어디에나 있었다. 리빅은 압정이 빼곡하게 박힌 구덩이에 빠지고, 돌에 맞고, 불에 타죽었다. 하지만 그때마다 나는 '계속하기'를 눌러댔다. 머리가 시키지 않았는데도 손이 먼저 그랬다. 그리고 일단 게임이 시작되면 멈출 수가 없었다.

한나절 이상 게임에 매달리다보니 집중력이 급격히 떨어졌다. 어깨가 뻐근하고 눈알이 욱신거리는 게 한잠 자고 싶은 마음이 들었다. 하지만 이번이 마지막이라는 생각을 하니 도저히 눈을 붙일 수가 없었다. 거대한 수레바퀴가 나오는 7단계에선 몇번을 넘어져 포기하고 싶을 지경이었다. 하지만 나는 연거푸 '계속하기'를 눌렀다. 그리고 저녁 무렵이 됐을 때 마침내 8단계에 진입할 수 있었다. 8단계는 7단계만큼 미션 수행이 어렵지 않았다. 나는 내가 마지막으로 상대해야 할 엄청난 괴물을 상상하며 조심스레 앞으로 나갔다. 그런데 갖은 고생 끝에 내가 최종적으로 만난 적은 시시하고 보잘것없는 모습을 하고 있었다. 용도, 사자도, 거인도 아닌 평범한

털북숭이 아저씨였기 때문이다. 그는 우리 아빠만큼도 강해 보이지 않는데다, 패션 감각도 엉망이었다.

"기다리고 있었다, 하하하! 하지만 누구도 내 요새를 부술 수 없어."

나는 그간 쌓아온 요령과 기술을 이용해 녀석의 성을 가뿐하게 격파해버렸다. 곧이어 화면 위로 털실 뭉치로 만든 지구가 둥실 떠오르더니 꽃과 함께 팡팡 얼음 폭죽이 터져나왔다. 리빅의 둥근 얼굴 아래로 '클리어'란 글자가 가볍게 떠올랐다. 그리고 끝. 정말 끝이었다. 순간 나도 모르게 입에서 이상한 신음이 흘러나왔다. 나는 내 입에서 나오는 소리에 놀랐다. 그 소리는 목에서 나오는 소리가 아니었다. 내 안의 깊고 깊은 세계가 클리어된 동시에 문을 닫아버린 느낌. 모든 것이 해결되고 분명해졌는데 아무것도 변하지 않은 기분. 신음은 그 어두운 동굴에서 길 잃은 바람처럼 터져나왔다. 누굴 애타게 부르는 것도 아니고 무얼 원하는지도 모를 소리였다. 옆에서 줄기차게 잔소리를 하다 깜빡 잠이 들었던 아버지가 화들짝 일어났다.

"아름아, 왜 그래?"

나는 얼굴이 빨개져라 가쁜 숨을 쉬었다.

"왜 그래? 응? 무슨 일이야?"

아버지가 큰 손으로 내 볼과 머리를 매만지며 재차 물었다. 목울대가 뜨겁고, 어지러웠다.

"아니요, 아빠, 그게 아니고요."

"응, 말해, 아름아."

나는 호흡곤란 환자처럼 꺽꺽거리다 급기야 그동안 참고 참았던 눈물을 터뜨리며 크게 울어버리고 말았다.

"너무 좋아서요."

　얼굴 위로 콧물과 눈물이 정신없이 쏟아져내렸다. 병실 안의 사람들이 나를 의아하게 쳐다보는 것이 느껴졌지만, 울음은 쉽게 그치지 않았다.

2

첫눈이 왔다. 그리고 나는 혼자가 됐다. 어머니의 부축을 받으며 구름다리를 이동하다 볼에 차가운 게 닿는 것이 느껴졌다. 그것은 뺨에 가볍게 내려앉았다 이내 스륵 하고 녹았다. 그래서 나는 그게 눈이란 걸 알았다.

"눈 와요, 엄마?"

어머니가 휠체어를 멈춰세웠다.

"응."

나는 습관적으로 고개를 젖혔다.

"얼마나요?"

어머니가 잠시 주위를 둘러보는 시간이 느껴졌다.

"아주 많이."

"어떤 눈인데요?"

"그냥 보통 눈이야."

"아니요, 엄마. 그렇지 않을 거예요. 눈 이름도 얼마나 많은데요. 조금만 자세히 말해주세요, 어떤 눈인지."

어머니는 망설이다 자신이 가진 어휘력을 최대한 동원해 더듬더 듬 말을 이었다.

"글쎄…… 눈송이가 제법 크고…… 보송해. 그리고 무엇보다도 굉장히 조용하게 내려."

나는 그게 보이기라도 하는 양 희미하게 웃었다.

"아, 함박눈이구나. 전에 아빠가 구해다준 초등학교 교과서에서 읽은 적 있어요. 싸락눈, 만년눈, 소나기눈, 가루눈…… 아, 그리고 세상에는 도둑눈이란 이름의 눈도 있대요."

"응, 엄마도 알아."

"그럼 현미경으로 찍은 눈 결정 모양도 봤어요?"

"그럼."

"나는 그게 참 이상했는데."

"뭐가?"

"뭐하러 그렇게 아름답나."

"………"

"어차피 눈에 보이지도 않고 땅에 닿자마자 금방 사라질 텐데."

어머니는 아무 말도 않다 휠체어에 힘을 주었다. 바퀴 아래로 가 벼운 진동이 느껴졌다.

"엄마 춥다. 갈까?"

나는 고개를 끄덕인 뒤 다시 정면을 바라봤다.

"그런데 엄마, 나 오늘 처음 알았어요."

"뭐를?"

"눈에도 냄새가 있다는 걸."

반복적인 하루가 지나갔다. 무얼 해야 할지, 무얼 하지 말아야 할지 모르는 나날이었다. 어머니는 틈날 때마다 내게 신문이나 책을 읽어주고 싶어했다. 하지만 나는 괜찮다고 했다. 나는 더 알고 싶은 것이 없었다. 병실에는 주기적으로 새 환자가 들어왔다. 짐을 풀고 싸는 기척, 낯선 목소리, 처음 맡는 냄새로 그 사실을 알았다. 전 같으면 이것저것 물어보고 우스갯소리를 건넸겠지만, 금방 헤어질 사람과는 마음을 나누지 않는 편이 좋았다. 그리고 나 역시도 그들이 내게 아무것도 물어보지 않길 바랐다. 병실에는 여느 때처럼 보험회사 직원과 요구르트 아줌마, 청소 아줌마와 예배시간을 광고하는 교인들이 들락거렸다. 보호자들은 공동세면대에서 간단한 설거지를 하고 수건을 빨았다. 나는 수증기 냄새를 통해 그것이 뜨거운 물인지 미지근한 물인지 구별할 수 있었다. 내가 누운 침대 바로 옆에는 공용냉장고가 있었다. 그것은 하루에도 몇번씩 사람들에 의해 여닫혔다. 그리고 그때마다 김치냄새를 비롯한 온갖 음식냄새를 쏟아냈다. 우리가 먹을 수 있고, 또 먹어야 하는 음식치곤 퍽 비위가 상하는 냄새들이었다. 하루 중 가장 조용한 때는 오후 두세시경이었다. 그 시간엔 간병인을 비롯해 환자들이 대부분 낮잠을 자거나 산책을 나갔다. 별로 보고 싶지 않은 티브이 프로그램의 소음을 감내해야 하는 것을 비롯해 공동생활의 여러가지 긴장에 지쳐 있던 나는, 반지하에 해가 들듯 하루 중 아주 잠깐 찾아오는 그 고요를 귀하게 여겼다. 그리고 음악을 듣듯 정적에 집중했다. 고요의 구성, 고요의 화음, 고요의 박자 같은 것을 헤아리며 숨을 골랐다. 그러곤 눈앞의 어둠을 응시하며 여러가지 생각을 하다 까무룩 잠이 들었다.

병실 안이 사람들로 북적일 때는 라디오를 들었다. 몸을 웅크린 채 이어폰을 끼고서였다. 라디오에서는 평범한 사람들의 수다, 고민, 그리고 농담이 쉴새없이 방출됐다. 마당 위에 햇빛이 끓듯 바깥에서 말이 끓었다. 그것은 어느 때고 쉬지 않고 활달하게 들려왔다. 나는 라디오를 즐기지도, 그렇다고 멀리하지도 않았다. 나는 그냥 그 소리들이 내 귓속으로 흘러들게 놔두었다. 사람들은 슬픈 이야기, 재밌는 이야기, 아름다운 이야기를 적어 방송국에 보냈다. 그것은 전파를 타고 지상 곳곳에 뿌려졌다. 신청곡 중에는 내가 아는 노래도 있었다. 오래전, 그애와 주고받은 편지에 들어 있던 음악이었다. 나는 그애가 더이상 그애이지 않다는 걸 알면서도, 가슴이 떨렸다.

가끔은 가위에 눌려 잠에서 깼다. 전에도 악몽에 시달리지 않은 건 아니지만, 이제는 눈을 떠도 여전히 어둠속이라는 사실이 달랐다. 이미 깨어난 상태여도 여전히 더 깨어나고 싶은 욕구가 든다는 것도. 하지만 내가 눈을 뜨자마자 하는 일은 머리맡에 놓인 썬글라스를 찾는 거였다. 그걸 쓰든 안 쓰든 별 차이는 없지만, 다른 사람들에게 맨눈을 보이는 게 실례일 것 같단 생각이 들어서였다. 나는 어둠에서 풀려나 새 어둠에 갇혔고, 그걸 다시 다른 어둠으로 가렸다. 그러곤 깊이를 알 수 없는 바닥으로 침잠해갔다. 예전에는 그나마 책이라는 창을 통해 세상과 연결되는 느낌이었는데, 어느 순간 누군가 덧문을 쾅! 하고 닫은 뒤 블라인드를 내려버린 기분이었다. 나는 내가 그 방에서 영원히 나올 수 없다는 걸 알았다. 그리고 다시 일상…… 또 일상이었다. 작년과 같고 재작년과 같은 날들이 이어졌다. 기상, 식사, 진료, 식사, 치료, 취침. 기상, 진료……

어느 땐 같은 꿈을 반복해 꾸었다. 예전에도 곧잘 꾸곤 하던 트램펄린 꿈이었다. 한차례 소나기가 지나간 초여름 대낮이었다. 하늘은 숨막히게 푸르고, 들판 위로 이슬을 머금은 잔디가 끝도 없이 펼쳐져 있었다. 나는 그 초록 한가운데서 가볍게 건들거렸다. 탄성 좋은 트램펄린에 올라 흔들흔들, 비상을 예고하는 리듬을 타고…… 콧속 후각세포는 부드럽게 출렁이며 녹색 바람을 폐 속으로 밀어넣었다. 내 허파는 세상 모든 풍경을 통째로 들이마시려는 듯 크게 부풀어올랐다가 가라앉았다. 잠시 후 나는 결심한 듯 있는 힘껏 공중으로 튀어올랐다. 눈을 감고 하늘에 안겨 얼마간 정지해 있었다. 점프는 몇번이고 반복됐다. 나는 통— 하고 날아오른 뒤 개운하게 웃고, 다시 통— 하고 뛰어오르며 만세를 불렀다. 누가 그만하라고만 하지 않는다면 언제까지라도 그러고 있을 것 같았다. 그런데 어느 순간 기구 주위로 노인들이 하나둘 모여들었다. 그들은 트램펄린 주위를 둥글게 에워싼 채 입을 벌리고 나를 올려다 봤다. 그런데 하나같이 이가 없고 눈동자가 하얬다. 나는 총에 맞은 새처럼 바닥으로 떨어졌다. 순간 트램펄린 바닥의 검은 천이 푹 꺼지더니 저 땅 밑 세계로 사정없이 빨려들어가기 시작했다. 얼마 뒤 정신을 차렸을 때, 나는 생전처음 보는 공간에 와 있었다. 사방이 벽돌로 둘러싸인 깊은 우물 안이었다. 나는 아득한 허공을 향해 손 나팔을 만들어 외쳤다. 머릿속에서는 분명 도와달라는 말이 떠올랐는데, 입밖으로 튀어나온 건 뜻밖에도 다른 말이었다.

"여자친구 하나만 만들어주세요!"

주위에선 아무 기척이 없었다. 나는 한번 더 큰 소리로 외쳤다.

"여자친구 하나만 만들어주세요! 네?"

그러자 하늘에서 '텀벙' 소리와 함께 무언가가 떨어졌다. 나는 균형을 잃고 물속에서 허둥댔다. 그러곤 가까스로 중심을 잡고, 다시 소리가 나는 쪽을 향해 물었다.

"누구세요?"

주위는 너무 어두워 사방을 분간할 수 없었다. 이윽고 저쪽에서 한없이 낮고 무거운 목소리가 들려왔다.

"나는 아무것도 아니야."

"........."

"그러니까 너도 아무것도 아니지……"

3

　복도에서 밥냄새가 났다. 병원 밥 특유의 헛헛하고 무표정한 냄새였다. 몇몇 보호자와 간병인 할머니들이 기계적으로 자리에서 일어나 식판을 받으러 가는 기척이 났다. 음식에 대한 기대나 설렘이 전혀 느껴지지 않는 발걸음이었다. 어머니는 내 앞에 앉아 능숙하게 밥 시중을 들었다. 하지만 나는 밥을 몇술 받아먹다 말고 도리질을 했다.

　"더 안 먹어? 너 좋아하는 거 나왔잖아."

　"응, 입맛이 없어서요."

　"왜, 또 속이 안 좋아?"

　"아니요, 그냥 입맛이 없어서요."

　어머니가 채근했다.

"아름아, 어디 아프면 아프다고 말해. 그래야 엄마가 알지. 그래야 의사 선생님한테……"

나는 나도 모르게 소리를 질렀다.

"아니라니까 엄마. 그리고 내가 언제 안 아픈 적 있어요?"

그러곤 이불을 뒤집어쓴 채 자리에 누웠다. 잠시 후, 얕은 한숨과 함께 플라스틱 식기들이 부딪치는 소리가 들려왔다. 나는 몇번 주저하다 다시 자리에서 일어나 식판 앞에 앉았다.

"소리쳐서 미안해요, 엄마. 근데 돈까스가 바삭바삭해야 하는데 너무 눅눅하잖아."

식사를 마친 뒤엔 약을 먹었다. 종류도 크기도 가지가지인 여러 가지 약이었다. 다른 환자들은 이미 화장실에 가거나 산책을 나간 듯했다. 나는 라디오를 들으려 엠피쓰리 플레이어를 찾아 머리맡을 더듬었다. 그런데 늘 같은 자리에 놔뒀던 물건이 손에 잡히지 않았다. 엄마에게 찾아달랄까 망설이다 괜히 귀찮게 해드리는 것 같아 사물함 쪽으로 팔을 뻗었다. 동시에 뭔가 선득한 물체가 손에 걸리는 것 같더니 바닥으로 떨어지며 박살나는 소리가 났다. 아마 어머니가 양치할 때 쓰는 머그컵인 듯했다. 어머니가 황급히 내 쪽으로 다가오며 괜찮으냐고 물었다. 나는 대답 대신 입을 꾹 다물었다. 이상하게 미안하단 말은 하고 싶지 않았다. 괜찮다는 말도 하고 싶지 않았다. 어머니는 침대 밑에 쭈그리고 앉아 컵 파편을 치우기 시작했다. 나는 꼼짝 않고 누워 멍하니 천장을 바라봤다. 그런데 그때 어머니가 누군가를 향해 '어머, 웬일이세요?' 하고 묻는 소리가 났다. 어머니의 말투가 미적지근한 것으로 봐서 그다지 반가운 손님은 아닌 듯했다.

"어, 잠깐 볼일이 있어 왔다가, 아름이 생각이 나서."

"어?"

나는 소리가 나는 쪽을 향해 바로 고갤 틀었다.

"뭘 이런 걸……"

어머니가 비닐봉지에 든 내용물을 냉장고 안에 넣는 움직임이 느껴졌다. 이윽고 목소리의 주인공이 내 곁으로 왔다. 그에게서 신선하고 비릿한 바깥 냄새가 났다.

"이야, 너 영화배우 같구나?"

장씨 할아버지였다. 나는 한 손으로 썬글라스를 치켜올리며 우쭐댔다.

"이미 공중파 한번 탔는걸요."

우리는 가만가만 여러가지 얘기를 나눴다. 여느 때처럼 편안하고 쓸데없는 대화였다. 나는 내가 장씨 할아버지를 진심으로 반가워하고 있다는 사실에 조금 놀랐다. 좋아하긴 했어도 이 정도는 아니었는데…… 새삼 아무 얘기나 서슴없이 털어놓을 수 있는 상대를 만나니 눈물이 날 정도로 기뻤다. 하지만 그런 속마음과 달리 나는 자꾸 껄렁한 농담만 하고 있었다. 그리고 그건 할아버지도 마찬가지였다. 어쩌면 옆에 어머니가 있다는 사실을 둘 다 지나치게 의식하고 있어서였는지도 몰랐다. 이런 내 맘을 아는지 모르는지 얼마 뒤 장씨 할아버지가 어렵사리 말문을 열었다.

"아름 엄마, 내 부탁 하나 하세."

"예? 무슨?"

"아름이랑 잠깐 바깥바람 좀 쐬고 오게 해주구려."

"할아버지……"

"잠깐이면 돼. 멀리도 안 가."

"할아버지, 무슨 말씀이신지는 잘 알겠는데요, 지금 아름이 상태가……"

"엄마."

나는 다급하게 어머니의 말허리를 잘랐다.

"그렇게 해주세요."

"………"

"그럴래요, 나. 사실 그동안 하고 싶은 게 하나도 없었는데, 지금 막 그게 생겼어요. 엄마, 허락해주세요."

겨울의 풍경은 군더더기가 없었다. 볼 수도 만질 수도 없었지만, 삭풍에 실려오는 여윈 사물들의 냄새로 나는 이 겨울이 여느 겨울과 같은 겨울임을 알아챌 수 있었다. 헐벗은 나무들은 심호흡을 하며 겨울 햇빛을 깊숙이 들이마시고 있었다. 그 소리를 듣자 내 몸의 땀구멍도 일제히 열리는 듯했다. 나무들이 먹는 것을 나도 먹고 싶다는 듯, 세포들이 하나하나 기분좋게 깨어났다. 나는 오랜만에 허공에다 '하아' 입김을 불어보았다. 아스라이 나타났다 사라질 뿌연 입김을 떠올리니, 그걸 한번 다시 보고 싶은 마음이 들었다. 장씨 할아버지는 휠체어를 밀며 정원 주위를 맴돌다 다소 외진 곳에 자리를 잡고 앉았다. 그러고는 나를 번쩍 안아 벤치 위로 옮겼다. 할아버지의 팔에 안긴 사이, 나는 내 몸이 종이처럼 가벼워졌다는 걸 느낄 수 있었다. 동시에 '의자라고 같은 의자가 아니지' 중얼대는 소리가 귓가에 들려왔다. '새끼줄 백 발은 쓸 데가 많아도 사람 백발은 쓸모가 없네' 흥얼흥얼 노래하는 소리도…… 장씨 할아버지는 내 무릎에 담요를 덮어줬다. 그러고는 자기 목도리를 풀어 내 목에다 칭칭 감았다. 한겨울의 정갈한 기운이 정수리에 내려앉았다. 어디선가 아득히 아이들 떠드는 소리, 자동차 소리, 새소리와 바람소리가 들려왔다. 그것은 마치 다른 세계에서 들려오는 소리 같았다. 우리는 잠시 그 소리를 경청했다. 이윽고, 아무 말도 않던 장씨 할아버지가 입을 열었다.

"세상은 참…… 살아 있는 것투성이구나. 그지?"

우리는 드문드문 대화를 나눴다. 입원 하루 전 작별인사를 나눴을 때와 마찬가지로, 주로 내가 묻고 할아버지가 대답하는 식이었다.

"할아버지?"

"응?"

"나 또 뭐 물어봐도 돼요?"

"응."

"평생 아픈 대신 장수하는 자식과 건강한데 요절하는 자식 중 하나를 고를 수 있다면, 할아버지는 무얼 고르시겠어요?"

할아버지가 기가 찬 듯 '허' 소리를 냈다. 눈에 보이진 않아도 아마 살다 살다 별 해괴한 소리를 다 듣는다는 표정을 짓고 계실 게 뻔했다.

"그러니까 뉴스에 자주 나오는 안락사 같은 거 말이에요. 환자가 괴롭더라도 그냥 두는 게 맞는지, 고통에서 풀어주는 게 최선인지. 공부 많이 한 어른들이 나와서 토론도 하고 그러잖아요. 상황은 좀 다르지만 그게 만일 내 자식이라면 어떨까 상상한 적이 있거든요. 만일 하느님이 '너한테 자식을 주겠다. 대신 두 가지 중 하나를 정해야 한다. 첫째 아프더라도 오래 산다. 둘째 짧게나마 건강한 삶을 누린다' 그러면 어떡하나 꽤 오랫동안 고민했었거든요. 할아버지라면 어떡하시겠어요?"

장씨 할아버지가 깊은 한숨을 쉬었다. 노여운 건지 슬픈 건지 모를 호흡이었다.

"아름아."

"네?"

"그런 걸 선택할 수 있는 부모는 없어."

"………"

"넌 입버릇처럼 항상 네가 늙었다고 말하지. 그렇지만 그걸 선택할 수 있다고 믿는 거, 그게 바로 네 나이야. 질문 자체를 잘못하는 나이. 나는 아무것도 안 고를 거야. 세상에 그럴 수 있는 부모는 없어……"

"할아버지?"

"왜 또 이놈아?"

"사람은 언제 어른이 돼요?"

"엥?"

"주민등록증이 나올 때예요, 군대에 다녀온 뒤예요, 결혼한 다음이에요?"

"그야…… 물론 애를 낳은 다음이지."

나는 곰곰 고민하다 괜히 할아버지에게 까불고 싶은 마음이 들어 앳된 소리를 냈다.

"어? 그럼 할아버지도 아직 어린애게요?"

기대와 달리 장씨 할아버지는 아무 반응도 보이지 않았다. 나는 혹 내가 무슨 잘못을 한 게 아닐까 조마조마했다.

"있었지…… 나도."

"………"

"다 컸음 딱 네 애비만했겠구나. 하지만 그보다는 훨씬 훌륭하게 자라주었을 거야. 그건 내가 장담할 수 있지."

그때서야 나는 내가 조금 전 확실히 실언했다는 걸 알았다. 그래서 장씨 할아버지가 우리 아빠 욕을 하고 있다는 사실도 잊은 채, 실수를 만회하기 위해 머리를 굴렸다. 하지만 먼저 말을 이어준 건 장씨 할아버지였다.

"에구, 나도 사람이 언제 다 크는지 모르겠구나. 더 자랄 수 없는 사람은 무얼 하는지, 그런 것도 모르겠고."

"………"

"근데 내가 마흔 넘었을 때 딱 그런 생각이 들더구나. 이제 내 몸은 나빠질 일만 남았다, 하는. 몸이 좋아 몸이 있다는 것도 모르고 산 게 지금까지의 삶이었구나, 앞으로는 뭔가 잃어버릴 일만 남았겠구나 하고 말이야."

"음."

"그래도 그땐 그냥 짐작이었지. 나이란 건 말이다, 진짜 한번 제대로 먹어봐야 느껴볼 수 있는 뭔가가 있는 거 같아. 내 나이쯤 살다보면…… 음, 세월이 내 몸에서 기름기 쭉 빼가고 겨우 한줌, 진짜 요만큼, 깨달음이라는 걸 주는데 말이다, 그게 또 대단한 게 아니에요. 가만 봄 내가 이미 한번 들어봤거나 익히 알던 말들이고, 죄다."

"그럼 저도 지금 아는 것을 나중에 한번 더 알게 돼요?"

"그럼."

"근데 그게 달라요?"

"당연하지."

"왜요?"

"궁금해?"

"네."

"진짜? 알고 싶어?"

"아이참, 그렇다니까요."

"그럼 일단 그때까지 살아봐. 그럼 되잖아."

그러고는 뭐가 즐거우신지 조그맣게 낄낄댔다.

"뭐, 딴 얘긴데, 이 할아비도 십대 때는 말이다, 머리털이 엄청 풍성해서 탈모 걱정을 하나도 안했어요. 그러니까 당연히 딴 사람들 머리통에 털이 얼마나 박혀 있나 전혀 관심없었지. 막말로 세상에 대머리가 존재하는지조차 몰랐어. 보이지가 않았으니까. 게다가 우리 아버지는 지금도 머리가 풍성하다고. 어디 가면 내가 우리 아빠 아빠 줄 알아, 나 참."

"어? 나도 가끔 그런 생각 하는데! 우리 아버지가 늙으면 나처럼 되겠구나 하고. 미래의 아버지 얼굴이 궁금하면 지금 내 얼굴을 보면 되겠구나 하고요."

"다를 수도 있지."

"왜요?"

"나이는 몸으로만 먹는 게 아니니까."

나는 잠시 주저하다 말을 이었다.

"할아버지?"

"응?"

"할아버지 아버지는 좀 어떠세요?"

"……똑같지 뭐."

"할아버지?"

"뭐?"

"근데 할아버지는 할아버지 아버지 앞에서 왜 그렇게 철없이 구세요? 내가 볼 땐 할아버지 되게 똑똑한 거 같은데. 더 의젓한 아들이 되고 싶지 않으세요?"

"별로."

"왜요?"

"내가 그러는 걸 아버지가 좋아하니까."

이번에는 반대로 할아버지가 내 이름을 불렀다.

"아름아."

"네?"

"부모님은 잘 계시지?"

"네, 아까 보셨잖아요."

"그렇지."

그러고는 새삼 따뜻하게 물었다.

"너도 잘 지내지?"

"그럼요."

"그때 그 꼬마 아가씨랑은 잘됐니? 왜 너한테 편지 보냈다는 그 아이……"

순간 나는 가슴이 철렁했지만 아무렇지 않게 답했다.

"네, 좋은 친구로 지내고 있어요."

"허허, 거봐라. 지도는 여자들이 만드는 거라고 그랬지? 우리는 그냥 따라가기만 하면 돼."

나는 할아버지를 향해 부러 짧은 미소를 지었다. 잠시 침묵이 흘렀다.

"아름아."

"네?"

"실은 어제 네 엄마를 봤어. 택배 갖다주러 갔는데…… 네 엄마가 현관 앞에 앉아 울고 있더구나. 집에도 못 들어가고."

"………"

"그래서 나는 도로 집으로 왔어. 암 소리 안하고. 그랬더니 새삼 네가 보고 싶지 뭐냐? 주책맞게."

나는 꼼짝 않고 할아버지 얘길 들었다. 그러곤 이럴 땐 무슨 말을 하는 게 좋을지 몰라 그냥 내가 제일 잘하는 말을 했다.

"할아버지?"

"응?"

"나 괜찮아요."

"그지?"

"그럼요."

"그래, 그럴 줄 알았어."

얼마 뒤 장씨 할아버지에게서 이상한 소리가 났다. 나일론 소재의 섬유가 손에 쓸리는 소리와 뭔가 부스럭거리는 기척이었다. 아마 점퍼 호주머니에 손을 넣어 뭔가 찾고 계신 모양이었다. 잠시 후, 장씨 할아버지가 내 손을 잡았다. 손난로를 쥐듯, 내 오른손을 둥글게 감싸안은 거였다. 내 손은 할아버지 손에 쏙 들어갔다. 그런데 손바닥 안에서 뭔가 물컹 하는 감촉이 전해졌다.

"내가 참 이래도 되는가 모르겠다……"

나는 손에 든 물체를 더듬거리다 귓가로 가져가 흔들어봤다. 물렁물렁한 상자에서 찰방이는 소리가 났다.

"소주야, 아름아."

나는 손동작을 멈췄다. 장씨 할아버지에게 뭔가 재밌는 말을 건네고 싶은데, 마땅한 말이 떠오르지 않았다.

"천천히 마셔야 해, 알았지?"

알 수 없는 감정에 몸이 떨렸다. 이상하게 눈물이 나려는 것도 같았다. 장씨 할아버지는 팩소주에 빨대를 꽂아 내게 건넸다. 어쩌면 주위를 의식하며 끊임없이 두리번거리고 계실지도 몰랐다. 나이 탓인지 추위 탓인지 옆에서 바들바들 떨고 계신 것이 느껴졌다. 나는 그걸 두 손으로 감싸쥐고 천천히 입가로 가져갔다. 그러곤 조심스레 한모금 들이켰다.

"쓰지?"

내가 이마를 찡그리자 할아버지가 어린아이 다루듯 다정하게 물었다.

"네."

"그래, 그러니까 조금만 마셔."

바람이 찼다. 나는 어디에서 불어와 어디로 가는지 모를 그 바람을 온몸으로 맞으며 조금씩 팩소주를 홀짝였다. 할아버지는 아무말도 않고 어딘가를 응시했다. 나는 앞을 못 봐 할아버지가 어디를 보고 계신지는 알 수 없었지만, 그렇게 의자에 나란히 앉아 칼바람을 맞고 있으니 어쩐지 우리가 같은 곳을 바라보고 있다는 느낌이 들었다.

4

라디오에서 동파한 수도관과 얼어죽은 새들에 관한 뉴스가 나왔다. 도시 근교에서는 비닐하우스가 무너지고 양식장의 물고기가 얼어붙었다고 했다. 눈 덮인 도시는 고요했다. 병실에선 하루종일 가습기가 돌아갔다. 하지만 히터 역시 쉬지 않고 가동돼 병실 공기는 숨이 막힐 정도로 갑갑했다.

나는 하루하루 말라갔다. 해풍에 오래 마른 생선처럼 간신히 형체만 간직한 채 안쪽으로, 안쪽으로 졸아갔다. 얼마나 더 작아져야 노래처럼 가벼워질지는 알 수 없었다. 내가 줄인 몸피가 과연 바깥의 둘레를 넓혔는지도 가늠할 수 없었다. 그래서 나는 그냥 내가 할 수 있는 일을 했다. 살아 있는 것. 하지만 어느 때는 그게 과연 맞는 일인가 혼란스럽기도 했다. 심폐소생술 금지각서를 제출한 건 오래전이었다. 부모님과 고민 끝에 내린 결정이었다. 어둡고 긴 날들이 이어졌다. 나는 묵묵히 병원에서의 일상을 견뎌갔다. 기상, 식사, 진료, 식사, 치료, 취침. 기상, 진료…… 나는 나를 기다리고 있는 것이 무엇인지 알았다.

하루 중 대부분은 침대에서 보냈다. 내 몸은 급속도로 약해져갔다. 팔다리를 가누는 것도, 눈꺼풀을 움직이는 것도 힘에 부쳤다. 이따금 내 모습이 궁금했지만, 누구에게 설명해달라곤 하지 않았다. 눈을 감으면, 내 속에서 아무렇게나 버려진 단어들이 어지러이 뒹굴었다. 누군가 오랫동안 방치해둔 정원처럼 흉흉하고 어수선한 풍경이었다. 나는 나뒹구는 낱말카드 중 하나를 주워 주의깊게 들여다보았다. 그러곤 내가 끝끝내 알지 못하고 가게 될 말들에 대해 생각했다. 안다면 그건 어떤 모양을 하고 있을까, 새삼 사무치게 궁금해지는 단어들이었다. 어려서부터 나는 늘 내가 가진 사전을 고쳐쓰고 싶었다. 그때그때 나이와 경험에 맞게. 할 수 있다면 여러 권의 사전을 가지고도 싶었다. 하지만 이젠 알고 있는 단어를 추스르기도 버거웠다. 어느 때는 아주 쉬운 단어도 잘 떠오르지 않아 그걸 설명하기 위해 먼 데서부터 휘휘 돌아와야 했다. 엄마, 그거 있잖아요, 하얗고 네모난 거…… 나는 말들이 나를 떠나가고 있다는 걸 알았다.

어머니는 종종 병실을 비웠다. 집에 빨랫감을 가져가거나 밑반

찬을 챙겨오기 위해서였다. 보호자가 없을 땐 옆의 간병인 할머니나 간호사 누나가 나를 돌봐줬다. 하지만 나는 다른 사람들에게 신세를 지고 싶지 않아 어머니가 외출할 때마다 일부러라도 낮잠을 잤다. 오늘도 그런 날 중의 하나였다. 나는 점심식사를 마친 뒤 약에 취해 까무룩 잠에 빠져 있었다. 한 시간을 잤는지, 두 시간을 잤는지 알 수 없었다. 어느 순간 나는 '흡' 소리를 내면서 자리에서 일어났다. 이번에도 나쁜 꿈을 꾼 거였다. 호흡이 가빠지며 식은땀이 났다. 입이 바싹 마르는 게 누군가 온몸을 쥐어짠 것 같은 기분이 들었다. 나는 창턱에 놓아둔 빨대 달린 물통을 찾아 손을 뻗었다. 그런데 문득, 주위에서 평소와 다른 낯선 공기가 감지됐다. 담배냄새와 땀냄새, 그리고 엷은 스킨 향기가 섞인 묘한 기운이었다. 나는 누군가 내게 아주 가까이 다가와 있다는 걸 알았다. 심지어 그 사람은 내가 그걸 몰랐으면 하고 바란다는 것까지도. 대체 언제부터 그러고 있었는지 알 수 없었다. 낯설고 섬뜩한 기분이 들었다. 나는 애써 불안한 기색을 감추며 상대를 향해 물었다.

"엄마?"

주위에선 아무 소리도 들리지 않았다. 평소라면 다른 환자나 간병인이라도 대신 대꾸해주었을 텐데, 병실 안엔 그와 나밖에 없는 듯했다. 나는 한번 더 다급하게 물었다.

"엄마야?"

숨죽인 채 상대의 반응에 집중했다. 그는 여전히 묵묵부답이었다. 하지만 그도 긴장했는지 어느 순간 꿀꺽— 하고 침 넘기는 소리를 냈다. 나는 누군가 분명 곁에 있음을 확신하고 용기 내어 물었다.

"누구세요?"

"………"

이번에도 그는 아무 대꾸도 하지 않았다. 대신 어렴풋이 거친 숨소리가 들려왔다. 나는 그 소리를 꼼짝 않고 들었다. 그러자 조금 무섭다는 생각이 들었다. '간호사 누나를 부를까? 아니 좀더 지켜볼까?' 갈등하는 사이, 갑자기 그가 긴 침묵을 깨고 입을 열었다.

"미안하다……"

순간 나는 내 귀를 의심했다.

'뭐라구? ……뭐가?'

한번도 들어본 적 없는 음성이었다. 그것은 한없이 깊고 낮은 울림을 갖고 있었다. 순간 그럴 리 없다 싶으면서도 그럴지도 모른다는 예감이 강하게 뇌리를 스쳐갔다. 그리고 그 생각을 하자 가슴 한쪽이 심하게 아려왔다. 나는 소리가 나는 쪽을 향해 큰 소리로 물었다.

"서하니?"

"………"

"서하야?"

"………"

갑자기 가슴이 심하게 방망이질치기 시작했다. 놀라움인지 노여움인지, 반가움인지 서러움인지 모를 떨림이었다. 나는 내가 그 감정이 무엇인지 알아내기도 전에 그애가 떠날까봐 겁이 났다. 어쩌면 이게 그애와 마주할 수 있는 마지막 기회일지도 모른다는 생각이 들어서였다. 나는 어떤 말로든 그애를 붙잡고 싶었다. 그런 뒤 시간이 되면 그애 말도 한번 들어보고 싶었다. 하지만 막상 입을 열려고 하자 무슨 얘기부터 꺼내야 할지 몰랐다. 그동안 그렇게 오래 생각했는데. 묻고 또 묻고, 나 혼자 한 대답들도 꽤 많은데. 묻고 또 물어봤자 끝끝내 알 수 없던 얘기들도 정말 많은데. 도무지 어떤 것부터 꺼내야 할지 몰랐다. 하지만 이 순간 무언가 꼭 전해야만 한다면, 그애가, 혹은 그 사람이 사라지기 전에 하고 싶은 말은 있었다. 나는 내 앞의 누군가를 향해, 어두운 무대에 선 연극배우처럼 혼잣말을 했다.

"맞구나. 그럴 줄 알았어."

".........."

"전부터 꼭 하고 싶은 말이 있었는데, 이렇게 만나게 돼 다행이야."

".........."

"네가 무얼 생각하고 있는지 모르겠어. 어쩌다 여기까지 찾아오게 됐는지도 모르겠고. 너는 아마 지금 내가 무척 화가 나 있을 거라 생각하겠지? 그래, 맞아. 원망했던 것도, 미워하고 저주했던 것도 사실이야. 그리고 앞으로도 계속 그럴지 몰라."

".........."

"그래도 한번쯤은 네게 이 얘기를 전하고 싶었어. 우린 한번도 만난 적이 없지? 직접 목소리를 들은 적도 없고, 얼굴을 마주한 적도 없고. 어쩌면 앞으로도 영영 만날 수 없을 테지? 하지만 너와 나눈 편지 속에서, 네가 하는 말과 내가 했던 얘기 속에서, 나는 너를 봤어."

"........."

"그리고 내가 너를 볼 수 있게, 그 자리에 있어주었던 것, 고마워."

"........."

저쪽에서 한번 더 침 넘기는 소리가 났다. 조금만 더 이야기를 나누다봄, 그애가 먼저 용기를 낼 수도 있겠단 생각이 들었다. 나는 뭔가 더 전할 말을 찾기 위해 마음속을 더듬었다. 하지만 내가 막 다음 말을 하려는 순간, 누군가가 우리 사이의 침묵을 찢고 들어왔다.

"누구세요?"

볼일을 마치고 온 어머니였다. 나는 어머니의 목소리를 듣자마자 실망과 안도를 동시에 느꼈다. 그애와 좀더 깊은 얘길 나눌 수 있는 기회가 사라졌다는 아쉬움과, 적어도 내가 헛것을 상대한 것은 아니었구나 하는 확신이 들어서였다. 나는 지금 이 상황을 어머니께 뭐라 설명하나 잠시 갈등했다. 그런데 그때까지 한마디도 않던 그 사람이 느닷없이 입을 열었다.

"죄송합니다. 제가 병실을 잘못 찾았나봅니다."

차분하고 예의바른 말투였다. 당황하는 기색도 별로 느껴지지 않았다. 그런 뒤 그는 누가 뭐라 할 새도 없이 감쪽같이 사라져버렸다. 순식간에 벌어진 일이었다. 나는 허망한 마음으로 병실 입구쪽을 바라보았다. 어쩌면 정말 나랑 상관없는 사람인데, 내 말을 끊는 게 미안해 거기 계속 서 있었는지도 몰랐다. 나는 쇼핑백을 정리하고 있는 어머니를 향해 물었다.

"엄마."

"응?"

"누구예요?"

"뭐?"

"방금 나간 사람…… 누구였어요?"

"응, 신경쓰지 마. 잘못 들어온 거래."

"어떻게 생겼는데요?"

어머니가 문득 하던 일을 멈추고 내 쪽을 돌아봤다. 목소리의 크기와 방향이 내게 그렇다고 일러줬다.

"왜, 아는 사람이야?"

나는 허공을 보며 한참 동안 눈을 깜빡이다 조용하게 답했다.

"모르겠어요."

그리고 그날밤, 나는 오랜만에 꿈을 하나 꾸었다. 여느 때와 달리 색이 많아 선명하고 눈맛이 시원해지는 꿈이었다. 그것도 가슴이 벅찰 정도로 탐스러운 주황이 안개꽃처럼 흐드러지게 피어 있는. 나는 어느 들판에 서 있었다. 예전에 한번 와본 것도 같고 아닌 것도 같은 동네였다. 하늘은 높고 청명했다. 누가 보면 촌스럽다 말할 파랑. 그렇지만 지평선 위로 우뚝 솟은 감나무와는 더할나위없이 잘 어울리는 파랑이었다. 나는 고개를 한껏 젖혀 감나무를 올려다보았다. 여윈 가지에, 붙어 있는 이파리라곤 한 장도 없는데, 열매 하나는 끝내주게 많이 달린 고목이었다. 몸통은 날렵했고 하늘 위로 실핏줄처럼 뻗은 가지의 곡선이 유려했다. 나는 까치발을 한 채 감나무 가지에 손을 뻗었다. 하지만 아무리 애를 써도 열매가 손에 닿지 않았다. 제자리서 몇번 껑충 뛰어올라봐도 마찬가지였다. 그런데 어느 순간 발아래가 가벼워지는 느낌이 났다. 누군가 나를 들어올리기라도 하듯 내 몸이 저절로 붕 떠오른 거였다. 나는 먹음직스러운 빛깔의 홍시 하나를 따, 그 자리에서 덥석 베어물었다. 입속에서 툭— 황혼이 터지는 느낌이 났다. 나는 혀끝으로 그 주황의 맛을 오래 음미했다. 동시에 입맛을 다시며 나도 모르게 웅얼거렸다.

"이상하다…… 꿈이 이렇게 생생하다니."

그리고 다시 깨어났을 때, 나는 중환자실에 있었다.

5

면회는 하루 두 번, 가족에 한해 삼십분만 허용됐다. 나는 종일 침대에 누워 그때가 오기만을 기다렸다. 하루 중 그 시간이 유일하게 내가 나라는 걸 알려줬고, 그것 외엔 달리 할일이 없어서였다. 주위에선 이따금 경보음이 울렸다. 그러면 곧 여러 사람들이 긴박하게 움직였고, 급기야 알고 싶지 않은 일들이 일어났다. 그것도 바로 옆에서, 혹은 뒤에서. 나는 내가 볼 수 없는 것들에게서 두려움을 느꼈다.

얼마만큼의 시간이 흘렀는진 알 수 없었다. 열흘, 혹은 보름쯤 됐을까. 나는 몇번 혼수상태에 빠져 부모님을 놀라게 했다. 어느 때는 의식을 반쯤 잃은 상태에서 난데없이 '아빠? 편지 왔어요?' '편지

왔어요?' 하고 묻는 바람에 부모님을 당황시켰다. 나중에 간호사 누나를 통해 전해들은 바로는 그랬다. 부모님은 그 아이에 대해 알고 계셨지만, 내가 그 아이의 정체를 알고 있다는 사실까지는 모르고 계셨다. 그래서 한때 내가 게임기에 빠져 있었을 때도, 부모님은 그게 다 서하의 병세 때문일 거라고만 생각하셨다. 그애가 중환자실에 있다는 소식을 듣고, 상심한 나머지 도피처를 찾은 모양이라고. 나는 두 분이 그렇게 오해하시도록 놔뒀다. 그래서 내가 응급상황에서 '편지' 따위의 허튼소리를 했다는 걸 알았을 때, 나는 몹시 부끄러움을 느꼈다. 하지만 이제 그런 것은 아무 의미가 없었다. 나는 내게 시간이 많지 않다는 걸 느꼈다.

한 날, 짧은 면회시간을 이용해 아버지께 말했다.
"아빠, 부탁이 있어요."
"응, 얘기해."
아버지의 몸에서 옅은 소독약 냄새가 났다.
"다시 오실 때, 제 노트북에서 파일 하나만 프린트해서 갖다주실수 있어요?"
"무슨 파일?"
"제 메일에 들어가면 '내게 쓴 편지함'이란 게 있을 거예요. 그중 맨 위에 있는 걸 뽑아다주시면 돼요. 전에 비밀번호 알려드린 거 기억하고 계시죠? 대신 절대로 먼저 읽어보지 않겠다고 약속하세요."
"뭔데 그러니?"

"나중에 꼭 말씀드릴게요. 저한테 무척 중요한 일이에요."

"그래, 약속할게."

아버지는 진지하게 대꾸했다. 하지만 어쩐지 그것으로는 성이 차지 않았다. 그전에도 한번 승찬 아저씨에게 배신을 당해본 경험이 있어서였다. 문득 만일 내가 아버지라면, 그럼 나는 어떻게 할까? 하는 의문이 들었다. 그러자 곧장 '읽어본다' 쪽으로 마음이 쏠렸다.

"아빠."

"………"

"정말 안 읽어보실 거죠?"

"그렇다니까."

"그럼 지금부터 제가 하는 말을 따라하세요."

"응."

"만일 내가 그 파일을 먼저 읽으면 아름이가 일찍 죽는다."

"뭐?"

"빨리 따라하세요. 만일 내가 그 파일을……"

"싫어 이 녀석아. 이 자식이 못하는 말이 없네. 농담으로라도 그런 말 하지 마."

어둠속 아버지의 목소리는 믿음직하고 또 다정했다.

"그럼 어떡해요? 아빨 못 믿겠는데."

나는 기력이 없어 희미하게 웃었다. 입안에서 쓴내가 나는 것이 느껴졌다.

"그래도 그렇지, 나는 어떤 내기에도 너를 걸지 않아."

"그럼 뭘 걸어요?"

"뭘 꼭 걸어야 해?"

"그럼요. 이왕이면 아버지가 가장 두려워하는 것 중 하나로요."

잠시 후 뭔가 궁리하던 아버지가 입을 열었다.

"그럼 이렇게 하자."

"어떻게요?"

"자, 아빠가 맹세할게. 잘 들어. 내가 만일 아름이가 가져오라는 파일을 미리 읽으면 죽을 때까지 월세에 산다."

"………"

"왜, 맘에 안 드니?"

그날 저녁, 아버지는 약속대로 내가 부탁한 원고를 들고 왔다. 그러고는 내가 하도 당부해 출력하자마자 봉투에 담은 뒤 테이프로 밀봉까지 해왔다며 단단히 생색을 냈다.

"만져봐."

아버지가 내 손을 잡아 봉투 위에 올려놨다. 손바닥 아래로 오랜만에 종이 질감이 느껴졌다. 내가 좋아하는 감촉이었다.

"고마워요, 아빠."

"아, 그리고 이거."

아버지가 점퍼 안에서 무언가 부스럭 꺼내는 기척이 났다.

"출력하려다 짧아서 그냥 적어왔어."

"뭐예요, 아빠?"

"편지."

"편지요?"

나는 내게 딱히 그런 걸 보낼 사람이 없다는 걸 알고 고개를 갸웃했다.

"누군데요?"

아버지가 주저하다 대꾸했다.

"이서하라는데?"

순간 나는 피식 웃으며 '세상에 그런 사람은 없어요……' 하고 답할 뻔했다.

"읽어줄까?"

그럴 리 없다 싶었지만, 호기심이 들어 '네'라고 대답했다. 이윽고 아버지가 목소리를 가다듬는 소리가 났다.

"아름이에게. 안녕, 나 서하야. 잘 지냈니……"

나는 눈을 계속 깜빡이며 지금 내게 일어난 일을 이해하려 애썼다. 아버지의 목소리는 계속 이어졌다.

"답장이 늦어 미안해. 그동안 많이 아팠어. 네가 내 소식을 듣고 힘들어한다는 얘길 들었어. 하지만 그러지 않았으면 해. 나는 중환자실에서 나와 잘 지내고 있어. 그러니까 너도 좋아질 수 있을 거야. 건강은 정말 중요한 것 같아. 수술 뒤에 그걸 깨달았어. 그러니까 우리 건강하자. 그래야 이렇게 편지도 하고 훌륭한 사람이 되어 다시 만나지. 그럼 잘 지내. 안녕."

아버지가 가만 내 눈치를 살폈다. 그러고는 어울리지도 않는 너스레를 떨었다.

"이 아이였구나. 전에 네 엄마가 말해서 나도 궁금했어."

"………"

"다시 읽어줄까?"

나는 그제야 쓸쓸하게, 그렇지만 그 슬픔이 무척 기껍다는 듯 환하게 웃었다.

"네."

며칠 뒤, 그애에게 답장을 썼다. 대필자는 물론 아버지였다.

"준비되셨어요?"

"응."

"그럼 말할게요. 혹시 너무 빠르면 얘기하세요."

"그래."

나는 천천히 입을 뗐다. 한번에, 쉬지 않고 말하기 위해, 중환자실에서 오랫동안 혼자 매만진 말들이었다. 하도 다듬고 또 다듬어 통째로 외워버린 말들.

"서하에게."

"서하……에게……"

사각사각 종이 위로 연필 지나가는 소리가 들려왔다.

"잘 지냈니."

"……지냈니."

"수술이 잘됐다니 기뻐."

"……계속해."

아버지는 우리에게 주어진 삼십분 동안 내가 하는 말을 처음부터 끝까지 천천히 진지하게 받아적었다.

'……어릴 때 나는 까꿍놀이라는 걸 좋아했대. 아버지가 문 뒤에서 '까꿍!' 하고 나타나면 까르르 웃고, 감쪽같이 사라진 뒤 다시 '까꿍!' 하고 나타나면 더 크게 또 웃었다나봐. 그런데 어느 책에서보니까, 그건 아이가 눈에 보이지 않는 사물도 사라지지 않는다는기억을 저장하는 거라더라. 그런 걸 배워야 알 수 있다니. 그렇게작은 바보들이 어떻게 나중에 기술자도 되고 학자도 되는지 모르겠어. 나는 처음부터 내가 나인 줄 알았는데, 내가 나이기까지 대체얼마나 많은 손을 타야 했던 걸까. 내가 잠든 새 부모님이 하신 일들을 생각하면 가끔 놀라워.

 ……오늘은 네게 꼭 할 말이 있어 편지를 써. 어쩌면 앞으로 네게 메일을 못 보내게 될지도 몰라. 며칠 전 나도 중환자실에 들어오게 됐거든. 그렇지만 다시 나갈 때를 대비해 이곳에서 나, 항상,네게 쓸 편지를 궁리해두고 있을게. 그리고 이곳을 벗어나면 제일먼저 너에게 소식을 전할게. 그러니 당분간 내가 네 눈에 보이지않는다 해도, '까꿍' 하고 짓궂게 사라진다 해도, 어릴 때 우리가 애써 배운 것들을 잊지 말아줄래? 그사이 나는 네게 들려줄 얘기들을계속 모아두고 있을게. 그리고 언제고 너의 행운을 빌게. 그럼 또봐. 안녕.'

 아버지는 내 말을 받아적는 사이, 거의 한마디도 안하셨다. 하지만 나는 어느 순간 아버지가 울고 있다는 걸 알았다.

같은 날, 아마 새벽 무렵이었던 것 같다. 부모님은 면회시간이 아닌데도 의료진의 연락을 받고 나를 급히 찾아왔다. 몇번 반복돼온 일이지만 이번에는 정말 마지막일지도 모른다는 생각이 들었다. 그리고 어쩌면 부모님도 같은 생각을 하고 계실지 몰랐다. 얼마 동안 의료진에 둘러싸여 혼자 있었을 때는 무섭고 외로웠다. 그리고 부모님이 간절하게 그리웠다. 사람이 사람을 그 정도로 보고 싶어할 수 있다는 게 믿기지 않을 정도로 거대한 그리움이었다. 그래서 병실에 도착한 부모님의 목소리를 들었을 때, 나도 모르게 어마어마한 안도감을 느꼈다. 나는 한 손으로 베개 밑을 가리켰다. 그러곤 부르튼 입술을 조그맣게 움직였다. 어머니와 아버지께 드리는 선물이라고. 실은 예전부터 쓴 게 하나 더 있었는데 바보같이 지워버렸다고. 그땐 엄마 아빠가 미워서 그랬는데, 지금은 그렇지 않다고. 부족하지만 이게 당신들을 기쁘게 해줬으면 좋겠다고, 더 쓰고 싶은 얘기가 있었는데 그러지 못했다고, 더듬더듬, 천천히 말을 이었다. 그러곤 괜찮다면 그 원고를 지금 내가 보는 앞에서 읽어달라고 했다.

"아빠?"

"그래, 아름아."

"저, 눈이 멀고 나서야 평소에 내가 아빠 얼굴 보는 걸 얼마나 좋아했는지 알았어요."

아버지가 손으로 내 머리를 만졌다. 나는 아버지의 커다란 손바닥 안에 내 이마가 폭 안기는 느낌이 좋다고 생각했다.

"아빠?"

나는 호흡이 달려 한동안 다음 말을 잇지 못했다. 아버지가 내 손을 잡았다.

"그래, 아름아."

"나 좀 무서워요."

"………"

　아버지는 상체를 숙여 나를 안았다.

"지금 그러시면 안돼요."

　아버지는 간호사의 만류 따위 아랑곳 않고 나를 힘껏 안았다. 그러곤 깃털처럼 가벼운 자식 앞에서 잠시 휘청댔다. 마치 세상 모든 것 중 병든 아이만큼 무거운 존재는 없다는 듯. 힘에 부쳐 바들바들 손을 떨었다. 잠시 후 내 가슴께로 펄떡이는 아버지의 심장박동이 전해졌다.

　'쿵…… 쾅…… 쿵…… 쾅……'

　약하고 희미하지만 분명 거기 있는 소리였다. 우리는 말없이 서로의 파동 안에 머물렀다. 그 자장 끝 맨 나중에 그려지는 동심원이 토성 주위의 고리처럼 우리를 오목하게 감쌌다. 아주 오래전, 어머니의 뱃속에서 만난 그런 박자를, 누군가와 온전하게 합쳐지는 느낌을 다시는 경험할 수 없을 줄 알았는데, 그것과 비슷한 느낌을 줄 수 있는 방법 하나를 비로소 알아낸 기분이었다. 그건 누군가를 힘껏 안아 서로의 박동을 느낄 만큼 심장을 가까이 포개는 거였다. 순간 눈물이 날 것 같았지만 나는 아버지를 안은 팔에 힘을 주었다. 그러곤 다시 자리에 누워 어머니를 찾았다.

"엄마?"

"응?"

"뭐 하나 물어봐도 돼요?"

"응, 다 물어봐."

"혹시 나 무섭지 않았어요?"

어머니의 목소리가 가늘게 떨렸다.

"그게 무슨 말이야, 이 녀석아."

"가끔 궁금했어요. 엄마랑 아빠랑…… 내가 병들어서 무서운 게
아니라, 그런 나를 사랑하지 못할까봐 두려우시진 않았을까."

어머니는 아무 말도 하지 않으셨다. 어쩌면 간신히 울음을 참고
계신지도 몰랐다.

"엄마?"

어머니가 갈라지는 목소리를 냈다.

"응."

"배 한번 만져봐도 돼요?"

어머니는 당황했다.

"왜?"

"그냥요."

"알고…… 있었니?"

어머니의 목소리가 파르르 떨려왔다.

"응, 한참 전에. 엄마 먹는 그 약, 엽산 맞죠? 걱정돼서 찾아봤었
어요."

"······일부러 숨긴 거는 아니야."

"응, 알아요. 그러니까 엄마, 언젠가 이 아이가 태어나면 제 머리에 형 손바닥이 한번 올라온 적이 있었다고 말해주세요."

왜 지금이냐고, 조금만 참다 갖지 그러셨느냐고, 그런 말은 하지 않았다. 오래전, 아무도 모르게 원망하고 서운해했던 기억도 굳이 헤집어내지 않았다. 이제 그런 것은 하나도 중요하지 않았다. 정말이지 하나도 중요할 리 없었다. 어머니는 대답 대신 내 손을 꼭 잡았다. 나는 잠에 취한 사람처럼 느리고 아둔하게 말했다.

"아빠."

"응?"

"그리고 엄마."

"그래."

그러곤 남아 있는 힘을 가까스로 짜내 말했다.

"보고 싶을 거예요."

에필로그

부모님의 모습이 보인다. 두 분은 내 머리맡에 앉아 이마를 맞댄 채 당신들의 이야기를 읽고 있다. 나는 어머니와 아버지의 반응을 하나도 놓치고 싶지 않아, 두 분 숨소리와 기척에 집중한다. 그리고 이럴 때 두 사람의 표정을 볼 수 있다면 좋을 텐데…… 하고 생각한다. 그렇게 생각하는 나를 내가 또 바라본다. 나는 내가 적은 첫 문장과 다음 문장을 떠올린다. 그러곤 지금 어머니와 아버지가 읽고 있는 부분이 어디쯤인지 가늠하고 따라가려 애쓴다. 가물가물 눈이 풀리고, 숨이 가쁘다. 아무래도 나는 두 분이 뭐라 하나 꼭 듣고 갈 모양이다. 바람이 부는 것은 나무들이 제일 잘 안다. 이 문단은 이미 건너가셨겠지. 바람이 부는 날에 짝짓기를 해야 한다는 건 아버지가 제일 잘 안다. 이 단락쯤 도착하셨겠구나. '나랑 해, 나랑

해'는 어떠실까. '나도 잘해, 나도 잘해'는 또 어떡하고. 행여 부끄러워하지는 않으실까. 여러가지 걱정이 되면서도 가슴이 뛰는 것은 어쩔 수 없다. 나는 귀를 쫑긋 세운 채 두 분 숨소리를 경청한다. 이윽고 간헐적인 훌쩍임 사이로, 어디선가 '쿡' 하는 소리가 들려온다. 나는 그걸 놓치지 않고, 반색하며, 다급하게, 병상에서 벌떡 일어나기라도 할 기세로 묻는다.

"아빠."

"응?"

"어디예요?"

"뭐?"

"조금 전……"

아버지가 뭐라 대답하지만 이상하게 잘 들려오지 않는다. 모든 것이 아스라이 어렴풋해진다. 두 눈 위로 밀린 잠이 눈사태처럼 쏟아진다. 그리고 어디선가 찢어질 듯 매미 우는 소리가 들린다. 나는 바람보다 키 큰 그물채를 잡고, 뱅글뱅글 어둠속을 날아다니는 문장들을 붙잡으려 애를 쓴다. 하지만 그것들은 몸이 날쌔 쉽게 걸려들지 않는다. 이윽고 그 말들은 스스로 노래하기 시작한다. 아버지, 내가 아버지를 낳아드릴게요. 어머니, 내가 어머니를 배어드릴게요. 나 때문에 잃어버린 청춘을 돌려드릴게요. 아버지, 내가. 어머니, 내가. 그런 뒤 물뱀처럼 허리를 꺾어 어디론가 재빠르게 달아난다. 앞으로 나는 어떻게 될까. 그리고 어디로 갈까. 그런 것은 모르겠다. 다만 조금 전 내가 던진 한마디, 어디예요? 그 한마디가 어쩌면 내가 지상에 남기고 가는 마지막 말일지도 모른다고 생각한다.

그러니까, 그것. 아빠. 응? 어디예요. 뭐? 조금 전…… 어디에서 웃었어요?

두근두근 그 여름

한아름

*

바람이 분다. 바람이 부는 것은 나무들이 제일 잘 안다. 먼저 알고 가지로 손을 흔들면 안도하고 계절이 뒤따라온다. 봄이 되고 싶은 봄. 여름이 하고 싶은 여름. 가을 혹은 겨울도 마찬가지다. 바람이 '봄' 하기로 마음먹으면 나머지는 나무가 알아서 한다. 자연은 해마다 같은 문제지를 받고, 정답을 모르면서 정답을 쓴다. 계절을 계절이게 하는 건 바람의 가장 좋은 습관 중 하나다.

바람이 분다. 바람이 부는 날에 짝짓기를 해야 한다는 건 아버지가 제일 잘 안다. 뼈와 살이 자라는 열기를 어쩌지 못해 아무 때고 풍덩풍덩 물속에 몸을 던지던 소년시절부터 아버지가 간절하게 바라온 건 오직 하나, 여자를 안는 것이었다. 때는 열일곱, 아버지는 한번도 품어보지 못한 남의 살이 그리워 미치기 직전이었다. 아버지는 이미 사내 비슷한 게 돼 있었다. 하지만 아직 사내는 아니었다. 아버지는 사내가 되고 싶은 사내, 여름이 되고 싶은 여름이었다. 바야흐로 7월, 아버지는 초록에 포위돼 있었다. 여름의 식성, 여름의 정력에 눌려 있었다. 사방의 초목은 자라고 뻗치는 데 온힘을 기울이며 관능적으로 엉겨 있었다. 매미들은 덩달아 악을 쓰고 울어댔다. 그때껏 시골에서 자란 아버지는 그것들이 모두 수컷인 걸 알았다. 교미할 짝을 찾아 구애경쟁을 하는 거였다. 놈들은 자기 존재를 알리려 최선을 다해 노래했다. 밤마다 얕은 숨을 토하던 아버지의 귀에 그것은 온통 '나랑 해!' '나랑 해!' 하는 애원처럼 들렸다. 아버지의 몸은 자주 뜨거워졌다. 그때마다 아버지는 허둥지둥 계곡으로 뛰어들었다. 아버지가 달뜬 몸을 물에 담그면, 샛강에선 한여름에도 치이익—— 소리가 났다. 매미들은 줄기차게 울어댔다. 여름을 꽉 채우며, 여름을 팽팽하게 만들며. 나랑 해, 나랑 해, 하고. 나도 잘해, 나도 잘해, 하고. 높은 소리로, 높은 소리로. 그 울음 한가운데서, 먼 곳을 바라보던 아버지는 결국 자기도 모르게 눈물을 글썽이며 이렇게 중얼거렸다.

"저게 남 일이 아니여……"

바람이 분다. 바람이 부는 날에 가출을 해야 한다는 건 어머니가 제일 잘 안다. 가도 가도 끝이 없는 세상이 궁금해 아무 때고 공상에 빠지던 어린시절부터 어머니가 간절하게 원해온 건 오직 하나, 동네를 뜨는 것이었다. 때는 열일곱, 어머니는 한번도 불러보지 못한 노래가 그리워 병이 날 지경이었다. 어머니는 그날도 냇가에 앉아 성적표를 찢고 있었다. 자기가 잘할 수 있는 건 따로 있는데, 왜 엉뚱한 데 힘을 기울여야 하나 알 수 없어서였다. 같은 시간, 아버지와는 산 하나를 사이에 두고 떨어져 있는 셈이었다. 어머니도 아버지도 그 사실을 몰랐지만, 두 사람은 이미 이어져 있었다. 아버지가 몸을 식힌 계곡물이 어머니가 발을 담근 개천까지 흘러왔기 때문이다. 하늘은 맑고 바람은 잔잔했다. 수면 위론 잠자리 수십 마리가 날아다니고 있었다. 내에 끓는 빛과 허공에 도는 빛이 부딪쳐 소란했다. 어머니는 겹겹이 포개진 산 아래 부루퉁히 앉아 있었다. 얼마 전 예술고등학교 진학이 좌절된 후 줄곧 지어온 표정이었다. 어머니는 자기가 되고 싶은 자기, 여름을 간섭하는 여름이었다. 그렇지만 누구도 그 사실을 몰랐다. 안다 해도 무시하고 꺼릴 것이 빤했다. 어머니는 한숨을 쉬며 먼 산을 바라봤다. 문득 산이 부푸는 느낌이 났지만 그것이 아버지의 탄식 때문이란 건 눈치채지 못했다. 그러니 골짜기를 쩌렁쩌렁 울리는 숫총각의 비명, '아버지! 다음 생애엔 반드시 금수로 태어나게 해주세요!'라는 울음을 듣지 못하는 것도 당연했다. 사방의 초목은 싱싱하게 출렁였다. 그렇지만 어머니는 그런 것에 관심이 없었다. 어머니는 초록에 무심했다. 초록이 지겨웠다. 그런 마음 역시 초록의 영향 아래 일어난 일이란 건 모르고서였다. 어디선가 잠자리 한 마리가 날아와 바위에 앉았다. 곧이어 꼬리를 치켜든 채 열을 식히는가 싶더니, 사뿐 비상해 어머니 주변을 집요하게 맴돌았다. 부모님의 강요에 못 이겨 꿈을 포기해야 했던 어머니의 눈에 잠자리의 날갯짓은 왠지 '나랑 가' '나랑 가' 하는 신호처럼 보였다. '가봄 알아' '가봄 알아' 하는 채근처럼 들렸다. 어려서부터 오빠들의 잘난체를 듣고 자란 어머니는 그것이 지구 최초로 하늘을 난 생물이라는 걸 알았다. 물에 살던 곤충 하나가 어느날 날아볼까 마음먹은 뒤 그냥 그렇게 된 거였다. '난다'는 개념 자체가 없던 시절에 어떻게 그런 생각을 할 수 있었는지 어머니는 놀라웠다. 그런 힘은 어디서 나고 어떻게 솟는 건지 궁금했다. 그리고 가능하다면 자신에게도 그런 힘이 있었으면 했다. 잠자리는 쉬지 않고 선회했다. 나랑 가, 나랑 가, 하고. 가봄 알아, 가봄 알아, 하고. 여름을 흩뜨리며, 여름을 어지럽게 만들며. 얇은 날개로, 얇은 날개로. 하지만 그것과는 상관없이 물풀 위에 앉아 교접에만 몰두하는 몇몇 쌍도 보였다. 상대방의 생식기를 자기 머리 쪽으로 오게 해서 둥그런 자세를 취한 거였다. 어머니는 양 꼬리가 만들어낸 찌그러진 하트 모양을 한참 동안 넋을 잃고 바라봤다. 그러곤 세차게 고개를 저은 뒤, 골이 난 듯 웅얼댔다.

"이 고장 남자랑은 안해, 절대로 안해……"

*

아버지가 찾은 곳은 깊은 계곡이었다. 그곳 산세를 꿰뚫고 있는 사람이 아니면 웬만해서 찾을 수 없는 골짜기. 굽이굽이 혈관처럼 퍼진 물의 지류 중 하나가 한번 더 갈려 여러 줄기로 뻗어나가던 중, 산 중턱, 숨 돌릴 만한 평지를 만나 '어이쿠!' 주저앉아서 생긴 작은 못이었다. 물은 돌고 돌아 고인 듯해도 늘 새 물이었다. 물은 돌고 돌아 다시 온 거라 언제나 옛 물이었다. 그것도 나이를 헤아릴 수 없을 만큼 오래된 물. 바람이 불 때마다 얼굴 위로 무수한 주름을 드러내는, 맑고 늙은 물이었다.

마을에선 오래전부터 그 산 물을 길어마시면 좋은 꿈을 꾼다는 전설이 내려오고 있었다. 그게 사실인지 아닌지 알 수 없어도, 물 위에 떠 하늘을 볼 때마다 아버지는 산이 꾸는 꿈을 깔고 누운 듯한 착각에 빠져들었다. 한밤중, 어둠속에서 눈을 끔벅이고 있으면, 바깥에서 희미한 물소리가 났다. 실핏줄 같은 물길을 타고 온 마을에 꿈이 방류되는 소리였다. 꿈은 쉬지 않고 새나갔다. 잠든 이들의 좁고 컴컴한 귓구멍을 타고 잠 속으로 흘러갔다. 아버지는 그 소리를 듣고 잘 자랐다. 그리고 어느 순간 제 발로 걸어, 직접 그 꿈 안으로 들어갔다. 그러곤 번번이 자기가 무슨 꿈을 꾸었는지 잊어버렸다.

수면 위로 아버지의 시커먼 거웃이 수초처럼 너울거렸다. 물밑에선 민물고기 몇마리가 멍청하고 의아한 눈으로 아버지를 올려다보고 있었다. 홀딱 벗은 미성년의 육체는 햇빛을 받아 매끄럽게 빛났다. 머리 위론 딱 웅덩이만한 크기의 하늘이 오목하니 둥그렇게 트여 있었다. 키 큰 나무들에 둘러싸여, 바람이 불 때마다 조금씩 모양을 바꾸는 멀고 좁은 하늘이었다. 쏴아아— 바람이 불자, 나

무들이 머리채를 흔들며 초록을 퍼뜨렸다. 더불어 아버지의 마음
도 싸하게 시려왔다. 아버지는 혼란스러웠다. 때마침 태어난 이래
자신에게 가장 거대한 질문을 던지고 있어서였다.

'어떻게 살 것인가.'

아버지는 고뇌했다. 그러곤 잡생각에 시달리는 자신이 못마땅해
혼잣말을 했다.

"시간이 너무 많아서 그래. 시간이……"

그즈음 아버지가 생각이 좀 많긴 했다. 어머니와 비슷하게 진로
가 어그러진 뒤 시간이 남아돌아서였다. 아버지는 자기가 뭘 잘하
고 좋아하는지 확신하지 못했다. 그 시절 그런 걸 아는 사람은 많
지 않았다. 물론 아버지는 태권도 특기생으로 도에서 알아주는 체
육고등학교에 진학한 상태였다. 하지만 대회에서 부당판정에 항의
해 소란을 피우다 심판에게 이단옆차기를 날려 정학을 맞은 상태
였다. 아버지는 방학을 핑계삼아 집에 내려와 있었다. 할아버지와
할머니는 자세한 사정을 모르고 있었다. 아버지는 학교에 돌아가
고 싶지 않았다. 선배들의 연이은 구타와 기합도 싫었고, 자기가 정
말 이 길을 원하는지 알 수 없었다. 그해 여름은 아버지에게 유예
기간이었다. 가을이 오고 겨울이 되기 전 뭔가 결정해야 하는. 중요
한 건 복학이냐 아니냐가 아니었다. 아버지를 불안하게 하는 건, 아
버지가 뭐가 될지 모른다는 사실이었다. 아버지는 하나를 선택하
는 순간 모든 게 그대로 끝나버릴 것 같아, 아무것도 안하고만 싶
었다. 하지만 사람이 가장 하기 어려운 것 중 하나가 아무 일도 안

하는 거라 갑갑하기도 했다. 딱히 할 게 없어, 뭐라도 해야 하지 않을까 싶어 수음에만 몰두한 적도 한두 번이 아니었다. 한 날은 그게 하루에 몇번이나 가능한지 알아보려는 실험을 하다 자기 성기를 꼭 쥐고 기절한 채 발견되기도 했다. 할머니가 구급차를 부르려는 걸 할아버지가 만류해 찬물 한 양동이를 들이붓고 나서야 아버지는 겨우 정신을 차릴 수 있었다. 그때 아버지는 혼몽한 상태에서 크게 두 가지를 깨달았다. '아, 성욕엔 찬물이 좋은 거구나'라는 것과 '아! 인간이 하루 다섯 번 하면 죽을 수도 있는 거구나'라는 거였다. 제 앞날이 막막해 숨이 막힐 때마다, 남의 살이 그리워 숨이 가쁠 때마다 아버지가 텀벙텀벙 물속으로 뛰어드는 데는 다 그만한 이유가 있는 거였다.

'어떻게 살 것인가.'

쉽고, 어려운 질문이었다. 하지만 언젠가 해결해야 할 문제이기도 했다. 아버지는 쉬운 말들에 늘 무서움을 느꼈다. 좋아한다는 말, 아프다는 말, 늙는다는 말, 하고 싶다는 말과 같이 납작한 질감의 것일수록 그랬다. 그나저나 하고 싶다니, 생각난 김에 한번 할까, 갈등하다 아버지는 그런 자신이 몹시 싫어졌다. 예전에는 몸이 고플 때만 했는데, 이제는 어려운 문제에 부딪히고 머리가 복잡해질 때마다 바지를 벗으려 했다. 아버지는 한탄하며 한마디했다.

"커서 뭐 되려고 그러니……"

사실 그 정답은 내가 알고 있는데, 아버지는 '아버지가 되려고' 그러는 거였다.

하늘은 푸르고 바람은 선선했다. 한 소년을 빼고 모든 것이 괜찮아 보였다. 자신의 미래를 두고 머리가 터져라 고민하던 아버지는 별안간 철퍼덕 — 물속으로 잠수했다. 배영자세에서 그대로 몸을 말아 고꾸라진 거였다. 놀란 물고기들이 황급히 자리를 피했다. 그리고 저 위에선, 아버지가 감쪽같이 사라진 자리를, 아버지보다 나이가 열 배 이상 많은 나무들이 장승처럼 굽어보고 있었다. 그중에는 옛날 여자들이 치성을 드리고 갔다는 '큰어른나무'도 있었다. 조만간 아버지가 '제발 아버지가 되지 않게 해주세요, 엉엉' 하고 빌게 될 나무가 그 나무였다. 그때 아버지는 모르는 게 많았지만, 기도란 그렇게 입이 없는 것들 앞에서 해야 된다는 것 정도는 알고 있었다. 더욱이 사람보다 나이가 몇갑절은 많은 나무라면 믿을 만한 나무였다. 어디에서 흘러와 어디로 흘러가는지 모를 뭉게구름이 강물 위로 엷은 그림자를 드리우며 지나갔다. 매미도 울고, 새도 울고, 정체를 숨긴 채 발자국만 드러내는 산짐승도 어디선가 가르랑거리고 있었다. 청춘. 그리고 여름을 구성하는 모든 것의 아름다움. 스스로 아름다워, 아름다움이 아름다움인 줄 모르는 한 소년이, 그렇게, 시리도록 찬물에 머리를 처박고 있는, 여름, 여름이었다.

*

어머니는 외할아버지의 심부름을 가는 중이었다. 며칠 후 고모 댁에 혼사가 있어서였다. 어머니가 할 일은 고모에게 의례적인 안

부를 여쭌 뒤 돈봉투를 건네드리는 것이었다. 집안에 큰일이 있을 때마다 형제들이 돌아가며 해온 일이었다. 하지만 집에서 출발할 때부터 어머니는 이미 딴 맘을 먹고 있었다. 손안에 거금이 쥐어진 순간, 지금이 기회라고 생각한 까닭이었다.

어머니는 비포장도로가 깔린 언덕 입구에 섰다. 산은 고요하게 나풀대며 바람을 만들어내고 있었다. 은근한 듯 집요하게, 부드럽고 수상쩍게 출렁이고 있었다. 하나의 초록 안에는 여러개의 초록이 들어 있었다. 옅은 초록, 짙은 초록, 더 짙은 초록이 하나인 듯 수천 개로 번져 있었다. 여름은 색(色)이 많아 좋은 계절이었다. 여름은 통(通)하라고 있는 계절이었다. 집집마다 온갖 문을 활짝 열어두는 데는, 어머니가 교복치마를 두 번 접고 아무데서나 다리를 벌리고 앉는 데는 다 그만한 이유가 있는 거였다. 어렸을 때부터 산을 보고 자란 어머니는 산이 울룩불룩하다는 걸 알았다. 계절마다 산의 크기가 달라진다는 것도, 날에 따라 멀어졌다 가까워졌다 한다는 것도 잘 알고 있었다.

어머니는 산속으로 걸음을 옮기며 지난해 일들을 떠올렸다. 삼촌들이 고등학교 진학을 앞두고 있을 때면 외할아버지는 당사자를 독방으로 불렀다. 그런 뒤 일종의 담판 혹은 거래를 했다. 삼촌들은 대부분 원하는 걸 선택했고, 결과에 별로 불만이 없었다. 그래서 고등학교 입학시험이 눈앞에 다가왔을 즈음, 어머니도 당연히 외할아버지가 자기를 불러앉힐 줄 알았다. '아버지, 저는 노래가 하고 싶어요'라는 대답도 미리 준비해놓은 상태였다. 특별활동 시간에 우연히 성악부에 들었는데, 서울에서 온 교생선생이 어머니의 재능을 침이 마르게 칭찬했기 때문이다. 하지만 하루가 가고 이틀이 지나도 외할아버지는 어머니를 부르지 않았다. 오히려 어머니의 시선을 피하고 딴 길로만 다니는 것 같았다. 그러곤 어느날 대문 앞을 두 팔로 막아선 어머니에게 선언하듯 말했다.

"우리집에 예술은 없다!"

그게 몇달 전 겨울의 일이었다. 그리고 어머니는 여전히 마음속에 그 일을 담아두고 있었다.

그즈음, 어머니는 뭔가 되려 하는 참이었다. 하지만 자신도 그게 뭔지 몰랐다. 조금 더 노래하면 알 수 있을 것 같은데, 혹은 스스로 노래 그 자체가 되어도 좋을 것 같은데, 어머니를 알아주는 사람은 아무도 없었다. 어머니는 읍내 정류소에서 바이올린이며 화구 따위를 들고 등교하는 친구들을 훔쳐보곤 했다. 원시잠자리가 지상에 드리우는 아름다운 그물 그림자를 최초로 목격했을 곤충의 마음으로, 고개 들어 멍하니 바라보곤 했다. 마음은 끊임없이 속삭였다. 더 늦기 전에, 더 늦기 전에 움직이라고. 너도 너의 삶을 살라고. 그러니 거금을 쥔 어머니의 가슴이 쫓기듯 펄떡이는 건 당연한 일이었다.

'서울로 가 방을 하나 얻는 거야. 그리고 아르바이트를 하면서 음악학원에 다니는 거지. 그러면 아버지도 못 이기는 척 나를 다른 곳으로 전학시켜주지 않을까?'

어머니는 자리에 멈추어섰다. 그러고는 돌아서 자기가 걸어온 길을 한참 동안 내려다보았다. 그러고는 잠시 갈등하다, 고모에게 가길 포기하고 버스정류소와 이어진 샛길로 걸음을 돌렸다. 아주 오래전에 한번 지나가본 뒤로 발 디뎌본 적 없는, 낯선 지름길이었다.

*

큰어른나무는 웅덩이에서 조금 떨어진 곳에 자리잡고 있었다. 기둥은 크고 둥글었고, 수십 개의 가지는 하늘을 떠받들며 바람을 섬기고 있었다. 큰어른나무의 뿌리는 거대했다. 그것은 제 몸의 두 배, 세 배 되는 크기로 땅 곳곳에 퍼져 있었다. 바위 밑을 어떻게 통과했는지, 몇몇 가닥은 물가에 직접 촉수를 내밀어 약수를 빨아먹고 있었다. 가만히 귀를 대고 있으면 나무에 피가 도는 소리가 들릴 만큼, 몹시 늙어 사는 것의 황홀함을 아는 고목의 정력이었다. 계곡물이 도달한 하늘 끝에서 파랗게 너울대는 잎들이 그 사실을 말해줬다. 우리는 살아가는 중이라고. 우리는 죽어가는 중이라고. 끊임없이, 하루하루, 살고 죽는 중이라고. 얼굴에 주름 많은 물 위로 제 모습을 비춰봐 저도 늙은 것을 안 나무가 쏴아아── 흔들리는 한낮이었다.

매미들은 큰 소리로 맴맴맴맴 울어댔다. 이 계절이 끝나면 곧 죽을 것을 알고 그러는 것 같았다. 아버지가 볼 때 세상 모든 성충들은 자기만 빼고 다 번식중인 것 같았다. 사마귀도, 풍뎅이도, 하늘

소도 하고, 심지어 하루살이조차 생애 마지막날 교미를 위한 광란의 비행을 했다. 고작 육일을 산 주제에. 십칠년을 산 자기는 한번도 못해봤는데 말이다. 아버지는 여전히 웅덩이에 떠 있었다. 그러곤 지금 이 순간, 전래동화에서처럼 하늘에서 색시가 뚝 떨어진다면 얼마나 좋을까 생각했다. 최근에도 자전거를 타고 가다 예쁜 여자를 돌아보는 바람에 차에 치여 죽을 뻔한 적이 있었다.

'그렇지만 우리집은 너무 가난한걸. 게다가 나는 아직 꿈도 없어⋯⋯'

그런데 문득 아버지의 눈에 큰어른나무가 들어왔다. 아버지는 천천히 개구리헤엄을 쳐 그쪽으로 다가갔다. 신심이 동했다기보단 심심하니 뭔가 시험해보고 싶은 맘이 들어서였다. 아버지는 실오라기 하나 걸치지 않은 몸으로 고목 앞에 섰다. 그러고는 넙죽 나무 앞에 절했다. 한 번 하고 허전해 두 번을 더 엎드렸다. 허리를 숙일 때마다 시커먼 엉덩이 골 사이로 성기가 덜렁거리는 걸 새들이 다 보고 있는 것도 모르고 말이다. 아버지는 큰어른나무를 향해 칭얼대듯 소리쳤다.

"여자친구 하나만 만들어주세요, 네? 여자친구 하나만. 응?"

그러고는 무슨 일이 벌어지길 잠자코 기다렸다. 하지만 아무리 기다려도 아무 일도 일어나지 않았다. 아버지는 '그럼 그렇지' 하고 물속으로 기어갔다. '영(靈)발이 다된 거야. 그러니까 사람들도 찾지 않지⋯⋯' 단정하며 투덜댔다. 그런데 얼마 안 있어, 엄청난 물보라와 함께 골짜기에 첨벙─ 소리가 울려퍼졌다. 거짓말처럼, 정말, 하늘에서 뭔가 뚝 떨어진 거였다.

*

    산이 원래 이렇게 복잡했던가. 어머니는 찌푸린 얼굴로 잡목을 헤쳐나갔다. 길눈이 어두운 편이 아닌데, 가도 가도 그 길이 그 길 같고, 저 길이 이 길 같았다. 마치 누군가 이상한 술법을 부려 산을 움직이는 것 같았다. 어머니는 무작정 낯선 곳에 발을 들인 자신을 책망했다. 그러면서도 여기만 벗어나면 금방 새 삶이 펼쳐질 거란 기대를 버리지 않았다. 해가 중천에 뜬 걸 보니 세 시간은 족히 넘은 듯했다. 허기와 피로, 짜증이 한꺼번에 밀려왔다. 그리고 어느 순간 못 견디게 오줌이 마려웠다. 어머니는 인적 없는 으슥한 자리로 들어가 치마를 올리고 쭈그려앉았다. 그리고 순간, 자신을 보고 있는 무언가와 눈이 딱 마주치고 말았다. 어디서 나타났는지 소름끼치게 아름다운 물뱀 한 마리가 어머니를 멀뚱히 노려보고 있었던 거다. 명색이 시발공주였던 어머니도 순간 심장이 얼어붙는 것 같았다. 어머니는 천천히 뒷걸음치기 시작했다. 그리고 어느정도 거리가 확보되자 벌떡 일어나 미친 듯이 뛰기 시작했다. 물뱀이 빠른 속도로 쫓아오는 것만 같아 뛰고 또 뛰었다. 그러다가 급기야 썩은 나무둥치에 걸려 자빠졌고, 그 속에 든 벌집이 흔들렸고, 흥분한 벌떼들이 덤벼들었고, 어머니는 다시 뛰는 수밖에 없었고, 너무 달려서 토할 것 같았고, 시발 이젠 가출이고 뭐고 다 때려치우고 싶었고, 신 한 짝은 어디로 날아가 없었고, 그런데 저 앞에 계곡이 보였고…… 마침내, 민첩하고 유려한 자세로 풍덩— 물속으로 뛰어들고 말았던 것이다.

　어머니가 낙하한 순간, 계곡 안엔 어마어마한 소리가 났다. 엄청난 물보라와 함께 새떼가 푸드덕 날아올랐고, 호젓하게 배영을 즐기고 있던 아버지도 놀라 자빠진 뒤 물을 먹고 어푸어푸했다. 어머니는 물속에서 허둥대다 정신을 차리고 일어났다. 그러고는 물에 빠진 생쥐처럼 초췌한 눈빛으로 아버지를 바라봤다. 순간, 수심이 그리 깊지 않다는 걸 떠올린 아버지도 호흡을 가누며 어머니를 바라봤다. 두 사람은 삼초간 그렇게 말없이 서 있었다. '예쁜 얼굴이다'라고 아버지는 생각했고, '대체 뭐지?'라고 어머니는 경계했다. 아버지는 곧 자기가 아무것도 걸치지 않았다는 걸 깨닫고 양손으로 황급히 아랫도리를 가렸다. 그것으로 충분치 않았는지 엉거주춤한 자세로 물속에 쭈그려앉았다. 조금 전 큰어른나무에게 소원을 빈 바 있는 아버지는 이게 꿈인가 생시인가 싶어, 나무와, 어머니와, 다시 나무를 번갈아 쳐다봤다. 그러고는 수면 위로 고개만 쫑긋 내민 채 가까스로 한마디했다.
　"누구세요?"

*

　바람은 곳곳에 색을 얹으며 계절을 완성하고 있었다. 그 색에 제일 먼저 물드는 건 여자들이었다. 그 물이 가장 늦게 빠지는 건 남자들이었다. 여름은 색이 많아 좋은 계절이었다. 여름은 색이 발

(發)해 힘센 계절이었다. 그리고 그 색은 고스란히 강물에 담겼다. 언젠가부터 아버지는 멍하니 산을 보는 일이 많아졌다. 그리고 자기도 모르게, 초등학교 때 배운 단순한 노래를 흥얼대기 시작했다.

"당신은 누구십니까. 나아는 한대수. 그 이름 아름답군요. 당신은 누구십니까. 나아는 최미라. 그 이름 아름답군요."

그 여름, 아버지는 노래했다. 온종일, 그리고 멍하니. 일단 시작하면 부르는 이가 그만두고 싶어질 때까지 계속할 수밖에 없는 긴긴 돌림노래를. 누구십니까, 누구십니까, 하고. 아름답군요, 아름답군요, 하고. 아랫배를 떨며, 높은 소리로, 높은 소리로…… 그러곤 마음속에 있는 상대에게 자꾸만 누구냐고 물었다. 그래야 이어서 자기 이름을 말할 수 있을 테니까. 네 이름의 메아리가 내 이름인 것을 알아, 내 이름의 어딘가에 네가 살고 있는 것을 알아, 계속해서.

*

감기, 그리고 열병의 나날이 지나갔다. 몇번의 큰비와 뒤척임, 일교차를 나타내는 아름다운 그래프의 곡선과 먼지의 운동, 낮과 밤, 빛의 마블링, 그런 것이 지나갔다. 그사이 간절(間節)을 앓는 것은 아버지만이 아니었다. 철이 바뀔 때마다 사람들은 조금씩 아팠다. 면역을 배우느라 그랬고, 나이를 잡숫느라 그랬다. 철이 든다는 건 철을 겪었다는 말과도 같으니까. 계절에 제법 물들어봤다는 뜻이기도 하니까. 아직 가을이 오지 않았는데도, 아직 초목이 싱싱한데도, 아버지는 저 혼자 간절을 앓았다. 그러니 이따금 열이 오른 아버지가 투병중 황홀을 경험한 건 전혀 이상한 일이 아니었다. 때마침 어머니의 연이은 퇴짜와 새침에 한창 애가 타 있던 차였다. 그시절, 아버지는 꿈속에서 어머니를 만나 이상하고 아득한 대화를 했다. 한 사람은 벌거벗은 채 웅덩이에 떠 있고, 다른 한 사람은 공중에서 상대를 내려다보는 상황이었다. 굽어보는 쪽의 얼굴은 웅덩이 위 하늘을 꽉 채울 만큼 커다랬다. 마치 한 사람이 다른 이의 신이라도 된 양 그랬다. 아버지는 사지에 힘을 풀고, 먼 데를 바라봤다. 그러자 어머니가 아버지를 향해 거대한 얼굴을 들이밀며 물었다.

"당신은 왜 당신을 당신의 아버지라 불러?"

어머니의 목소리는 왕왕거리며 산 너머로 퍼져갔다. 큰어른나무를 위시한 오목한 공간이 그 자체로 하나의 스피커가 된 듯했다. 이윽고 아버지가 담담하게 답했다.

"왜냐하면 나는 나의 아버지니까……"

아버지의 음성은 겹겹의 원을 그리며 숲 너머로 번져갔다. '나는 나는—'하고, '아버지니까 아버지니까—'하고. 동심원의 가장 나중에 그려진 원 바깥에서 파드득 새떼가 날아올랐다. 그 소리는 메아리쳐 제자리로 돌아왔다. 그래서 마치 아버지가 아닌 산이 하는 말처럼 들리기도 했다. 얼마 뒤, 두 사람의 위치는 바뀌어 있었다. 이번에는 어머니가 물에 떠 있고, 아버지가 어머니를 내려보는 형상이었다. 이윽고, 아버지가 먼 하늘서 큰 얼굴을 들이대며 물었다.

"당신은 왜 당신을 당신의 어머니라 불러?"

그러자 어머니는 기쁜 듯 차분하고 슬픈 듯 들뜬 목소리로 말했다.

"왜냐하면 나는 나의 어머니니까……"

말하자면 몸살, 그리고 환절의 날들이었다.

두 사람이 처음 만난 날, 어머니와 아버지는 바위에 앉아 나란히 몸을 말렸다. 이미 어색하게 통성명을 한 뒤였다. 어머니가 갖고 있던 지폐 꾸러미도 한 장 한 장 돌멩이 아래 놓여 햇빛에 말라가고 있었다. 아버지는 한쪽 신이 없는 어머니를 마을 입구까지 업어다 줬다. 사실 그날 두 사람이 나눈 대화는 많지 않았다. 하지만 아버지의 등짝에 전해지던 어머니의 온기, 어머니의 가슴팍에 전해지던 아버지의 호흡이 두 사람을 묘하게 흔들어놨다. 그날, 긴 산길을 내려오며 어머니는 가출을 좀더 유보하기로 했다. 한대수가 어떤 사람인지 알게 된 뒤 집을 떠나도 늦지 않을 거란 판단이 들어서였다. 물론 아버지에게는 절대 내색하지 않은 감정이었다.

*

그해 여름, 두 사람은 많은 이야기를 나눴다. 일단 그게 자연스러운 순서였고, 그것 말곤 딱히 할 게 없어서였다. 물론 그렇게 되기까지는 엄청난 신경전과 줄다리기가 필요했지만, 두 사람이 마음을 여는 데는 그리 오랜 시간이 걸리지 않았다. '우리는 친구 사이'라는 선을 확실히 그은 채 아버지를 아프게 하고, 아버지를 힘들게 한 어머니가 자긴 지금보다 더 나은 사람이 되고 싶다 한 것은 그

무렵이었다.

"나은 사람?"

"응, 나은 사람."

"노래로?"

"응, 노래로."

"그게 돼?"

"어쩌면."

단지 누군가 자신에게 진심을 털어놓는단 사실만으로 자신이 귀한 사람처럼 느껴지던 때였다. 비밀과 거짓말, 유혹과 딴청, 진담혹은 우스갯소리가 얼마간 이어지던 시기. 작게 웃고, 공감하고, 귀기울이던 나날. 하지만 연인들이 차려놓은 대화의 식탁에 꼭 밀담만 있으라는 법은 없었다. 거기에는 오히려 둘만의 밀어를 보호하기 위한, 무수한 딴 얘기와 시치미가 필요했다. 시시껄렁한 얘기도좋고, 범박한 소재라도 상관없었다. 중요한 건 그 말들을 통해 두사람이 뭔가 축조해나가고 있다는 거였다. 아버지는 모자란 화젯거리를 주로 만화방에서 얻었다.

"원숭이는 원래 헤엄치지 않았대."

"정말?"

"응."

"근데 사람은 하잖아?"

"응, 이유는 명확하게 밝혀지지 않았대."

아버지가 으쓱하며 대답했다. 그러곤 어머니가 '정말?' 하고 물을 때, 단어의 뒤꿈치가 사뿐 들리는, 그 가볍고 다정한 억양이 퍽 듣기 좋다고 생각했다.

"하지만 나는 헤엄치지. 이유는 밝혀지지 않았지만."

아버지는 신이 나 어머니 앞에서 재주를 부렸다. 순서대로 폼을 바꿔가며 온갖 영법을 선보였다. 자! 이건 자유형! 이건 배영! 봐라, 접영! 그리고 마지막으로 이건 평영! 아버지는 오두방정을 떨며 잘난체를 했다.

"으하, 그거 웃기다!"

"뭐?"

"네가 지금 하는 거 말이야."

"평영?"

"응, 꼭 개구리 같아. 하나도 안 멋있어. 그건 어디 가서 하지 마."

그러자 아버지는, 훗날 자기 삶에 기본이 될지도 모를 중요하고 암시적인 말을, 자기도 모르게 내뱉었다.

"야, 이게 이래 웃겨 보여도, 물속에서 가장 오래 버틸 수 있는 영법이야."

아버지가 어머니 앞에서 그런 잡스러운 지식을 늘어놓는 데는 체고생의 콤플렉스도 한몫했다. 아버지는 어디서든 '뭔가 있어 보인다' 싶은 정보들은 단단히 기억해두었다 적당한 순간 써먹곤 했다. 사내로서 한 여자에게 이 세계의 질서에 대해 설명해줄 때의 자긍도 한몫했다. 물론 그 인용이 항상 적절했던 것은 아니다. 문맥에서 벗어난 경우도, 끼워맞춘 듯 억지스러운 순간도 없지 않았다. 어머니는 천진한 표정으로 내숭을 떨며 아버지의 말을 경청했다.

그리고 그때마다 아버지는 어머니의 얼굴을 바라보며 생각했다.

'세상에! 저 동공 좀 봐……'

도발을 모르는 도발. 혹은 도발을 약간 아는 도발. 활짝 열린 어머니의 동공 속엔 분명 그런 것이 있었다. 조금은 어머니가 의도한 거였다고 해도 말이다. 아버지는 계속해서 가십성 과학잡지에서 읽어온 얘기로 어머니의 환심을 샀다.

"나무 하나가 하루 동안 두 사람이 마실 양의 산소를 만들어낸대."

그러고는 넌지시 먼 하늘을 보는 척했다. 동시에 쓸쓸한 듯 서정적인 눈빛도 잊지 않았다. 조금 전 웅덩이에서 나온 탓에 아버지의 몸은 축축하게 젖어 있었다. 한기로 살짝 곤두선 아버지의 솜털에 미세한 물방울들이 매달려 있었다.

"정말?"

"응, 정말."

아버지는 의기양양하게 덧붙였다.

"우리가 남의 숨을 먹고 산다는 게 신기하지 않아?"

어머니는 잠시 고민하다 말을 이었다.

"나무도 우리 숨을 먹잖아."

큰어른나무의 가지가 조그맣게 흔들리며 어머니의 얘기를 긍정했다. 아버지는 '맞다……!' 하고 머리를 긁적였다. 거기까진 미처 생각지 못한 거였다. 잠시 후, 아버지가 진지하게 어머니를 불렀다.

"미라야."

"응?"

아버지가 한번 더 어머니의 이름을 불렀다.

"최미라."

"왜?"

아버지가 말했다.

"노래해봐."

"뭐?"

"너, 성악 조금 배웠다며. 것 좀 해봐."

어머니가 얼굴을 붉혔다.

"싫어."

"왜?"

"못해."

"아이, 참. 한번 해봐."

"실은 그렇게 잘하지 못해. 제대로 배운 것도 아니야."

"괜찮아. 나는, 잘하는 노래를 듣고 싶은 게 아니라 네가 하는 노래를 듣고 싶은 거야."

"몰라."

"한번만, 응?"

"………"

두 사람의 실랑이는 계속됐다. 아버지의 설득과 아첨, 어머니의 새침과 딴청이 줄다리기를 했다. 어머니가 고집을 피우자, 아버지는 등을 돌리고 토라진 척했다. 같은 사내들 앞에서는 절대 못 부릴 앙탈. 발각되는 즉시 열댓 명의 체고생이 달려와 아버지를 향해 일제히 이단옆차기를 날릴 법한 애교였다. 이윽고, 어머니가 못 이기는 척 운을 뗐다.

"듣고 싶어?"

"응."

"진짜?"

"아, 그렇다니까."

어머니가 주저하다 고백했다.

"근데 나, 아는 거 별로 없어."

"별로?"

"어."

"근데 그게 꿈이야? 성악가가?"

어머니가 아버지를 째려봤다.

"됐어. 안해."

아버지가 다급히 어머니를 달랬다.

"아니야. 해. 해. 꼭 해. 제발 해. 응? 얼른 해."

……그리고 어머니는 노래하기 시작했다. 중학교 때를 제외하곤 지금껏 누구 앞에서도 해본 적 없는 노래였다. 어머니는 자리에서 일어섰다. 그러곤 아버지로부터 조금 떨어져, 높은 너럭바위 위에 섰다. 어머니는 배꼽 아래로 조붓이 양손을 모았다. 얼굴에는 보기 드문 엄숙함이 어려 있었다. 그리고 어머니가 마음속으로 세는 숫자, 하나, 둘, 셋……

"산 너머 남촌에는 누가 살길래 해마다 봄바람이 남으로 오네

꽃피는 사월이면 진달래 향기 밀 익는 오월이면 보리 내음새
어느 것 한가진들 실어 안 오리 남촌서 남풍 불 때 나는 좋데나."

한참 뒤 어머니가 물었다.
"어땠어?"
한참 뒤 아버지가 말했다.
"좋아서 혼났어."

얼마 뒤 어머니가 물었다.
"그리고?"
얼마 뒤 아버지가 말했다.
"슬프다……"

두 사람은 다시 나무 밑에 나란히 앉았다. 그리고 이상하게 그때
부터 더이상 할말을 찾지 못했다. 평소에는 그렇게 쉬지 않고 재잘
댔는데 이상한 일이었다. 어머니의 노랫소린 이미 흩어져 사라진
뒤였다. 하지만 아득하고 정갈한 여운이 계곡 안에 그대로 남아 있
었다. 세상은 고요했고 나무들은 풍요롭게 너울댔다. 어머니와 아
버지는 그 야릇하고 암시적인 침묵을 묵묵히 견뎌내고 있었다. 흔
들려야 할 것은 흔들리라고, 벌어져야 할 것은 벌어지라고, 그냥 내
버려두고 있었다. 그리고 그 정적 속에 ── 하루 동안 두 사람 몫의
산소를 만들어내는 나무 한 그루와 소년, 그리고 소녀가 있었다. 말
그대로 오롯한 삼각형이었다. 이윽고 땅바닥을 내려보던 두 사람

의 눈이 동시에 마주쳤다. 두 사람은 한동안 서로를 뚫어지게 바라봤다. 어머니는 상대에게서 눈을 떼지 않은 채, 뜬금없이, 쌀쌀맞게 말했다.

"이 고장 남자랑은 안해."

더벅머리 아버지가 어안이 벙벙한 얼굴로 물었다.

"뭐라고?"

어머니가 반복했다.

"이 고장 남자랑은 안해. 절대로 안해……"

그러곤 누가 먼저랄 것 없이, 격렬하게 입을 맞추기 시작했다.

....

신령하고 오래된 나무, 점잖은 큰어른나무 아래서의 일이었다. 헛기침하듯 하늘하늘 흔들리던 나뭇잎 하나가 어머니의 손등 위로 살포시 내려앉았다. 산에 있어 푸르던 것이 살[肉]에 앉으니 더욱 선명했다. 어머니도 아버지도 그 사실을 몰랐지만, 그건 정말 예쁜 초록이었다.

그리고 그 순간, 어디선가,

바람이 불어왔다.

나무에게로— 어머니에게로— 아버지에게로—

바람은 그들 주위를 오랫동안 맴돌며 주저하다 사라졌다. 먼 훗날 그 자리로, 다시 올 걸 알고 그러는 듯했다. 쏴아아— 큰 바람이 불자 수면 위로 잔물결이 일어났다. 그것은 무수한 잔주름을 드러내며 처량하게 웃는 누군가의 얼굴 같았다. 이윽고 한창 입 맞추고 있던 어머니가 고개 들어 먼 곳을 바라봤다.

"왜 그래?"

아버지가 걱정스러운 듯 물었다. 어머니는 고개를 갸웃대다 알수 없는 불길함을 털어내려는 듯 부드럽게 답했다.

"아무것도 아니야."

그러곤 다시 아버지와 입술을 포갰다. 바람은 '아무것도 아닐'리 없는 그들의 사연을 가늠하며, 여름의 미래를 예감하며, 이미 지나온 자리로 다시 돌아가 두 사람의 머리를 가만 쓰다듬었다. 두사람은 서로의 숨결에 정신이 팔려 아무것도 알아차리지 못했지만…… 바람은 아무래도 좋다고 생각했다. 그리고 계절을 계절이게 하려 딴 데로 떠날 차비를 했다. 하늘은 높고, 매미의 매끈한 눈동자 위로 시시각각 모양을 바꾸는 뭉게구름이 지나갔다. 산이 꾸는 꿈속에서, 매미들은 소리 죽여 노래했다. 그때 우리는 그걸 원했어. 그때 우리는 그게 필요했어. 그때 우리는 그걸 하지 않을 수없었어. 그때 우리는 그걸 했어. 그때 우린 그걸 한번 더 했어. 그때우린 그걸 계속했어. 그리고 우리는 그게 몹시,

'좋았어.'

바야흐로 진짜 여름이 시작되려는 참이었다.

작가의 말

소리없이 기다려준 당신과 나에게

마음이 하늘을 본다.
내 몸이 바닥에 붙어 있기 때문이겠지.

바람이 불고
내 마음이 날아
당신 근처까지 갔으면 좋겠다.

이 노래가
씨앗이 될지, 휘파람이 될지,
모르는 얼굴이 될지
알 수 없지만

당신이 오래전 부르고 싶어한 이름과
닮아 있었으면 좋겠다.

이 책을 inBOIL에게 바친다.
버려진 이름들에게 온기를 불어넣는 법을
나는 그에게서 배웠다.

2011년 6월

김애란

*본문에 인용되거나 언급된 책은 다음과 같습니다.

53면   에릭 호퍼『에릭 호퍼 자서전』, 방대수 옮김, 이다미디어 2003.

54면   얀 마텔『파이 이야기』, 공경희 옮김, 작가정신 2004.

129면   신해욱「눈 이야기」,『생물성』, 문학과지성사 2009.

176면   이문재『바쁜 것이 게으른 것이다』, 호미 2009.

176~77면 이영광「그늘 속의 탬버린」,『아픈 천국』, 창비 2010.

177~78면 데이비드 실즈『우리는 언젠가 죽는다』, 김명남 옮김, 문학동
          네 2010.

217면   신기섭「추억」,『분홍색 흐느낌』, 문학동네 2006.

*본문에 쓰인「Antifreeze」의 가사는 KOMCA의 승인을 받았습니다.
*「Glide」copyright 2000 by OORONG-SHA MUSIC PUBLISHER &
Sony Music Publishing (Japan) Inc. & Rockwell Eyes inc.

김애란 장편소설
두근두근 내 인생

초판 1쇄 발행 • 2011년 6월 20일
초판 78쇄 발행 • 2024년 9월 24일

지은이 / 김애란
펴낸이 / 염종선
책임편집 / 이상술 전성이
펴낸곳 / (주)창비
등록 / 1986년 8월 5일 제85호
주소 / 10881 경기도 파주시 회동길 184
전화 / 031-955-3333
팩시밀리 / 영업 031-955-3399 · 편집 031-955-3400
홈페이지 / www.changbi.com
전자우편 / lit@changbi.com